Rainer M. Schröder • Abby Lynn
Verschollen in der Wildnis

OMNIBUS

DER AUTOR

Rainer Maria Schröder, 1951 in Rostock geboren, hat vieles studiert und allerlei Jobs ausprobiert, bevor er sich für ein Leben als freier Autor entschied. Seit Jahren begeistert er mit seinen exakt recherchierten und spannend erzählten historischen Romanen seine Leser. Nachdem er lange Zeit ein wahres Nomadenleben mit zahlreichen Abenteuerreisen in alle Erdteile führte, lebt er heute mit seiner Frau in einem kleinen Ort an der Atlantikküste Floridas.

Von Rainer M. Schröder ist bei OMNIBUS erschienen:

Abby Lynn – Verbannt ans Ende der Welt (20080)
Dschinghis Khan – König der Steppe (20050)
Entdecker, Forscher, Abenteurer (20619)
Die Falken-Saga, vier Bände (20212, 20230, 20176, 20187)
Das Geheimnis der weißen Mönche (20428)
Goldrausch in Kalifornien (20103)
Die Irrfahrten des David Cooper (20061)
Kommissar Klicker, zehn Bände (20665, 20666, 20667, 20668, 20669, 20670, 20677, 20678, 20679, 20680)
Sir Francis Drake – Pirat der sieben Meere (20126)
Privatdetektiv Mike McCoy (21014)

Rainer M. Schröder

Abby Lynn
Verschollen
in der Wildnis

Mit Illustrationen von
Alexander Schütz

Band 20346

Der Taschenbuchverlag
für Kinder und Jugendliche

Umwelthinweis:
Dieses Buch wurde auf chlorfrei gebleichtem
Papier gedruckt.

Genehmigte Taschenbuchausgabe Mai 1997
Gesetzt nach den Regeln der Rechtschreibreform
© 1993 C. Bertelsmann Jugendbuch Verlag, München
in der Verlagsgruppe Random House GmbH
Alle Rechte vorbehalten
Umschlagbild: Alexander Schütz
Umschlagkonzeption: Klaus Renner
kk · Herstellung: Stefan Hansen
Satz: Uhl + Massopust, Aalen
Druck: Clausen & Bosse, Leck
ISBN 3-570-20346-8
Printed in Germany

www.omnibus-verlag.de   10 9 8 7 6

*Für Hubertus Haase,
dessen beständiges Nachfragen
nach Fortsetzung letztendlich
über alle
Zweifel und Hindernisse
gesiegt hat.*

»Diese Eingeborenen sind die erbärmlichsten Menschen der Welt!«

Der Weltumsegler und Piratenkapitän William Dampier über die
Eingeborenen der australischen Westküste im Jahre 1688

»Bisher kennen sie weder Sitte noch Anstand. Ihre Tänze sind unzüchtig, ihre Bräuche abstoßend, ihre Zeremonien Ausgeburten einer teuflischen Erfindungsgabe. Sie sind auf der untersten Stufe der Zivilisation . . . stehen geblieben. Gesichtskreis und Vorstellungsgabe sind bei ihnen kaum größer als bei Herdentieren . . . Die Erinnerung an Herkunft und Vergangenheit verliert sich in einem nebelhaften Gewoge von Sagen und Mären . . .«

Ralph Darling, Gouverneur von New South Wales, 1824

»Was wird noch zutage kommen, wenn man sich erst einmal ernstlich an die Aufgabe heranmacht, die Ureinwohner Australiens zu erforschen, welch wunderliche, aber auch herzbewegende Dinge?«

Der amerikanische Schriftsteller Mark Twain, 1884

»Die Begegnung mit den Menschen der australischen Wüste hat meine verzweifelte Suche nach einer anderen, von der Realität losgelösten Welt in die Einsicht verwandelt, dass es auf Erden gilt, gehen zu lernen. Als Wanderer in der Welt der Phantasie haben die [Aborigines] mir beigebracht, dass die Träume keine Zufluchtsstätten, sondern ein Spiegel der Wünsche sind, die nur dann leben können, wenn Individuen und Gemeinschaften . . . jene Wege voller Fallen und Unvorhersehbarem beschreiten, die sie sich vorgezeichnet haben.«

Barbara Glowczewski in *Träumer der Wüste – Leben mit den
Ureinwohnern Australiens*, 1991

ERSTES BUCH

YULARA

Oktober 1808

Erstes Kapitel

Es war, als hätte die glühende Sonne die Luft über dem australischen Buschland in klares, heißes Öl verwandelt. Die immergrünen Eukalyptusbäume und die silbrigen Dornenbüsche, das graubraune, struppige Gras und die rotbraune, hart gebackene Erde schwammen am Horizont im Hitzeglast. Dabei war erst Oktober und im Land unter dem Kreuz des Südens war das normalerweise die sonnig milde Zeit des Frühlings. Die weiten Ebenen und schier endlosen Hügelketten hätten in diesem Monat eigentlich mit einem bunten Teppich wilder Blumen und blühender Sträucher überzogen sein und das Auge der Farmer mit frischem Grün erfreuen müssen. Stattdessen war die Erde in der Sträflingskolonie New South Wales verdorrt. Denn schon seit Mitte September brannte die Sonne mit einer sengenden Kraft vom Himmel wie in anderen Jahren nur in den Hochsommermonaten Januar und Februar.

Der blendend grelle Himmel schien ausgestorben. Kein Vogelschwarm warf seine Schatten über den Busch. Es war, als hätte kein Vogel die Kraft in die wabernde Luft aufzusteigen und sich in der Schattenlosigkeit der grenzenlosen Weite länger als ein paar Flügelschläge zu halten. Und so ausgestorben wie der Himmel wirkte auch das Land – bis auf die beiden Reiter, die aus südwestlicher Richtung kamen und den Spurrillen folgten. Eisenbeschlagene Räder klobiger Fuhrwerke hatten sie aus der grasbewachsenen Ebene gekerbt und sintflutartige Regengüsse hatten sie ausgewaschen. Mensch und Tier litten unter der Hitze, wie dem müden Trott der Pferde und der Haltung der beiden jungen Männer unschwer zu entnehmen war. Der Reiter auf dem pechschwarzen Wallach machte einen besonders erschöpften Eindruck. Er kauerte so zusammengesunken im Sattel, als ducke er sich vor der Sonne wie ein wehrloses Opfer vor den Schlägen eines übermächtigen Angreifers.

Sein Name war Melvin Chandler.

»Lass uns eine Pause einlegen, Andrew.«

»Bis nach *Yulara* sind es noch einige Stunden, Melvin«, wandte Andrew Chandler ein. »Und wir wollen doch noch vor Einbruch der Dunkelheit zu Hause sein.«

»Ich reite lieber bei Nacht als bei solch einer Affenhitze. Die verdammte Sonne brennt mir noch das Hirn aus dem Schädel!«, stöhnte Melvin Chandler. »Wir sitzen jetzt schon zwei Stunden im Sattel und haben uns eine etwas längere Rast als bei der letzten Wasserstelle redlich verdient. Und die Pferde auch.«

Andrew warf seinem Bruder, der drei Jahre älter war und kurz vor Weihnachten vierundzwanzig wurde, einen kurzen Blick zu. Melvin war ein gut aussehender Mann von hoch gewachsener Gestalt. Doch im Augenblick sah er weder gut noch hoch gewachsen aus, sondern ausgelaugt und zusammengefallen.

»Also gut, Bruderherz, reiten wir dort zu den Eukalyptusbäumen hinüber und gönnen wir uns eine Ruhepause«, lenkte Andrew ein. Dabei deutete er auf eine Anhöhe links von ihnen, wo sich mehrere dieser intensiv duftenden Bäume erhoben.

Melvin gab einen Seufzer der Erlösung von sich, als sie wenig später in den Schatten der Eukalyptusbäume eintauchten. Und Andrew dachte einmal mehr, dass sein Bruder für das harte, entbehrungsreiche Farmerleben im Busch wahrlich nicht geschaffen war. Deshalb hatte er die väterliche Farm am Hawkesbury River ja auch verlassen und war nach Sydney gegangen, um sich im Handel zu betätigen.

In einem Kontor über Rechnungsbüchern zu sitzen war für Melvin das Richtige wie für ihn, Andrew, das Leben auf *Yulara*. Er liebte das Buschland und die Herausforderung, die das Farmen in diesem sonnendurchglühten, wilden Land für jeden freien Siedler und ehemaligen Sträfling, Emanzipist genannt, darstellte. Glücklicherweise teilte Abby auch diese Liebe mit ihm. Sie war, was das betraf, aus demselben harten Holz geschnitzt wie er.

Melvin glitt mit einem unterdrückten Stöhnen vom Rücken des Wallachs, hängte seinen breitkrempigen Lederhut über den Sattelknauf und griff zum Wasserschlauch aus Ziegenleder, der prall gefüllt war. In einem dicken Strahl ließ er das warme Wasser herausschießen und über sein schweißglänzendes Gesicht strömen, den Kopf in den Nacken gelegt, die Augen geschlossen und den Mund weit geöffnet. Das Wasser tränkte Haare und Kleidung und spritzte nach allen Seiten weg.

»O Gott!«, prustete er dabei. »Tut das gut!«

Andrew bedachte ihn mit einem ungehaltenen Blick, den sein Bruder jedoch nicht bemerkte. Niemals, unter keinen Umständen ging man im Busch so leichtfertig mit Wasser um! Auch dann nicht, wenn man sich nur wenige Reitstunden von der nächsten Farm oder Wasserstelle entfernt wusste.

Die Kolonie war noch jung, das Hinterland spärlich besiedelt und die Wildnis unberechenbar. Deshalb begnügte man sich mit einigen bedächtigen Schlucken und nässte vielleicht noch das Halstuch, um sich damit das Gesicht abzuwischen, so wie er es sich jetzt erlaubte. Aber man vergeudete dieses kostbare Nass doch nicht, indem man es in einem daumendicken Strahl in alle Richtungen davonspritzen ließ!

Andrew hatte schon eine Bemerkung auf der Zunge, schluckte sie jedoch hinunter. Melvin hatte es schwer genug, auch ohne die Ermahnungen eines jüngeren Bruders, wie gerechtfertigt sie in der Sache auch sein mochten. Denn statt in Sydney, das zwei anstrengende Tagesreisen im Südosten an der Küste lag, seinen Geschäften nachgehen zu können, musste Melvin gezwungenermaßen auf *Yulara* ausharren. Die Farm war zu einem Exil geworden. Und mit jedem Monat, der verstrich, bedrückte es ihn mehr. Nun schon seit mehr als acht Monaten am Hawkesbury leben zu müssen bedeutete für ihn eine harte Prüfung.

Am 26. Januar 1808, auf den Tag genau am zwanzigsten Jahrestag der Gründung der Kolonie, hatten die korrupten Offiziere des New South Wales Corps gegen ihren Gouverneur, William Bligh, rebelliert. Sie hatten ihn unter Hausarrest gestellt und die Macht über die Kolonie nun ganz an sich gerissen. Die Offiziere im roten Rock des Königs hatten um ihre einträglichen Geschäfte im Rumhandel gefürchtet, denn mit Rum hatten sie die Kolonie wirtschaftlich beherrscht und ausgenommen. Daher hießen sie bei den freien Siedlern, Emanzipisten und Sträflingen auch verächtlich »die Rumrebellen vom Rumcorps«.

William Bligh, als eiserner Captain des Meutererschiffes *Bounty* zu zweifelhaftem Ruhm gekommen, hatte im Auftrag der Krone diesem Rummonopol ein Ende bereiten wollen. Doch die Offiziere waren ihm mit ihrem Umsturz zuvorgekommen. Und wer sich wie Melvin für den Gouverneur und gegen die machthungrige Offiziersclique ausgesprochen hatte, war im Handumdrehen unter fadenscheinigen Anklagen im Gefängnis gelandet. Melvin war an jenem

Tag vor acht Monaten seinen Häschern um Haaresbreite entkommen und Abby hatte am Gelingen dieser nächtlichen Flucht aus Sydney einen großen Anteil gehabt.

Danach hatte es Versuche gegeben, Melvin auf *Yulara* zu verhaften. Doch die Rumrebellen hatten schließlich eingesehen, dass ihre Macht mit jeder Meile jenseits von Sydney und Parramatta, den beiden großen Siedlungen der Kolonie, beträchtlich schwand. Sie hatten erkennen müssen, dass sie nicht genug Soldaten aufbieten konnten, um sein Versteck im Buschland am Hawkesbury River ausfindig zu machen. So war es dann zu einer Art Waffenstillstand gekommen, den ihr Vater Jonathan ausgehandelt hatte: Die Offiziere hatten ihre falschen Beschuldigungen gegen seinen ältesten Sohn fallen gelassen und den Haftbefehl zurückgezogen und Melvin hatte sich im Gegenzug mit seinem Ehrenwort dazu verpflichtet, sich von Sydney fern zu halten und zudem noch jeglicher politischer Betätigung gegen die neuen Machthaber zu enthalten. *Yulara* war damit zu seinem Exil geworden, bis der König in London sein Urteil über die Rechtmäßigkeit oder Unrechtmäßigkeit der gewaltsamen Amtsenthebung von Gouverneur Bligh gesprochen hatte.

Aber London war weit, im günstigsten Fall eine Seereise von sechs Monaten. Vor Anfang nächsten Jahres war kaum mit einer Reaktion zu rechnen und niemand wusste, wie sie ausfallen würde. Würde der König Truppen schicken, um das New South Wales Corps, das noch nie den Pulverdampf einer Schlacht gerochen hatte, abzulösen und die Anführer in Ketten zu legen? Entsandte er vielleicht nur einen neuen Gouverneur? Oder musste man mit beidem rechnen? Wie auch immer, bis dahin konnten die Rumrebellen in der Sträflingskolonie schalten und walten, wie es ihnen beliebte.

Andrew lehnte sich gegen einen der Eukalyptusbäume, deren merkwürdige Rinde wie aufgebrochen in langen, rissigen Streifen vom Stamm hing. Die ersten Siedler hatten diese Bäume, von denen es zahllose verschiedene Arten gab, *Gumtree*, also Gummibaum, genannt. Andrew wusste nicht, warum sie gerade auf diesen Namen verfallen waren. Vielleicht, weil sie sich so schwer fällen ließen. Das Holz dieser Bäume ruinierte jedes Beil oder Sägeblatt im Handumdrehen.

»Ich wünschte, du hättest mich nicht dazu überredet, dich auf deinem Ritt nach *Dunbar* zu begleiten«, sagte Melvin brummig und mit einem leichten Vorwurf in der Stimme, als er daran dachte, welche Strecke Weges durch den Busch noch vor ihnen lag.

»Aber du hast dich doch gut mit Greg Halston unterhalten«, wandte Andrew ein. »Und hast du nicht selbst gesagt, dass du mit keinem so gut über Politik reden kannst wie mit Greg?«

»Ja, schon«, gab Melvin widerstrebend zu und setzte fast trotzig hinzu: »Aber dennoch!«

Der Vorwurf seines Bruders ärgerte Andrew. Denn eigentlich hatte er sich nur deshalb zu einem Besuch bei den Halstons auf *Dunbar* entschlossen, damit Melvin ein wenig Abwechslung vom Farmalltag auf *Yulara* bekam und einmal andere Gesichter sah. Greg und seine beiden Töchter Heather und April hatten sich auch sehr gefreut.

»Und April hast du mit deinem Besuch zudem eine besonders große Freude gemacht«, konnte sich Andrew nicht verkneifen zu sagen. »Ich hatte auch ganz und gar nicht den Eindruck, dass dir der lange Hinweg zu viel gewesen wäre.«

Melvin stieg die Röte der Verlegenheit ins Gesicht. »Wie darf ich das verstehen?«

Andrew lächelte. »Meinst du, ich hätte nicht gesehen, wie ihr euch angeschaut habt?«

»Nun mach mal aus einem freundlichen Lächeln bloß keinen Heiratsantrag!«, protestierte Melvin ein wenig zu laut und zu heftig, um überzeugend zu wirken. »April ist ein nettes Mädchen...«

»Mehr als nur nett, wenn du mich fragst«, warf Andrew ein. »Sie ist klug, sehr ansprechend und hat das Herz auf dem rechten Fleck. Und zu arbeiten versteht sie auch.« Ihre zwei Jahre ältere Schwester Heather, die ihren Mann nach nicht einmal einem Jahr Ehe vor wenigen Monaten bei einem tödlichen Unfall verloren hatte, war hochschwanger, so dass die meiste Arbeit nun auf den schmalen Schultern der siebzehnjährigen April lastete. Denn Greg, ihr Vater, litt immer stärker unter Gichtanfällen und vertrug die Hitze fast so schlecht wie Melvin.

»Du hast gut reden und anpreisen, Bruder. Nicht jeder hat das Glück, jemanden wie Abby Lynn zur Frau zu gewinnen.« Er klang ein wenig neidisch auf das Glück seines jüngeren Brudes, der seit vier Monaten mit Abby verheiratet war und darauf hoffte, dass seinem Antrag auf ihre Begnadigung bald entsprochen wurde. Heiratete ein freier Siedler, war die Begnadigung gewöhnlich eine reine Formsache. Aber die Eingabe eines Chandlers von *Yulara* würde vermutlich mit anderen Augen beurteilt werden.

Ein Ausdruck von Stolz und Glück trat auf das Gesicht von Andrew. »Ich freue mich, dass wir wenigstens *darin* einer Meinung sind«, sagte er lächelnd und ließ seinen Blick über das Buschland streifen, das sich vor ihnen wie die sanfte Dünung einer scheinbar endlosen rotbraunen See erstreckte.

In der Ferne, am westlichen Horizont, zeichneten sich die

zerklüfteten Bergzüge der Blue Mountains ab, die der britischen Strafkolonie, in der sich von Jahr zu Jahr immer mehr freie Siedler niederließen, nach Westen hin eine natürliche Grenze setzten. Bisher war es keinem noch so Wagemutigen gelungen, diesen schroffen Gebirgszug zu überqueren, der sich von Norden nach Süden über viele hundert Meilen parallel zur Küste hinzog. Zumindest war noch keiner von solch einem Unternehmen erfolgreich zurückgekehrt.

Wie man hörte, versuchten immer wieder mal entlaufene Sträflinge über die Blue Mountains zu entkommen. Denn seit Jahren hielt sich das Gerücht – nicht nur unter den aus England Deportierten –, dass man hinter diesen blau schimmernden Bergen auf dem Landweg nach China gelangte, wenn man nur ausdauernd genug war und das Glück auf seiner Seite hatte. Andrew glaubte jedoch nicht daran, dass hinter den Bergen der Weg zum geheimnisvollen China lag. Er gehörte vielmehr zu denjenigen, die den Berichten und Vermutungen jener Kartographen und Forschungsreisenden Glauben schenkten, die Australien für eine riesige Insel, ja für einen ganz neuen Kontinent hielten.

»Mein Gott, in was für ein Land hat uns unser Vater bloß geschleppt, dass ich mich dabei ertappe, wie ich meinen jüngeren Bruder um einen Sträfling beneide, den man uns als Arbeiterin und Kindermädchen für unsere kleine Schwester nach *Yulara* geschickt hat«, sagte Melvin kopfschüttelnd und ließ einen weiteren Schwall Wasser über seine Brust fließen.

»Sträfling ist nicht gleich Sträfling, einmal ganz davon abgesehen, dass du sehr wohl die Geschichte kennst, wie Abby in London unschuldig in die Mühlen der Justiz geraten ist«, erinnerte Andrew seinen Bruder geduldig und ohne ihm böse zu sein. Er wusste nur zu gut, wie sehr auch

Melvin Abby mochte und respektierte. Es waren einfach seine persönliche, prekäre Lage und das Gefühl, mehr oder weniger nach *Yulara* verbannt worden zu sein, was seinen Bruder in letzter Zeit so oft unleidlich werden ließ und zu Bemerkungen veranlasste, die er so in Wirklichkeit gar nicht meinte und später auch immer bereute.

Melvin ging nicht darauf ein. »Wenn Vater nach Mutters Tod doch bloß die Finger vom Glücksspiel gelassen hätte! Dann hätten wir heute noch unseren Hof in Devon, den du eines Tages übernommen hättest – und ich hätte meine Studien am College beenden können«, beklagte er sein Schicksal. »Stattdessen hat es uns ans schäbigste Ende des britischen Empires verschlagen!«

Andrew bedachte ihn mit einem spöttischen Blick. »Was du nicht sagst! Ich kann mich noch sehr gut daran erinnern, wie du auf der Überfahrt vor fast fünf Jahren davon gesprochen hast, dass New South Wales für uns alle eine neue Chance ist und dass du eigentlich nie recht Gefallen am College gefunden hast.«

»Ach, damals . . .«, winkte Melvin müde ab und hockte sich mit angezogenen Beinen gegen den Baumstamm.

»Also ich bin froh, dass es so und nicht anders gekommen ist«, sagte Andrew und dachte dabei an Abby. Das Schicksal hatte es gut mit ihnen gemeint und dieses Land war zu ihrer Heimat geworden. Nichts zog ihn nach England zurück. Aufmunternd fügte er hinzu: »Colonel Johnston und seine Rebellenclique werden sich nicht ewig in Sydney halten. Man wird sie zur Rechenschaft ziehen. Denn niemals wird der König zulassen, dass ein Haufen korrupter Offiziere einen Gouverneur, den er selbst eingesetzt hat, entmachtet und dann auch noch ungestraft davonkommt.«

Melvin verzog das Gesicht. »Natürlich wird die Macht

des Rumcorps nicht *ewig* dauern. Aber es kann schon noch ein gutes halbes Jahr, ja vielleicht sogar ein ganzes Jahr vergehen, bis sich königstreue Truppen in England eingeschifft haben, um den halben Globus gesegelt sind und hier eintreffen, um in der Kolonie wieder für Recht und Ordnung zu sorgen.«

»Was ist schon ein halbes Jahr.«

Melvin blickte gequält zu ihm hoch. »Eine verflucht lange Zeit für jemanden wie mich, das kann ich dir sagen!«

»Vielleicht solltest du demnächst mal öfter nach *Dunbar* reiten«, schlug Andrew halb im Scherz und halb im Ernst vor.

»Was du nicht sagst!«

»Ja, Greg und seine Töchter können ein Paar zupackende Männerhände jetzt dringend gebrauchen. Und vielleicht brächte dich das auf andere Gedanken, mal von der Arbeit abgesehen...«

Melvin fand das überhaupt nicht witzig, wie sein Tonfall verriet. Doch was genau er erwiderte, bekam Andrew nicht bewusst mit. Denn eine Bewegung zwischen den Büschen am Fuß der Hügelkette hatte seine Aufmerksamkeit erregt.

»Merkwürdig«, murmelte er, beschattete die Augen mit der flachen Hand und kniff die Augen zusammen, weil ihn die Sonne blendete. Ihm war, als hätte er dort unten einen Wombat, ein biberähnliches Beuteltier von recht putzigem Aussehen, durch das Gras huschen sehen. Aber das war eigentlich unmöglich. Er musste sich getäuscht haben...

Melvin ließ sich weitschweifig über die Ungerechtigkeit und Launenhaftigkeit des Schicksals aus und merkte gar nicht, dass sein Bruder ihm gar nicht mehr zuhörte. Ihm entging auch völlig, dass Andrew sein kleines Fernrohr aus der Satteltasche holte und damit erst das Gebiet am Fuß der

Hügelgruppe absuchte und dann das blitzende Messingrohr nach Westen richtete.

»Das gefällt mir nicht!«, stieß Andrew plötzlich hervor, das Gesicht eine düstere Miene. »Das gefällt mir ganz und gar nicht.«

Melvin lachte grimmig auf. »Sage ich doch die ganze Zeit! Und du kannst dich darauf verlassen, dass sich die Beamten im Kolonialamt auch die nächsten Jahre einen Dreck darum scheren werden, dass die wahllose Deportation von Sträflingen nicht das geeignete Mittel ist, um eine vernünftige Besiedlung...«

Andrew unterbrach ihn schroff. »Nein, das meine ich nicht. Der Wombat und der Himmel, das ist es, was mir ganz und gar nicht gefällt.«

Melvin sah seinen Bruder verständnislos an. »Wombat? Wovon, zum Teufel, redest du überhaupt?«

»Komm hoch und schau es dir selber an!« Andrew drückte ihm das Fernrohr in die Hand und sagte ihm, wo er zu suchen hatte. »Es ist jetzt kurz vor dem morschen Baumstumpf. Siehst du es?«

»Ja, und? Es ist ein stinknormaler Wombat! Was ist daran so ungewöhnlich?«, wollte Melvin wissen.

»Wombats sind nur nachts unterwegs. Bei Tageslicht halten sie sich in ihren Erdbauten versteckt und diese verlassen sie tagsüber nur bei großer Gefahr.«

Melvin runzelte die Stirn. Er hatte nie gelernt die Zeichen der Natur zu lesen und zu deuten, weil es ihn nie interessiert hatte. »Vielleicht ist irgendein Dingo oder sonstwer hinter ihm her.«

Andrew schüttelte den Kopf. »Es befindet sich auf der Flucht, aber nicht vor einem anderen Tier. Es ist eine andere Art von Gefahr, vor der es flieht. Und wenn ich mir den

Himmel im Westen anschaue, der auf einmal von so merkwürdig rußgrauer Farbe ist, regt sich in mir eine böse Ahnung, die ich gar nicht auszusprechen wage.«

Melvin begriff nun und machte ein erschrockenes Gesicht. »Ein Buschfeuer?«

Andrew biss sich auf die Lippe und zögerte mit der Antwort. Der Busch war trocken genug, um einen jener verheerenden Brände möglich zu machen, die immer wieder die Kolonie heimsuchten und für die man gewappnet sein musste, wollte man nicht an einem Tag alles verlieren, wofür man viele Jahre lang hart gearbeitet hatte.

»Ich bin mir nicht sicher, aber mein Gefühl sagt mir, dass wir uns beeilen sollten nach *Yulara* zu kommen«, sagte Andrew schließlich, schob das Fernrohr zusammen und schwang sich in den Sattel seiner Fuchsstute, die auf den Namen Samantha hörte.

Melvin folgte stumm und mit besorgter Miene dem Beispiel seines Bruders, den er in diesen Dingen neidlos als überlegen anerkannte.

Andrew nahm die Zügel auf und warf dabei noch einen ahnungsvollen Blick nach Westen. Nein, die Verfärbung des Himmels gefiel ihm so wenig wie der Wombat, der im hellen Tageslicht durch den Busch nach Osten lief. Dann richtete er sein Augenmerk wieder gen Nordosten, wo *Yulara* am diesseitigen Ufer des Hawkesbury lag, und preschte aus dem Schatten der Eukalypten hinaus in den gleißenden Sonnenschein.

Die Luft flirrte noch immer vor Hitze, doch ihm lief ein kalter Schauer den Rücken hinunter und hinterließ eine Gänsehaut.

Zweites Kapitel

Ein Wollfussel war Abby ins rechte Auge geflogen und hatte sich an ihren Wimpern verfangen. Er irritierte und lenkte sie einen Augenblick von der Arbeit ab, die sie schon seit mehreren Stunden auf *Yulara* in Atem hielt. Sie wandte den Kopf zur Seite und fuhr sich mit dem Handrücken mehrmals über das Auge. Im selben Moment öffnete der schlaksige Farmarbeiter Glenn Osborne das kleine Gatter und trieb ein weiteres Schaf in den schmalen Durchlass, der etwa acht Schritte in der Länge und zwei in der Breite maß und die zwei großen Pferche miteinander verband.

Das verängstigte Schaf riss die achtjährige Sarah fast von den Beinen, als es zu den anderen der Herde zu entkommen versuchte. Das Mädchen gab einen leisen Aufschrei von sich, aus dem mehr Ärger über die eigene Unachtsamkeit als Schmerz oder Schreck sprach. Sarah prallte gegen die Längsbretter des Zaunes und hielt sich geistesgegenwärtig an einem Pfosten fest. Ihr ausgefranster Strohhut jedoch machte sich selbständig und segelte jenseits der Umzäunung in den Staub.

Abby fuhr bei Sarahs Ausruf herum und bekam das Schaf gerade noch rechtzeitig zu fassen, bevor es entwischen und hinter ihr in der Menge der schon behandelten Tiere untertauchen konnte. Ihre Hände gruben sich in die dichte Wolle und mit einem Ruck, der gelernt sein wollte, hob sie das laut blökende und bockende Tier von den Beinen. Dabei drehte sie es gleichzeitig auf den Rücken, was die wahre Kunst bei dieser Arbeit war. Augenblicklich gab das Schaf jeglichen Widerstand auf und fügte sich in sein Schicksal. Dieser plötzliche Wandel bei den Schafen, nämlich von panischer

Angst zu buchstäblich lammfrommer Unterwerfung, versetzte Abby immer wieder aufs Neue in Erstaunen.

Glenn war indessen über den Zaun gesprungen und hatte Sarahs Kopfbedeckung aufgehoben. Mit schuldbewusster Miene kam er an. Er blies den Staub vom Strohhut, schlug immer wieder gegen die Krempe und wischte mit seinem schweißgetränkten Halstuch in übertriebener Geschäftigkeit über den Hut, als hielte er einen seidenen Zylinder in der Hand.

»Ham Se sich was 'etan, Miss Sa'ah?«, fragte er in seiner schludrigen Redeweise, die manche Sätze als ein einziges Wort von der Länge eines Bandwurmes erscheinen ließ. »Hab' nich' 'esehn nich', dass Abby noch nich' bereit 'ewesen is'. Is' eben 'n elend langa und heißa Tach 'ewesen. Tu' mir wir'lich Leid, Miss Sa'ah.«

Sarah lachte und stülpte sich ihren zerfledderten Strohhut wieder auf den Kopf. Die Sonne stand zwar schon tief im Westen, hatte aber noch nichts von ihrer sengenden Kraft verloren. »Ach was, ist doch nichts passiert, Glenn. Ich hätte selber besser aufpassen sollen«, sagte sie in ihrer fröhlich unbekümmerten Art.

»Du hast deine Sache wirklich gut gemacht«, lobte Abby und schenkte ihr ein Lächeln, das Schaf rücklings zwischen ihren Beinen und die beiden Hinterhufe mit der linken Hand festhaltend.

»Aber ich denke, für heute hast du uns genug geholfen, Sarah. Ruh dich besser etwas aus, sonst schimpft dein Vater, wenn du wieder beim Abendessen einschläfst.«

Dagegen hatte Sarah nichts einzuwenden. Sie war müde, aber doch nicht müde genug, um sich jetzt schon zum Waschen ins Farmhaus zu begeben, das sich hinter ihnen auf der Kuppe einer weitflächigen Anhöhe erhob. Jenseits davon lag der Fluss. »Aber ich darf doch bleiben und dir zuschauen, wie du ihnen die Hufe beschneidest, ja?«

»Natürlich«, sagte Abby und zog das kleine Messer aus dem Gürtel ihres flaschengrünen, schlichten Kattunkleides. Die Klinge war kürzer als ihr Zeigefinger und stark nach innen gebogen.

Sarah hockte sich auf den Zaun und sah zu, wie Abby die Hufe nach Verwachsungen untersuchte und das überflüssige Horn wegschnitt. Es war eine schmerzlose und rasche Angelegenheit. Nach wenigen Augenblicken gab Abby das Schaf frei und schubste es zur Seite. Strampelnd und blökend kam es auf die Beine und preschte davon, um den Schutz der Herde im großen Pferch zu suchen. Dann trieb Glenn das nächste Schaf in den Durchlass und Abby in die Arme und wieder packten ihre Hände, ganz weich und glatt vom Wollfett Lanolin, kraftvoll in den dichten Pelz, der schon bald unter den Messern der Scherer fallen würde.

Sarah war voller Bewunderung, welche Geschicklichkeit sich Abby im Beschneiden der Hufe und in vielen anderen Farmarbeiten angeeignet hatte. Abby war ihr eine Freundin und gleichzeitig wie eine ältere Schwester, zu der sie aufblicken konnte. Wie glücklich war sie gewesen, als Abby vor Jahren zu ihnen nach *Yulara* gekommen und sich ihrer angenommen hatte, neben ihrer Arbeit auf Feld und Weide. Und seit sie mit ihrem Bruder Andrew verheiratet war, war ihr Glück perfekt und die Angst für immer von ihr gewichen, dass Abby eines Tages *Yulara* und damit auch sie verlassen konnte.

Eine halbe Stunde später kam Jonathan Chandler, der Vater von Sarah, Andrew und Melvin und seit wenigen Monaten auch Abbys Schwiegervater, mit dem Fuhrwerk vom Roden zurück. Er begab sich zu den Schafpferchen hinüber, sowie er die Arbeiter, mit denen er auf der neuen Weide gewesen war, abgesetzt hatte. Jonathan Chandler war noch immer ein großer, kräftiger Mann, wenn sich das Grau in seinem Haar auch schon mehrte und er nicht mehr die Ausdauer der Jugend besaß, mit der Andrew und Abby gesegnet waren.

»Lass es für heute gut sein, Abby!«, rief er ihr zu. »Morgen ist auch noch ein Tag.«

»Morgen früh möchte ich die Herde schon wieder auf die Weide schicken«, antwortete Abby und gab Glenn durch ein Nicken zu verstehen, dass er das nächste Schaf schicken sollte. »Es sind ja bloß noch anderthalb Dutzend und die schaffen wir heute noch.«

Jonathan Chandler fühlte sich zwischen Stolz auf die Tüchtigkeit seiner jungen Schwiegertochter und leichtem Unwillen, weil ihre Zähigkeit ihn immer wieder nachdrücklich an sein Alter erinnerte, hin und her gerissen. Letztlich überwog jedoch der Stolz.

»Also gut, wie du willst. Aber denk daran, dass Rosanna für heute Abend ihr besonderes Hammelragout gekocht hat! Du weißt ja, was passiert, wenn sie ihre Köstlichkeit auftischt und dann einer von uns nicht am Tisch sitzt!«, ermahnte er sie.

Abby lachte. »Keine Sorge, ich habe nicht vor ihren Zorn zu erregen und dafür verantwortlich zu sein, dass sie uns dann eine Woche lang abwechselnd mit völlig faden oder versalzenen Speisen bestraft.«

Rosanna Daly, die ebenso korpulente wie resolute Köchin, war eine herzensgute Person – solange man sich ihrem Diktat beugte und ihren Kochkünsten Respekt zollte. Dazu gehörte für sie, dass alle Chandlers dem Ruf der Bronzeglocke vor dem Farmhaus folgten und versammelt am Tisch saßen, wenn sie ihre sehr schmackhaften Gerichte auftrug. Erschien man auch nur wenige Minuten zu spät, vermochten Entschuldigungen sie nicht zu besänftigen.

»Das beruhigt mich. Du weißt ja, dass Rosanna an solchen Tagen einen besonders großen Aufstand macht. Dabei sind Andrew und Melvin doch nur nach *Dunbar* geritten und gerade mal eine Nacht weg gewesen«, sagte Jonathan Chandler und schüttelte den Kopf. »Ich hoffe nur, sie sind auch bei Einbruch der Dunkelheit zurück.«

»Wie lange ist es denn noch hell?«, wollte Sarah wissen.

»Weniger als eine Stunde«, antwortete Abby und warf einen sehnsüchtigen Blick nach Südwesten. Aus dieser Richtung mussten Andrew und Melvin kommen.

Jonathan Chandler nickte und reichte seiner Tochter die Hand. »Komm, wir gehen uns waschen und halten dann Rosanna in der Küche ein wenig von der Arbeit ab. Dir kann sie ja nie böse sein. Und dir werden schon ein paar kluge Fragen einfallen, mit denen du sie zu ihren ausschweifenden Erklärungen bewegen kannst.«

»Au ja!«, rief Sarah, rutschte vom Zaun und legte ihre kleine Hand in die ihres Vaters.

Abby und Glenn beeilten sich, dass sie noch rechtzeitig mit ihrer Arbeit fertig wurden. Die feurige Sonnenkugel schien von den fernen Bergspitzen aufgespießt worden zu sein und ihre Glut über den westlichen Himmel zu ergießen, als Abby das Messer wegsteckte und das letzte Schaf in wilden Bocksprüngen davonstürmte.

Glenn prüfte alle Gatter, winkte Abby zu und schlenderte dann zu der kleinen Siedlung der Farmarbeiter hinüber, die mittlerweile auf acht kleine Lehmhütten angewachsen war und insgesamt von zwölf Männern, sechs Frauen, vier Kindern und zwei Babys bewohnt wurde. Von den Männern und Frauen gehörten nur noch vier zu den Sträflingen, die Jonathan Chandler vor Jahren als Arbeitskräfte zugewiesen bekommen hatte.

Freie Siedler hatten einen Anspruch darauf, dass die Verwaltung in Sydney oder Parramatta ihnen Sträflinge als Farmarbeiter zuteilte. Auf den ersten Blick erschienen sie billig, da sie nur mit einigen Gallonen billigen Rums bezahlt werden mussten. Eine Regelung, die von den Offizieren des New South Wales Corps eingeführt worden war, damit sie sich auf Kosten der Siedler und Deportierten schamlos bereichern konnten. Denn sie hatten den Import und Handel mit Rum vollständig an sich gerissen und diktierten auch die Preise, die ihnen einen Gewinn von tausend Prozent und mehr garantierten.

Wer als Farmer keine allzu ehrgeizigen Ziele verfolgte oder mit den Offizieren auf freundschaftlichem Fuß stand, so dass ihm doppelt so viele Arbeitskräfte, als ihm eigentlich zustanden, zugewiesen wurden, der nahm die Schwierigkeiten und Ausfälle, die der Rumkonsum mit sich brachte, in Kauf. Nicht so jedoch Jonathan Chandler. Aus bitterer Erfahrung klug geworden, zog er es vor, einen guten Lohn zu zahlen und Emanzipisten einzustellen, die nach der Verbüßung ihrer Strafe in diesem Land einen wirklichen Neuanfang machen wollten und dafür hart zu arbeiten gewillt waren.

Abby ging den Hang zwischen Siedlung und Farmhaus hoch und schöpfte am Brunnen einen Eimer Wasser. Sie wusch sich Arme und Gesicht und überlegte, ob noch Zeit blieb, um zum Fluss hinunterzulaufen und ein kurzes Bad zu nehmen. Unwillkürlich schaute sie zum Hawkesbury hinüber. Mit dunklen Fluten, breit und majestätisch, floss der Strom in weiten Schleifen durch das sonnendurchglühte

Land, um zwanzig Meilen oberhalb von Sydney in den Pazifik zu münden.

Das Verlangen nach einem Bad war groß. Ihr Kleid war völlig durchgeschwitzt und ihr dunkelblondes Haar klebte ihr feucht und eingestaubt von der Arbeit im Pferch am Kopf. Sie wollte frisch sein und nett aussehen, wenn Andrew zurückkam. Sie konnte es nicht erwarten, ihn in ihre Arme zu schließen und zu wissen, dass er wieder bei ihr auf *Yulara* war.

Zum ersten Mal, seit Reverend Duncan Donelly an einem kühlen, aber sonnigen Tag im Juli in einer schlichten Zeremonie auf der Veranda des Farmhauses die Trauung vollzogen und sie vor Gott und dem Gesetz zu Mann und Frau erklärt hatte, war sie von Andrew für zwei Tage und eine Nacht getrennt gewesen. Und sie sehnte sich nach ihm, als wäre Andrew schon Wochen, ja Monate fern von ihr gewesen.

»Reiter! ... Zwei Reiter aus Südwesten!«, rief Stuart Fitzroy aus dem fast fertigen Dachgebälk der neuen Remise. Der Zimmermann schottischer Abstammung, der einen wild zerzausten Bart von rotbrauner Farbe hatte, stand auf einer Mittelfette und deutete in Richtung View Point Hill.

Abby fuhr aus ihren Gedanken auf. Ihr Herz schlug gleich schneller. Das konnte nur Andrew mit seinem Bruder sein! Es blieb also keine Zeit mehr für ein Bad im Fluss. Aber ganz so verschwitzt wollte sie ihm doch nicht gegenübertreten. Rasch schöpfte sie einen zweiten Eimer Wasser, den sie sich zum größten Teil über den Kopf schüttete.

»Heiliges Känguru!«, erklang es wieder aus dem Dachstuhl. »Das sind Master Andrew und Melvin! Und sie rasen im wilden Galopp über die Hügel, als wäre der Leibhaftige hinter ihnen her.«

Jonathan Chandler war vor das Haus getreten.

»Im Galopp? Bei der Hitze?«, stieß er verwundert hervor. »Bist du dir auch sicher, Fitzroy?«

»So sicher, wie ich 'nen Hammer von 'ner Säge unterscheiden kann!«, tönte es nachdrücklich aus dem Dachstuhl.

Jonathan Chandler schüttelte den Kopf. »Die letzten Meilen im Galopp zurückzulegen, das würde Andrew seiner Stute nach einem so langen Ritt von *Dunbar* doch niemals zumuten!«

28

»Es sei denn, er hätte einen sehr triftigen Grund dafür«, wandte Abby ein. »Etwas, das wichtiger ist als seine geliebte Fuchsstute.«

Sie wechselten einen besorgten Blick und sahen dann angespannt zur Staubfahne hinüber, die nun deutlich in den Abendhimmel aufstieg. Wenig später konnten auch sie Andrew und Melvin erkennen, wie sie über die wellige Ebene dahinjagten.

Abby hatte es nicht erwarten können, Andrew wiederzusehen. Doch statt der Freude überwog nun die beklemmende Ahnung, dass er schlechte Nachrichten brachte.

Drittes Kapitel

Der Schaum flog den Pferden in dicken Flocken vom Maul, als die Chandler-Brüder den Hof erreichten. Die Flanken der Tiere waren schweißnass und zitterten vor Erschöpfung. Die Staubwolke, die sie im Galopp aufgewirbelt und wie eine Fahne hinter sich hergezogen hatten, holte sie nun ein und trieb quer über den freien Platz zwischen Farmhaus und Wirtschaftsgebäuden.

Der scharfe Ritt bei der brütenden Hitze war auch an Andrew nicht spurlos vorbeigegangen. Die Anstrengung war seinem Gesicht abzulesen. Er war müde und ihn schmerzten die Glieder. Doch im Gegensatz zu seinem völlig erledigten Bruder, der sich förmlich vom Pferd quälte, schwang Andrew sich noch mit einer energischen Bewegung aus dem Sattel.

»Halte die Pferde noch ein paar Minuten in Bewegung und reib sie dann so gut ab, als hinge dein Leben davon ab,

Burlington!«, rief er dem herbeieilenden Stallknecht zu. »Und sieh zu, dass sie sich nicht übersaufen.«

»Samantha und Artus sind bei mir schon in den besten Händen«, versicherte Travis Burlington und nahm in jede Hand ein Paar Zügel.

Andrew nickte ihm zu und sagte noch, bevor Burlington die Pferde wegführte: »Gib ihnen einen doppelte Ration Hafer, ja? Sie haben sie sich redlich verdient.«

Mit einem unterdrückten Stöhnen bog Melvin sein schmerzendes Kreuz durch. »Wir vielleicht nicht? Es muss ja nicht unbedingt Hafer sein. Ein guter Branntwein würde es auch tun«, sagte er.

Andrew wandte sich erst jetzt seinem Vater und Abby zu. Beide waren daran gewöhnt, dass auf einer Farm die Tiere immer zuerst kamen und eine Pflegeanweisung Vorrang vor einer Begrüßung hatte. Hätte sich Andrew anders verhalten, hätte er die stumme Missbilligung von Männern wie Burlington und den scharfen Tadel seines Vaters herausgefordert.

Abbys Blick ruhte mit einer Mischung aus Liebe, Freude und Sorge auf ihm. Manchmal erschien es ihr wie ein viel zu schöner Traum, dass sie auf *Yulara* dieses große Glück gefunden hatte und mit Andrew verheiratet war, der ihre Liebe mit derselben Kraft und Zärtlichkeit erwiderte. Sie fürchtete aufzuwachen und sich in der Gefängnishölle von Newgate oder im qualvoll engen Zwischendeck eines Sträflingstransporters wiederzufinden.

»Schön, dass ihr wieder zurück seid. Aber so, wie ihr die Pferde geschunden habt, lässt das nichts Gutes vermuten«, sagte Jonathan Chandler ahnungsvoll. »Man könnte meinen, die Rotröcke wären wieder auf dem Weg nach *Yulara*, um Melvin nun doch noch in Ketten zu legen.«

Andrew schüttelte den Kopf. »Viel schlimmer als das, Dad.«

Melvin stemmte die Fäuste in die Hüften. »Danke, Kleiner! Wie beruhigend zu wissen, dass du es für gar nicht so schlimm hältst, wenn man deinen eigenen Bruder in Ketten legt und einkerkert!«, grollte er. »Da bin ich ja wirklich eine große Sorge los.«

»Melvin!« Andrews Stimme hatte einen gereizten Klang, als spräche er mit einem uneinsichtigen Kind, das den Ernst der Lage nicht begreift. »Ich habe nur gesagt, dass es Schlimmeres gibt als Rotröcke auf dem Weg nach *Yulara*! Denn es ist doch klar, dass wir ihnen keine Chance lassen, deiner habhaft zu werden.«

»Nun rück schon mit der Sprache heraus, was schlimmer ist als eine Abteilung Rotröcke auf dem Weg zu uns!«, drängte Jonathan.

»Ein Buschfeuer, Dad.«

Die Augen des Farmers weiteten sich vor jähem Erschrecken und Abby sog unwillkürlich die Luft scharf ein. Australien war ein wildes, ungezähmtes Land und erinnerte die Kolonisten immer wieder mit verheerenden Naturkatastrophen daran, dass die Macht des Menschen Grenzen hatte und es nicht mit der Macht der Natur aufnehmen konnte, wenn diese sich gegen sie erhob. Schwere Überschwemmungen, die Ernten vernichteten und die Kolonie in Hungersnöte stürzten, waren eine der Geißeln, unter denen die Siedler zu leiden hatten. Da die Flüsse in der Regenzeit aber nicht urplötzlich um zwanzig, dreißig Fuß und mehr anstiegen, sondern innerhalb von Tagen, blieb doch meist noch Zeit, wenigstens die Herden auf höher liegendes Land zu treiben, anderes Hab und Gut zu retten und sich selbst in Sicherheit zu bringen.

Eine Überschwemmung war ein schrecklicher Feind, den man jedoch zumindest kommen sah. Ein Buschfeuer dagegen war wie ein heimtückischer Angriff aus dem Hinterhalt. Nach langer Trockenheit konnte sich der Busch an jeder beliebigen Stelle und zu jeder beliebigen Zeit selbst entzünden und sich innerhalb weniger Stunden in eine dahinrasende Feuerwalze verwandeln, die in einem Sturmwind unersättlicher Flammen über viele Meilen hinweg alles vernichtete, was sich ihr in den Weg stellte. Kein Wunder, dass die Siedler im Hinterland der Kolonie nichts mehr fürchteten als ein Buschfeuer. Und der allerschlimmste Alptraum war, nachts von einem solchen im Schlaf überrascht zu werden.

»Von wo ist das Feuer im Anzug?«, stieß Jonathan hervor. »Und welche Stärke hat es?«

Bevor Andrew antworten konnte, sagte Melvin verdrossen: »Es steht noch gar nicht fest, ob das mit dem Buschfeuer auch stimmt.«

»Meine Vermutung . . .«, setzte Andrew ärgerlich an.

»Ja, mein kleiner Bruder hat mich bloß aufgrund einer vagen Vermutung zu diesem Gewaltritt gedrängt«, fiel Melvin ihm ins Wort. »Inzwischen glaube ich, dass er die Pferde grundlos scheu gemacht hat – und mich dabei so mürbe wie ein rohes Stück Ochsenlende unter Rosannas hölzernem Fleischklopfer!«

»Ihr habt also noch kein Feuer gesehen!«, folgerte ihr Vater und seine Miene entspannte sich ein wenig. Doch er lebte lange genug am Hawkesbury und kannte seinen Sohn gut genug, um zu wissen, dass Andrew in solchen Dingen niemals zu Leichtfertigkeiten neigte. Ganz im Gegensatz zu Melvin, der schon in Devon mehr dem Stadtleben zugeneigt gewesen war und mit den Launen der Natur nicht auf bestem Fuße stand.

»Sicher ist es nur eine Vermutung«, räumte Andrew ein. »Aber mein Gefühl sagt mir, dass mein Verdacht noch heute Nacht Gewissheit wird.« Und er berichtete, was er beobachtet hatte.

Abby hörte aufmerksam zu und hätte gern Fragen gestellt, doch in dieser Situation gebot es der Respekt, dass sie das Wort zuerst ihrem Schwiegervater überließ.

Jonathan Chandler furchte die Stirn. »Du hast Recht, Andrew. Mir gefällt das auch nicht. Der Busch ist pulvertrocken und wir dürfen kein Risiko eingehen.«

»Wir haben doch die Feuerschneisen rund um *Yulara* angelegt«, warf Melvin ein, der einfach nicht wahrhaben wollte, dass ihnen eine Gefahr drohte. Er war müde, durstig und wollte sich auf der Veranda in einen der Schaukelstühle sinken lassen.

»Die aber an vielen Stellen schon wieder reichlich mit Gestrüpp zugewuchert sind«, machte sich Abby nun bemerkbar. »Wenn wirklich ein Buschfeuer im Anzug ist, kann es die Schneisen an diesen Stellen sehr wohl überwinden und auf unser Land überspringen.«

Andrew warf ihr einen dankbaren Blick für ihre Unterstützung zu und nickte. »Richtig. Wir haben bei all den anderen Arbeiten, die in den letzten Wochen zu erledigen waren, leider keine Zeit gehabt uns um die Feuerschneisen zu kümmern. Es hat ja auch niemand damit gerechnet, dass wir schon so früh solch eine Hitze bekommen würden.«

»Langes Reden bringt uns nicht weiter!«, erklärte Jonathan Chandler energisch. »Wir werden in den sauren Apfel beißen müssen und die entsprechenden Vorkehrungen treffen.«

Melvin hatte Mühe, ein gequältes Aufstöhnen zu unterdrücken.

»Am besten schicken wir jemanden auf den View Point Hill. Von dort ist das Feuer, wenn es denn kommt, zuerst zu entdecken«, schlug Andrew vor. »Alle anderen müssen hinaus zu den Feuerschneisen im Südwesten und den Brandgürtel freischlagen. Wir sollten dort für alle Fälle auch ausreichend Fässer mit Wasser bereitstellen und genügend alte Säcke deponieren. Ihr wisst ja, wie schnell bei starkem Funkenflug an unzähligen Stellen kleine Brände ausbrechen können, auch wenn das Buschfeuer an den Schneisen in sich zusammenfällt.«

»Ja, so werden wir es machen«, stimmte Jonathan Chandler ihm zu. »Wir werden dafür jedes Paar Hände benötigen. Melvin, du läufst zu den Hütten unserer Arbeiter hinüber und sagst ihnen, dass sie sich umgehend hier einzufinden haben. Andrew und Abby, ihr seht zu, dass die Zugochsen vor die beiden Fuhrwerke gespannt werden. Ich kümmere mich mit Fitzroy um die Gerätschaften, die wir da draußen brauchen.«

Abby und Andrew nickten. Eiligen Schrittes ging Jonathan zum neuen Wagenschuppen hinüber, wo Stuart Fitzroy schon auf ihn wartete. Er hatte sich so seine Gedanken gemacht, als er die Chandler-Brüder in scheinbar verantwortungslosem Galopp heranjagen gesehen hatte.

Melvin seufzte, und während er sich in Richtung der Lehmhütten entfernte, murmelte er vor sich hin: »Eine Nacht machetenschwingend im Busch, das hat mir zu meinem Glück gerade noch gefehlt!«

Abby glaubte endlich einen Moment mit Andrew allein sein zu können und ihm zu sagen, wie sehr sie sich freute, dass er wieder bei ihr war. Doch als sie ihre Hand auf seinen Arm legte und zum Sprechen ansetzte, erklang hinter ihnen die Bronzeglocke.

Clover, die zwölfjährige Küchenhilfe, schwang den Klöppel so nachdrücklich, wie die Köchin es ihr beigebracht hatte. Im selben Augenblick erschien auch Rosanna auf der überdachten Veranda des Farmhauses. Sie hatte Sarah an ihrer Seite, die ein sauberes, blauweiß gestreiftes Kleidchen trug und Andrew nun freudestrahlend entgegenlief.

»Du hast mir richtig gefehlt«, flüsterte Andrew leise.

»Du mir auch«, erwiderte Abby und drückte liebevoll seinen Arm.

Dann war Sarah auch schon bei ihnen und flog ihrem Bruder in die Arme. Andrew hob sie hoch, wirbelte sie einmal herum und setzte sie dann wieder ab.

Unwillkürlich dachte Abby daran, wie es wohl sein würde, wenn sie und Andrew Kinder hatten und es seine Tochter war, die ihn mit solch kindlicher Freude begrüßte, wenn er von einem langen Ausritt zurückkehrte. Bei diesem Gedanken durchströmte sie eine Welle von Zärtlichkeit und sie wünschte, Andrew hätte nicht solch beängstigende Nachrichten mitgebracht. Wie gern hätte sie Andrew diese Nacht ganz für sich gehabt, anstatt zu den Feuerschneisen aufzubrechen und sich dort abzuschuften. Aber ihre selbstsüchtigen Wünsche mussten natürlich hinter der Sicherheit der Farm zurücktreten.

»Wo bleiben Mister Chandler und Master Melvin?«, fragte Rosanna, Tadel in Stimme und Blick.

»Rosanna, du nimmst das Essen jetzt besser vom Feuer und sorgst für ein paar deftige Brote und vielleicht ein kaltes Stück Fleisch auf die Hand«, teilte Andrew ihr mit.

»Ich habe Hammelragout gemacht!«, verkündete Rosanna halb gekränkt und halb zurechtweisend. »Den ganzen Tag habe ich am Herd gestanden und da kann ich wohl erwarten, dass . . .«

Andrew unterbrach sie. »Tut mir Leid, Rosanna, aber aus dem Festschmaus wird heute Abend leider nichts. Und wenn du die Brote fertig hast, hängst du deine gute Schürze besser an den Nagel und hältst dich bereit mit anzupacken.«

»Was hat das zu bedeuten, Master Andrew?«

»Wir müssen mit einem Buschfeuer rechnen«, sagte Abby.

Sarah riss die Augen auf und der Köchin fuhr sichtlich der Schreck in die Glieder. »Ein Buschfeuer?«, stieß sie entsetzt hervor. »Heilige Muttergottes! Warum erfahre ich erst jetzt davon?«

»Weil ich der Ansicht war, dass ich meinen Vater zuerst davon unterrichten sollte, bevor ich damit zu dir komme«, antwortete Andrew mit gutmütigem Spott. »Ich hoffe, du verzeihst mir noch einmal.«

Abby verkniff sich ein Lächeln.

Mit einer ärgerlichen Bewegung strich die stämmige Köchin ihre Schürze glatt. »Mein Hammelragout fällt einem Buschbrand zum Opfer! Sag ich es nicht immer wieder, dass es auf der Welt keine Gerechtigkeit mehr gibt?« Ihr Blick fiel auf Clover und ihr Groll fand ein wehrloses Opfer. »Was stehst du da herum und hältst Maulaffen feil? Ab in die Küche mit dir! Es wartet heute noch jede Menge Arbeit auf dich. Hast du nicht gehört, was Master Andrew gesagt hat? Aber dich werde ich schon noch auf Trab bringen, und wenn es das Letzte ist, was ich in diesem Leben noch zustande bringe!«

Innerhalb weniger Minuten erwachte *Yulara*, das nach einem langen Arbeitstag schon in die verdiente Trägheit des Abends gesunken war, zu hektischer Betriebsamkeit. Männer, Frauen und Kinder liefen im schwindenden Licht des Tages auf dem Hof zusammen. Pferde wurden gesattelt,

Ochsen vor die Fuhrwerke gespannt, mehrere Dutzend
Fässer aus Schuppen und Scheunen gerollt, alte Jutesäcke
und Decken aufgestapelt sowie lange Buschmesser, Hacken
und Schaufeln verteilt.

Jake Pembroke, der die scharfen Augen eines Adlers
hatte, galoppierte mit Jonathan Chandlers Fernrohr in
Richtung View Point Hill davon, um auf der Kuppe dieses
höchsten Hügels im Umkreis von mehreren Meilen Posten
zu beziehen. Wenig später brach Abby zusammen mit Andrew und neun weiteren Männern sowie drei Frauen per
Pferd zu den Feuerschneisen auf, um schon mit der Arbeit
zu beginnen. Die beiden Fuhrwerke, mit Wasserfässern,
Decken und zusätzlichen Gerätschaften schwer beladen,
folgten ihnen im Trott der Zugochsen. Die Wagen würden
die ganze Nacht hindurch zwischen Fluss und Feuerschneisen hin und her pendeln. Denn der Brandgürtel sollte mit
so viel Wasser wie eben möglich getränkt werden, bevor
das Feuer ihn erreichte – wenn es denn überhaupt kam.
Aber besser zehnmal verfrühter Alarm als einmal zu spät,
beruhigte sich Andrew, als sie durch die Nacht ritten und
ihm Zweifel kamen, ob er sich vielleicht nicht doch geirrt
hatte.

Die Feuerschneise erstreckte sich, etwa anderthalb Meilen vom Hof entfernt, in einem weiten Halbbogen rund um
das Kernstück von *Yulara* und lief an ihren beiden Enden am
Ufer des Hawkesbury aus. Der Gürtel gerodeten Landes
hatte eine Breite von mehr als hundert Yards.

Die Männer warfen sich bedeutungsvolle Blicke zu, als sie
im Schein ihrer Fackeln sahen, wie sehr die Natur den erst
im letzten Sommer kahl geflämmten Brandschutzgürtel
wieder mit Gras und Gestrüpp zurückerobert hatte.

»Gott sei Dank, dass wir heute bloß den südwestlichen

Abschnitt zu beackern haben«, sagte Vernon Spencer, der stiernackige Schmied, und griff zur Hacke.

»Als ob der nicht reichen würde, um uns diese Nacht den sowieso schon krummen Rücken zu brechen«, sagte Jeremy Porter, der noch zu der kleinen Gruppe zugewiesener Sträflinge gehörte.

»Seit wann hast du denn noch so etwas wie ein Rückgrat, Jerry«, spottete jemand und löste damit Gelächter aus, dem jedoch die heitere Note fehlte.

»An die Arbeit, Männer!«, bereitete Andrew dem Gerede ein Ende, teilte die Männer und Frauen in Gruppen ein und schickte sie hinaus auf die Schneise.

In einer langen, weit auseinander gezogenen Linie rückten sie mit Macheten, Hacken und Schaufeln vor. Als die Wagen mit den restlichen Arbeitern und Kindern, die alt genug zum Helfen waren, eintrafen, half Abby beim Abladen der Wasserfässer. Eimer wurden verteilt und im Handumdrehen waren die Fässer dieser ersten Fuhre geleert.

»Ein Tropfen auf den heißen Stein«, sagte jemand bedrückt.

Rosanna übernahm eines der Fuhrwerke, während Melvin das kleine Kunstwerk gelang, sich auf den Kutschbock des anderen Wagens zu schwingen und so zu einer verhältnismäßig leichten Aufgabe zu kommen.

Niemand sagte etwas, nicht einmal sein Vater. Der ließ ihn kommentarlos davonfahren. Melvin genoss ein Sonderrecht, was jedoch nicht gleichbedeutend mit mehr Respekt war. Es machte ihn eher zu einem Außenseiter, zu einer Art Gast, den man ein wenig schonte, weil er nun mal nicht wirklich zu *Yulara* gehörte.

Die Arbeit war schwer, denn die Hitze hatte den Boden wie zu Stein gebacken, und das Gestrüpp setzte sich den

Schlägen von Haumessern und Hacken mit zähem Widerstand zur Wehr. Die Temperaturen waren auch mit Einbruch der Dunkelheit nicht wesentlich gesunken, so dass sie alle rasch in Schweiß gebadet waren.

Die blakenden Pechfackeln, die im Abstand von rund zwanzig Schritten unruhige Lichtkreise auf den Boden warfen, bildeten eine lange Kette tanzenden Feuerscheins. Es war ein gespenstisches Bild.

Die Fuhrwerke kamen und gingen. Abby hielt sich tapfer und ignorierte die Schmerzen, die im Rücken begannen, ihre Arme befielen und schließlich auch ihre Beine erfassten, als Andrews Taschenuhr Mitternacht anzeigte. Sie wusste, dass es den anderen nicht besser erging.

Der einzige Trost war, dass Andrew an ihrer Seite auf die verfilzten Sträucher einhieb. So konnte sie sich ein wenig mit ihm unterhalten und ihre Gedanken von der stupiden Arbeit ablenken.

Andrew erzählte ihr von seinem Besuch auf *Dunbar* und für eine Weile hatten sie sogar ein wenig Spaß, als sie Mutmaßungen über April und Melvin anstellten.

»Wie geht es Heather?«, wollte Abby dann wissen.

»Nicht sehr gut. Sie ist sehr niedergeschlagen und war oft den Tränen nahe.«

Abby seufzte und riss ein Büschel Gras aus. »Die Arme. James hat ihr so viel bedeutet. Ich verstehe heute noch nicht, wie es zu diesem tragischen Unfall mit den Baumstämmen hatte kommen können.«

»Ein winziger Augenblick der Unachtsamkeit reicht eben schon«, sagte Andrew schwer atmend und hackte auf den Wurzelstock eines Dornenbusches ein.

»Ist Heathers Zeit nicht bald gekommen?«

»Ja, in etwa fünf Wochen, wenn ich mich recht entsinne.«

»Die Arme«, sagte Abby noch einmal und verspürte das Bedürfnis, Andrew zu umarmen und sich an ihn zu schmiegen.

Um kurz nach drei drang trommelnder Hufschlag aus der Nacht und kam schnell näher. Jeder wusste, was das zu bedeuten hatte. Die Stimmen verstummten, wie auch das Geräusch der Hacken, Schaufeln und Spaten erstarb.

Es war Jake Pembroke, den die Dunkelheit an der Feuerschneise ausspuckte. »Im Südwesten steht der Busch in Flammen!«, schrie er schon von weitem. »Das Feuer zieht genau auf uns zu!«

Ein Aufstöhnen ging durch die lange Kette der Männer, Frauen und Kinder.

»Wie weit ist es noch entfernt?«, wollte Jonathan wissen. »Und wann wird es etwa hier sein?«

»Als ich es vom View Point Hill aus erkennen konnte, fraß es sich gerade über die Upper Nelson Plains«, berichtete Jake. »Ich schätze, es wird uns noch vor der Morgendämmerung erreichen.«

Jonathans Gesicht wurde hart. »Das gibt uns noch ein paar Stunden. Also, gehen wir wieder an die Arbeit! Jetzt gilt es!«

Zweieinhalb Stunden vor Anbruch des Tages begann der Himmel im Westen zu glühen, als hätte die Sonne sich entschieden, an diesem Tag einmal dort aufzugehen, wo sie auch untergegangen war. Wenig später stand ein Gutteil des westlichen Horizontes in Flammen.

Das Buschfeuer fraß sich auf einer Breite von fast zwei Meilen der Feuerschneise von *Yulara* entgegen. Die Stunden der Angst begannen.

Viertes Kapitel

Das Buschfeuer näherte sich *Yulara* nicht in geschlossener Formation wie eine Armee auf dem Schlachtfeld. Es schickte vielmehr mehrere Feuerzungen, die der breiten Phalanx der tosenden Feuerwand vorauseilten, als Vorhut voraus. Diese lodernden Speerspitzen schienen die Aufgabe zu haben, jeglichen Widerstand zu brechen und der Hauptstreitmacht den Vormarsch zu erleichtern.

Das Feuer erhellte die Nacht. Und plötzlich kam Wind auf. Es klang, als wäre ein Sturm im Anzug. Es war der Wind, den das Feuer selbst schuf, indem es die Luft erhitzte und einen mächtigen Sog bewirkte.

Es schien, als hätten geheime Späher des Feuers schon ausgekundschaftet, an welchen Stellen die Schneise noch genug Nahrung bot und deshalb am einfachsten zu überwinden war. An genau diesen Stellen griffen die Speerspitzen des Buschfeuers an. Der erste feurige Keil bohrte sich am südlichsten Punkt in den Brandgürtel.

Sofort strömten dort alle Männer und Frauen zusammen, um mit vereinten Kräften den Angriff mit nassen Decken und Säcken zurückzuschlagen.

Abby spürte die Hitze auf Gesicht und Armen, als sie mit Andrew und Jake auf einen Busch einschlug, der Feuer gefangen hatte. Rauch trieb über die Schneise und reizte Lungen und Augen. Das Prasseln des Feuers schien mit jedem Moment lauter zu werden.

»Verteilt euch! ... Nicht alle an einer Stelle!«, schrie Andrew.

Die beiden Fuhrwerke rumpelten mit den restlichen Wasserfässern heran. Rasch wurde eine Kette gebildet und das

Wasser schlug den gefräßigen Flammen eimerweise entgegen. Das Feuer schien sich zu winden und zischte unter den Wasserschlägen, die seine Kraft sichtlich erlahmen ließen. Es wollte ausweichen und rechts und links einen Bogen um die wassergetränkte, brandgezeichnete Erde schlagen. Doch jeder Versuch wurde vereitelt. Das Feuer fiel immer mehr zusammen.

»Beeilt euch bloß mit der nächsten Fuhre!«, schrie Jonathan der Köchin und Melvin zu. »Das hier ist nur ein erster Vorgeschmack. Bald schlägt das Feuer an einem halben Dutzend Stellen gleichzeitig zu.«

Abby eilte mit Travis Burlington und Jake Pembroke zu ihrem Abschnitt zurück, der weiter unterhalb in Richtung Fluss lag. Das Getöse des anstürmenden Feuers war erschreckend laut. Es klang wie der höhnische Schlachtruf eines siegessicheren Feindes, der erbarmungslose Vernichtung auf seine Fahnen geschrieben hatte.

Die gewaltige Feuerwand, die jetzt keine halbe Meile mehr entfernt war, versetzte auch die erfahrensten und abgebrühtesten Männer in Angst und Schrecken.

»Wenn das Feuer die Schneise überspringt, bleiben von *Yulara* nur noch ein verkohlter Trümmerhaufen und unzählige Kadaver übrig!«, stieß Travis entsetzt hervor und der Widerschein des Feuers tanzte über sein angespanntes Gesicht.

»Es wird die Schneise nicht überspringen!«, entgegnete Abby heftig. »Ich will so etwas nicht hören! Wir werden das Feuer aufhalten, hörst du? Wir haben gar keine andere Wahl!«

Jake nickte grimmig. »Denn wenn es den Brandgürtel überspringt und den Busch in unserem Rücken in Brand setzt, ist nicht nur *Yulara* verloren. Dann können wir alle unser letztes Gebet sprechen. Möchte dann den sehen, der es noch rechtzeitig bis zum Fluss hinunter schafft.«

Jonathan hatte die Geschwindigkeit der Feuerspitzen richtig eingeschätzt. Sie erreichten die Schneise an vier Stellen gleichzeitig. Und so sehr sich Männer, Frauen und Kinder in dieser Nacht auch angestrengt hatten, die hundertfünfzig Yards breite Schneise unüberwindlich zu machen, so bot der Boden doch immer noch genug trockenes Gras und Gestrüpp, um den Durchzug des Feuers zu ermöglichen.

»Passt auf den Funkenflug auf!« Diese Warnung ging wie die Parole im Schützengraben an vorderster Front von einem zum andern.

Das Feuer loderte so mächtig und hoch in den Himmel, dass der heiße Wind die Funken weit trug. Und immer wieder gelang es einem winzigen Stückchen Glut, pulvertrockenes Unterholz in Brand zu setzen. Wurden diese kleinen Feuer nicht augenblicklich ausgeschlagen, drohte eine Kettenreaktion, und dann war die Farm nicht mehr zu retten.

Abby tat es Jake und Travis gleich, die mit feuchten Jutesäcken wütend auf die Flammen einschlugen, die ihnen entgegenzüngelten. Der Kampf schien aussichtslos. Hatten sie hier ein aufloderndes Feuer erstickt, flammte ein paar Schritte weiter ein neues auf.

»Da kommt Rosanna mit Löschwasser!«, rief Travis. »Das wurde aber auch Zeit.«

Abby wischte sich eine schweißnasse Strähne aus der Stirn. »Helft ihr abladen, ich halte hier indessen die Stellung!«

Travis und Jake rannten dem Fuhrwerk entgegen, um so rasch wie möglich einige der vollen Wasserfässer von der Ladefläche zu wuchten und die leeren Tonnen aufzuladen.

Das Feuer wütete weiter oberhalb heftiger als am unteren

Teil des Bogens, wo Abby mit Travis und Jake Posten bezogen hatte. Dort, im Abschnitt zwischen Andrew und seinem Vater, wurde die Hauptschlacht gegen das Buschfeuer geschlagen.

Abby überlegte, ob sie nicht die Gruppe um Andrew verstärken sollte. Travis und Jake waren bestimmt in der Lage, diesen Abschnitt allein unter Kontrolle zu halten.

Plötzlich sah sie eine Bewegung.

Abby stutzte und glaubte im ersten Moment auf der anderen Seite der Feuerschneise ein Tier entdeckt zu haben, das dem Feuer zu entfliehen versuchte. Es musste verletzt sein, denn es schleppte sich mühsam voran.

Zuerst konnte sie keine genauen Umrisse erkennen, denn das Feuer sorgte für ein verwirrendes Spiel aus tiefen Schatten und grellem Flammenschein. Zudem trieben Rauchwolken durch den Busch.

Abby kniff die Augen zusammen und starrte zu den Büschen hinüber, über die der Rauch wie Nebel hinwegzog. Hatte sie wirklich nur ein Tier gesehen, oder konnte es sein, dass...

Noch bevor sie den Gedanken beenden konnte, taumelte eine Gestalt aus den Rauchwolken hervor.

Abby stieß einen Schrei des Entsetzens aus. Es war kein Tier, das dort drüben zwischen den Sträuchern vorwärts taumelte und immer wieder zu Boden stürzte, sondern ein Mensch!

»Travis!... Jake!«, schrie sie.

Die beiden Männer hatten sich breite Ledergurte über die Schultern gelegt und schleppten eine Tonne Wasser heran.

»Was ist, Abby?«, keuchte Jake.

»Da drüben ist jemand!«, schrie Abby aufgeregt. »Ein Mann oder eine Frau. So genau habe ich die Gestalt nicht gesehen. Ich glaube, sie ist verletzt. Auf jeden Fall ist da jemand, dem wir schnellstens helfen müssen!«

»Wo?«

»Da drüben zwischen den Büschen, links von der Akazie!«

Travis starrte in die Richtung, in die Abby deutete, und schüttelte den Kopf. »Da ist nichts, Abby.«

»Deine gereizten Augen haben dir einen Streich gespielt«, sagte Jake, der ebenfalls keine menschliche Gestalt erblicken konnte. »Wer soll auch da draußen sein?«

»Aber ich habe sie ganz deutlich gesehen!«, stieß Abby hervor. »Sie ist zwischen den Sträuchern zu Boden gestürzt.«

»Das hast du dir bloß eingebildet«, versicherte Travis.

Abby vergeudete keine weitere Zeit damit, Travis und Jake von dem überzeugen zu wollen, was sie gesehen hatte. Jede Sekunde war jetzt kostbar und konnte über Leben und Tod entscheiden. Sie bückte sich nach zwei Decken und tauchte sie in das Wasser.

»Was hast du vor?«, fragte Travis erschrocken.

»Was wohl?«, antwortete Abby aufgebracht, warf sich eine der triefenden Decken über den Kopf, presste die andere vor die Brust und rannte los.

»Abby! Bist du verrückt geworden? Bleib hier!«, schrie Jake hinter ihr her.

Abby hörte nicht auf ihn, sondern rannte auf die Stelle zu, wo sie die Gestalt zu Boden stürzen gesehen hatte.

Travis stieß einen Fluch aus. »Los, ihr nach! Wenn ihr was zustößt, werden wir das auszubaden haben!«

Hastig hüllten nun auch sie sich in wassergetränkte Decken und liefen ihr nach.

Abby rannte im Zickzack über die Schneise. Sie wusste,

dass ihr nicht viel Zeit blieb, die Gestalt zu finden. Rauch trieb ihr entgegen. Ihre Augen tränten und sie zog einen Zipfel der Decke vor Mund und Nase, um einigermaßen atmen zu können. Hinter sich hörte sie die Schreie von Jake und Travis, die sie zur Umkehr beschworen.

Ihr Herz schlug wie wild und die Flammen eines brennenden Dickichts leckten nach ihren Beinen. Ihr war, als hätte eine Peitsche ihre nackte Haut getroffen. Sie sprang zur Seite, stolperte, ging zu Boden, rappelte sich jedoch sofort wieder auf und schaute sich in dem Inferno aus Rauch und Feuer, das sie zu umschließen drohte, gehetzt um. Für einen Augenblick hatte sie die Orientierung verloren und wusste nicht, wohin sie sich wenden musste, um zu der Gestalt zu kommen, die sie gesehen hatte. Dann bemerkte sie die Akazie und sie hetzte weiter.

Travis und Jake waren nun dicht hinter ihr.

»Zurück!«, schrie Travis und bekam ihren Arm zu fassen. »Das ist glatter Selbstmord! Das Feuer wird uns den Weg abschneiden! Wer immer hier sein soll, ihm ist jetzt sowieso nicht mehr zu helfen!«

In dem Moment sah Abby die Gestalt, die gekrümmt am Boden lag. Es handelte sich um ein Mädchen oder eine Frau, denn sie trug ein zerfetztes Kleid, nach dem nun die Flammen griffen. Ihr war, als könnte sie ein Wimmern hören.

»Da!«, schrie sie, riss sich los und war mit drei Sätzen bei ihr. Sie schlug mit der Decke nach den Flammen, die schon auf den Saum des Kleides übergesprungen waren. Ringsum brannte das hohe Gras und der Funkenregen war wie ein Hagel winziger rot glühender Nadeln, die sich in die Haut brannten und Haare versengten.

Im nächsten Moment waren Jake und Travis bei ihr.

»Hol mich doch der Teufel!«, stieß Travis ungläubig hervor. »Es ist eine Wilde! Eine von diesen Aborigines!«

»Red nicht lange, sondern pack mit an!«, schrie Jake, am Rande der Panik, und krümmte sich unter einem heftigen Hustenanfall.

Sie wickelten das wimmernde Mädchen in die Decke, die Abby über ihren schmächtigen Körper geworfen hatte, und trugen es im Laufschritt aus der akuten Gefahrenzone. Die Akazie stand mittlerweile lichterloh in Flammen.

Auf der anderen Seite der Feuerschneise ließen sie das Aborigine-Mädchen ins Gras sinken. Jake schlug die Decke zurück und drehte das Mädchen auf den Rücken. Es hatte schwere Brandverletzungen und ihr linkes Bein war blutverschmiert. Über der Ferse klaffte eine tiefe, fingerlange Wunde.

»Ich glaube, sie ist tot!«, keuchte Travis. »Und dafür haben wir unser Leben riskiert, für ein Eingeborenenbalg!«

»Unsinn!«, rief Abby. »Du siehst doch, dass sie noch atmet! Sie ist nur bewusstlos. Wir müssen sie sofort zur Farm bringen und ihre Verletzungen behandeln. Rosanna versteht sich auf Brandverletzungen.«

»Wir können hier nicht weg!«, wandte Jake ein. »Das Feuer zu bekämpfen ist ja wohl zehnmal wichtiger als so eine Wilde!«

Abby funkelte ihn an. »Sie ist ein Mensch genau wie du und es ist unsere Christenpflicht, ihr zu helfen!«, fauchte sie ihn an.

»Tut mir Leid, Abby, aber Jake hat Recht. Zuerst kommt das Feuer«, stellte sich auch Travis gegen sie. »Dein Mann und dein Schwiegervater werden uns den Kopf abreißen, wenn wir wegen einer Eingeborenen unseren Posten aufgeben und *Yulara* aufs Spiel setzen. Wenn der Buschbrand übergreift, ist keinem geholfen. Dann sind wir alle geliefert!«

»Los, an die Arbeit!«, drängte Jake. »Wir haben schon genug Zeit vertrödelt.«

Abby sah ein, dass zumindest Travis und Jake diesen immer noch gefährdeten Abschnitt nicht einfach verlassen durften, wie dringend dieses Mädchen auch der Hilfe bedurfte. »Also gut, ihr bleibt hier, während ich das Mädchen zur Farm bringe.«

Die beiden Männer hielten sich nicht mit weiteren Diskussionen auf, sondern griffen zu Eimern, um Wasser aus der Tonne zu schöpfen und das Feuer zu bekämpfen, das noch immer den Brandgürtel zu überwinden versuchte.

Abby packte das bewusstlose Mädchen an den Armen, zog es hoch und legte es sich über den Rücken. Bis zu den Pferden, die in einem Eukalyptushain angebunden standen, waren es gerade mal zweihundert Schritte. Doch mit ihrer Last kam Abby die Entfernung wie zwei Meilen vor.

Die Pferde stampften den Boden nervös mit ihren Hufen und zerrten an den Leinen, mit denen sie an die Bäume gebunden waren. Die flammenhelle Nacht und das laute Prasseln des Feuers versetzten die Tiere in panische Angst und sie hätten sich vielleicht losgerissen und wären längst davongestürmt, wenn man ihnen nicht die Hinterfüße zusammengebunden hätte. Abby hatte Mühe, ihr Pferd Whisper, das sonst so sanftmütig war wie kein anderes Pferd auf *Yulara*, zu beruhigen und ihm das Mädchen über den Rükken zu legen. Als das endlich geschafft war, löste sie die Fußfesseln, schwang sich in den Sattel und durchtrennte mit dem Messer erst dann die Leine, mit der die Zügel an den Stamm gebunden waren. Augenblicklich warf sich Whisper herum und stürmte in Richtung Hof davon.

Als Abby vor dem Farmhaus eintraf, stand das Fuhrwerk, das Rosanna übernommen hatte, vor dem Brunnen. Sarah, Clover und die Köchin waren damit beschäftigt, die leeren Fässer in fieberhafter Eile zu füllen.

»Rosanna! ... Schnell!«, rief Abby.

Die Köchin sah die reglose Gestalt, die vor Abby quer über dem Rücken des Pferdes hing, ließ den Eimer fallen und kam zu ihr gelaufen.

»Um Himmels willen, was ist passiert?«

»Ein Aborigine-Mädchen! Wir haben sie gerade noch rechtzeitig vor dem Feuer retten können, aber sie hat schwere Verletzungen davongetragen!«, sprudelte Abby hervor. »Du musst ihr helfen.«

Ein gereizter Ausdruck zeigte sich auf dem übermüdeten Gesicht der Köchin. »Unmöglich! Gleich ist das letzte Fass voll und ich muss mit dem Fuhrwerk zur Feuerschneise! Das kann ich doch nicht wegen einer Wilden einfach stehen lassen. Sie wird warten müssen, bis jemand Zeit für sie hat.«

»Ich übernehm das Fuhrwerk und du kümmerst dich um das Mädchen!«, erwiderte Abby energisch. »Nachher kommt vielleicht jede Hilfe zu spät, Rosanna, und du allein weißt, was zu tun ist.«

Die Köchin zögerte kurz und schüttelte mit grimmiger Miene den Kopf. »Du machst wirklich zu viel Aufhebens um diese Wilde. Aber du gibst ja doch keine Ruhe, wie ich dich kenne!«

Abby nickte.

»Also gut, hilf mir nur sie ins Haus zu tragen.« Erneut schüttelte sie den Kopf. »Eine heidnische Wilde unter unserem christlichen Dach! Das hätte ich mir nie träumen lassen. Was einem das Leben doch alles zumutet...«

Wenig später sprang Abby auf den Kutschbock des Fuhrwerks um die Wasserfässer zur Feuerschneise zu bringen. Und während sie die Ochsen mit knallendem Peitschenschlag zur Eile antrieb, fragte sie sich, was das Eingeborenenmädchen bloß in diese Gegend verschlagen hatte. Wieso war es von dem Buschbrand überrascht worden und beinahe den Flammen zum Opfer gefallen? Hieß es denn nicht, dass diese merkwürdigen, dunkelhäutigen und fast nackt durch den Busch streifenden Eingeborenen mit der wilden Natur dieses Landes so vertraut waren, wie es keinem Weißen jemals gelingen konnte? Und würde es überhaupt überleben, um ihr diese Fragen zu beantworten?

Fünftes Kapitel

Als die Mittagssonne ihren höchsten Punkt am Himmel erreichte, lag über *Yulara* die Stille der Erschöpfung.
Der Buschbrand hatte die Feuerschneise nicht überwinden können, obwohl es mehrmals so ausgesehen hatte. Die Flammen waren unter dem erbitterten Widerstand der Farmarbeiter aus Mangel an Nahrung immer mehr in sich zusammengefallen. Doch damit war die Gefahr noch nicht vollständig abgewendet gewesen. Als die Sonne aufstieg und ihr Licht über den breiten Korridor niedergebrannten Buschlandes warf, schwelte es noch an unzähligen Stellen. Bis in den frühen Mittag hinein waren alle damit beschäftigt, ein erneutes Aufflammen des Feuers zu verhindern. Als man endlich sicher sein konnte, die Gefahr gebannt zu haben, gab es auf *Yulara* nicht eine Menschenseele, die noch genug Kraft gehabt hätte, um gegen die Erschöpfung anzukämpfen. Manche kehrten erst gar nicht zum Hof zurück,

sondern sanken in den Schatten des nächsten Baumes und fielen in einen tiefen, bleiernen Schlaf.

Andrew brachte Abby mit dem Fuhrwerk zum Farmhaus zurück. Beide hielten sich nur mit großer Mühe wach.

»Wird sie überleben?«, fragte Abby, als sie Rosanna auf der Veranda mit vor Müdigkeit eingefallenem Gesicht in einem Schaukelstuhl sitzen sah.

»Wer weiß . . . vielleicht«, lautete die schläfrige Antwort der Köchin. »Mit Gottes Hilfe . . .«

Abby gab sich damit zufrieden und schlurfte ins Haus. Das Einzige, was sie jetzt wirklich interessierte, war, sich aufs Bett zu werfen und in den Schlaf zu sinken. Alles andere musste bis später warten. Sie hatte noch nicht einmal die Kraft, das von zahllosen Brandflecken, Dreck und Asche zugerichtete Kleid auszuziehen und sich zu waschen. Sie fiel aufs Bett und war im nächsten Moment eingeschlafen. Sie hörte schon nicht mehr das Poltern, als Andrew seine Stiefel auszog.

Es dämmerte, als Abby aus diesem Schlaf der Erschöpfung erwachte. Andrews Seite des Bettes war leer. Wahrscheinlich saß er schon wieder im Sattel und schaute auf der Farm nach dem Rechten. In ihr regte sich ein Schuldgefühl, dass sie bis in den Abend hinein geschlafen hatten.

Eigentlich hätte sie ausgeruht und erfrischt sein müssen, doch dem war ganz und gar nicht so. Sie fühlte sich vielmehr zerschlagen. Sie richtete sich auf und der durchdringende Geruch ihres Kleides von Schweiß und Rauch stieg ihr unangenehm in die Nase. Sie brauchte dringend ein Bad und frische Sachen!

Abby stand auf, ging zur Wäschekommode und suchte sich heraus, was sie anziehen wollte. Sie rollte die Leibwäsche und das dünne Kleid aus geblümter Baumwolle zusammen, stopfte alles in einen Leinenbeutel und ging hinaus. Irgendwie hatte sie das Gefühl, sich wie in Trance zu bewegen.

Als sie von der Veranda trat, erblickte sie ihren Mann. Andrew stand vor der Schmiede und redete mit Vernon Spencer, für den es nichts Schöneres gab, als den Amboss mit seinem Schmiedehammer und einem glühenden Stück Eisen »zum Singen zu bringen«, wie er es nannte.

Andrew schaute über die Schulter zum Farmhaus, als hätte er ihren Blick gespürt. Als er sie dort stehen sah, sagte er schnell etwas zum Schmied und kam dann zu ihr herüber.

»Ausgeschlafen?«, fragte er und musterte sie mit einem zärtlichen Ausdruck in den blassblauen Augen.

Abby verzog das Gesicht. »Statt nach fast sechs Stunden Schlaf frisch und munter zu sein, ist mir, als hätte man mich gerädert und einmal um *Yulara* durch den Busch geschleift.«

»Kein Wunder bei der Nacht, die hinter uns liegt. Auch ich spüre jeden einzelnen Knochen und Melvin behauptet steif und fest, nie wieder aufstehen zu können«, sagte er mit fröhlichem Spott. »Aber das gibt sich wieder, sogar bei meinem Bruder.«

»Hoffentlich«, seufzte sie. »Ich fühle mich nämlich so erschreckend kraftlos wie eine alte Frau, Andrew.«

Er lächelte. »Wenn ich dich so anschaue, kann ich guten Gewissens sagen, dass du ganz und gar nicht wie eine alte Frau aussiehst.« Er dämpfte seine Stimme und fuhr fort: »Du siehst vielmehr wie eine begehrenswerte junge Frau aus, die es ihrem Mann bei ihrem Anblick so gut wie unmöglich macht, an Arbeit zu denken.«

Abby errötete bei dieser Liebeserklärung und blickte sich unwillkürlich um. »Bitte sag so etwas nicht, wenn andere dich hören können«, raunte sie. »Du weißt, wie verlegen du mich damit machst.«

Er schmunzelte. »Nicht immer.«

Ihre Röte wurde noch intensiver. Die Liebe und Leidenschaft, die sie miteinander gefunden hatten, empfand sie als ein beglückendes Wunder, das ohne Beispiel war. Und in seinen Armen kannte sie weder Scham noch Schüchternheit, was sie vorher nie für möglich gehalten hätte. Doch außerhalb ihrer privaten vier Wände darüber zu reden oder auch nur eine liebevoll anzügliche Bemerkung zu machen, wenn andere in der Nähe waren, rief in ihr eine Verlegenheit hervor, die sie sonst nicht kannte.

»Aber in der Öffentlichkeit, Andrew!«

»Die Öffentlichkeit auf *Yulara* ist im Augenblick so abgekämpft und schläfrig, dass du mir jetzt eigentlich den Begrüßungskuss geben könntest, auf den ich mich gestern schon gefreut habe.« Er zwinkerte ihr zu. »Oder fällt auch das unter die öffentliche Zurückhaltung, mit der meine Frau alle anderen auf der Farm an der Nase herumführt?«

Sie musste nun lachen. »Nein, aber lass mich erst im Fluss ein Bad nehmen, Andrew. Ich kann mich in diesen verdreckten und verräucherten Sachen selbst nicht riechen.«

»Du nimmst ein Bad im Fluss? Das klingt verlockend, um nicht zu sagen verführerisch. Lädst du mich dazu ein?«, flüsterte er.

»Du bist unmöglich!«, raunte Abby, doch ihre Augen leuchteten, und bevor er wusste, wie ihm geschah, gab sie ihm einen Kuss. »Und wage ja nicht, mir zum Fluss zu folgen!«

»Aber heute Nacht entwischst du mir nicht, Liebling«, sagte er und sein Blick ging ihr unter die Haut.

»Nein«, hauchte sie mit brennenden Wangen.

Rasch lief Abby zum Hawkesbury hinunter. Ein Stück flussaufwärts wies der Hawkesbury am Ufer eine kleine nierenförmige Ausbuchtung auf, die zum Baden ideal war. Denn hier wurde man nicht von der Strömung erfasst, die schon so mancher unterschätzt hatte. Zudem boten hohe Büsche einen Sichtschutz zur Farm hin.

Abby konnte nicht schnell genug aus ihren Kleidern kommen. Das Bad in den kühlen Fluten des Hawkesbury, auf denen die Abendsonne schwamm, wirkte wahre Wunder. Das Gefühl der Zerschlagenheit wich von ihr, schien weggespült wie Ruß, Dreck und Schweiß. Ihre Lebensgeister kehrten zurück und zum ersten Mal empfand sie Stolz und Freude darüber, dass sie das Buschfeuer so erfolgreich bekämpft und die Katastrophe von *Yulara* abgewendet hatten.

Gerade schlüpfte sie in ihre frische Leibwäsche, als sie sich plötzlich an das Aborigine-Mädchen erinnerte, das sie zusammen mit Jake und Travis vor dem Feuer gerettet hatte.

Verstört und schuldbewusst stand sie zwischen den Büschen und schüttelte den Kopf über ihre Gedankenlosigkeit. Seit sie aufgewacht war, hatte sie doch wahrhaftig nicht einmal für einen flüchtigen Moment lang an dieses unglückselige Mädchen gedacht! Wie hatte sie die Eingeborene bloß so vergessen können? Sie wusste noch nicht einmal, ob sie noch am Leben war! Auch Andrew hatte das Mädchen nicht mit einer einzigen Silbe erwähnt. Es war, als wäre das Schicksal dieser Aborigine völlig ohne Bedeutung und weniger einer Bemerkung wert als ein lahmendes Pferd.

Sechstes Kapitel

Abby schämte sich und sah zu, dass sie schnell in Kleid und Schuhe kam. Plötzlich hatte sie Angst, das Mädchen könnte gestorben sein. Und sie hatte sich mit keinem Wort nach seinem Befinden erkundigt, sondern mit Andrew herumgetändelt! Hätte sich Whisper eine Verletzung zugezogen, ihr erster Gedanke nach dem Aufwachen hätte ihrem Pferd gegolten und ihr erster Gang hätte sie in den Stall geführt. Doch dieses dunkelhäutige Mädchen hatte sie wie eine Bagatelle, an die es sich nicht zu erinnern lohnte, völlig aus ihren Gedanken verbannt gehabt. Das machte sie betroffen. Hatte sie vielleicht die Verachtung, mit der die Mehrzahl der Kolonisten den Aborigines begegnete, unbewusst übernommen?

Auf dem Weg zurück zum Hof kam ihr zu Bewusstsein, dass sie sich nie ernsthaft Gedanken über die Aborigines und ihr Schicksal gemacht hatte. Dazu hatte es bisher auch keinen Anlass gegeben, wie sie sich vor sich selbst rechtfertigte. Die wenigen Schwarzen, die man in Sydney und Parramatta zu Gesicht bekam, konnte man an einer Hand abzählen. Sie waren völlig entwurzelte, haltlose und Abscheu erregende Gestalten, die mit verfilztem Haar in den zerlumpten Kleidern der Weißen steckten und fast ohne Ausnahme dem Alkohol verfallen waren. Einige dienten der Armee gelegentlich als Führer und Spurenleser, wenn es galt, entlaufene Sträflinge im Busch aufzuspüren. Die anderen bettelten oder schlugen sich sonst wie in den Siedlungen der Weißen durch, die ihnen ihr Stammesgebiet geraubt hatten. Gelegentlich fand sich ein Aborigine auch auf abgelegenen Farmen und neuerdings auf den Stationen der Missionare, die in diesen Jahren besonders nach Afrika und Australien strömten, um den heidnischen Eingeborenen das Wort Gottes und die Segnungen der Zivilisation zu bringen. Aber sonst sah man, auch im dünn besiedelten Busch, höchst selten einen Aborigine.

Schon in den ersten Jahren der Kolonie hatten Armee und Siedler systematisch Jagd auf die Eingeborenen gemacht. Und wer von den Schwarzen das Land, das die Weißen für sich beanspruchten, nicht schnell genug verlassen hatte, war rasch einem blutigen Strafkommando zum Opfer gefallen. Ungeziefer und Aborigines waren für die meisten Farmer ein und dasselbe: Beides musste vernichtet werden, um das eigene ungefährdete Gedeihen zu gewährleisten. Und um dieses Ziel zu erreichen, verschenkten manche Farmer an die Eingeborenen schon mal vergiftetes Mehl.

Nicht ganz ungewöhnlich waren auch ausgedehnte Jagdzüge, bei denen nicht Wild das Ziel der Flinten war, sondern die Schwarzen. Es gab genügend Siedler, die solche Ausflüge in den Busch für eine ideale Verbindung aus unterhaltsamer Jagd und nützlicher Säuberung hielten. Einen fliehenden Eingeborenen aus sicherer Entfernung mit einem Schuss in den Rücken niederzustrecken bereitete ihnen ebenso wenig Gewissensbisse, wie eine Kakerlake unter ihrem Stiefelabsatz zu zerquetschen. Das Leben eines Deportierten galt nicht viel, das eines Aborigines hatte überhaupt keinen Wert.

Abby hatte bisher weder über die Situation der Eingeborenen bewusst nachgedacht, noch hatte sie den Geschichten und abfälligen Bemerkungen von anderen Farmern über die Aborigines besondere Aufmerksamkeit geschenkt. Und eigentlich verspürte sie auch jetzt kein Bedürfnis, sich damit zu beschäftigen. Es waren nun mal Wilde. Was sollte sie sich also groß Gedanken über diese Geschöpfe machen, denen man tierische Grausamkeit und heidnische Rituale nachsagte. Sie hatten ja noch nicht einmal von Jesus Christus gehört! Zudem standen sie auf einer derart primitiven Entwicklungsstufe, dass die Erfindung des Rades ohne das Eintreffen der Weißen in diesem Land wohl noch Jahrhunderte auf sich hätte warten lassen.

Die Gedanken, die Abby auf dem Weg den Hang hoch beschäftigten, empfand sie als äußerst irritierend und plötzlich regte sich Ärger in ihr, weil sie sich aus einem unerfindlichen Grund schuldig fühlte.

»Wofür überhaupt?«, murmelte sie trotzig und schlug mit dem dreckigen Kleid, das sie zusammengeknüllt in der rechten Hand hielt, nach einer fetten Raupe, die den herabhängenden Ast eines roten Feuerdornstrauches hochkroch.

Was hatte sie sich denn vorzuwerfen? Nichts. Im Gegenteil! Sie hatte das Mädchen aus dem brennenden Busch gerettet, ohne groß zu überlegen, wer sich da in Lebensgefahr befand. Dass es eine Wilde gewesen war, die sie vor dem sicheren Flammentod bewahrt hatte, hatte sie natürlich nicht geahnt. Aber auch wenn sie es gewusst hätte, wäre ihr Verhalten in jenem Moment nicht anders gewesen...

»Wie auch immer, fest steht ja wohl, dass ich eine gute Tat vollbracht habe!« Nein, sie hatte nicht den geringsten Grund, nun Gewissensbisse zu verspüren, weil sie sich nicht weiter um das Mädchen gekümmert, sondern es völlig vergessen hatte. Rosanna hatte sicherlich getan, was in ihrer Macht stand, und das zusammen mit ihrem mutigen Eingreifen war wohl mehr an christlicher Nächstenliebe, als ein Aborigine auf irgendeiner anderen Farm am Hawkesbury oder sonstwo in New South Wales sich erhoffen konnte!

Aber sosehr sie sich auch den Gewissensbissen widersetzte, ganz abzuschütteln vermochte Abby sie nicht. Und als sie den Hof erreichte, machte sie sich auf die Suche nach Rosanna, um zuerst einmal von ihr zu erfahren, wie es dem Mädchen ging. Im Hinterkopf saß nämlich die Befürchtung, ein Totenbett vorzufinden, wenn sie einen Blick in die Kammer warf, in die sie das Mädchen kurz vor Morgengrauen gebracht hatten.

Abby blieb in der Tür stehen. »Wie geht es ihr, Rosanna?«

»Wie es einem eben geht, wenn man im Gesicht sowie an Armen und Beinen schwere Verbrennungen hat und dazu auch noch eine klaffende Wunde am Unterschenkel«, antwortete die Köchin ohne von ihrer Arbeit aufzuschauen. »Ich schätze, es geht einem dann ganz hundsmiserabel!«

Abby verbarg ihre Erleichterung nicht. »Gott sei Dank! Ich dachte schon...« Sie ließ den Satz unbeendet.

Rosanna zuckte mit den Achseln und wischte sich mit dem mehligen Handrücken über die Oberlippe. Ein kleiner weißer Streifen blieb wie ein Schnurrbart zurück. »Sie ist eine Wilde und nicht aus Zuckerwatte. Diese Schwarzen können eine Menge vertragen. Sie wird es schon überleben«, sagte sie. »Vorausgesetzt, das Fieber steigt nicht noch mehr.«

»Aber du hast sie gut verarztet, ja?«

»Meine Salben sind gut, wie ja wohl jeder auf *Yulara* und nicht nur hier weiß«, verkündete sie stolz, jedoch mit einem ärgerlichen Unterton. »Aber zur Wunderheilerin bin ich nicht geschaffen. Übrigens auch nicht zur Krankenschwester eines heidnischen Aborigine-Mädchens. Ich habe weiß Gott genug damit zu tun, für das leibliche Wohl der Herrschaft zu sorgen. Da kann ich nicht alle Stunde der Schwarzen die Verbände wechseln und ihr Wasser oder Brühe einflößen! Wird Zeit, dass sich andere ihrer annehmen. Immerhin habe ich sie ja nicht nach *Yulara* gebracht!«

Abby wusste, dass der Vorwurf und der Groll der Köchin ihr galten. »Tut mir Leid, dass ich dir all die Arbeit aufgebürdet habe«, entschuldigte sie sich. »Ich war so erledigt, dass ich das Mädchen wirklich glattweg vergessen habe.«

»Niemand hindert dich daran, deine Erinnerung aufzufrischen und Verantwortung für die Wilde zu übernehmen«, sagte Rosanna spitz. »Immerhin hast du ihr ja das Leben gerettet!«

Ärger wallte in Abby auf, dass Rosanna nichts mit dem Mädchen zu tun haben wollte, und gereizt gab sie zur Antwort: »Keine Sorge, ich werde mich schon nicht darum drücken, Rosanna. Ich habe mich noch nie vor einer Arbeit gedrückt, so unangenehm sie auch gewesen sein mochte.« Damit wandte sie sich abrupt zum Gehen.

»Warte!«, rief Rosanna schnell, ihre scharfen Worte sichtlich bereuend. »So habe ich es nicht gemeint. Leg nicht auf die Goldwaage, was ich gerade gesagt habe. So eine Nacht Auge in Auge mit einem Buschfeuer, das einem den Garaus machen möchte, kann einen ganz schön aus dem Gleichgewicht bringen. Außerdem bin ich kein junger Hüpfer mehr, der solche Strapazen einfach so aus den Kleidern schüttelt.«

Abby blieb stehen, drehte sich wieder zu ihr um und antwortete mit einem versöhnlichen Lächeln: »Zeigst du mir, was ich zu tun habe?«

»Natürlich«, sagte Rosanna und rief Clover herein, die an der Hintertür damit beschäftigt war, Feuerholz aufzustapeln. »Kräftig durchkneten und lass bloß keine Zugluft an den Teig kommen, sonst kriegst du was hinter die Ohren!«

»Ja, Miss Daly.«

Die Köchin säuberte sich von Mehl und Teig, wuchtete die schwere Bodenluke hoch und holte einen kleinen Weidenkorb mit mehreren Salbentiegeln aus dem kühlen Keller, dessen Wände aus schweren Feldsteinen bestanden. Auf dem Weg zur rückwärtigen Kammer entnahm sie einer Flurkommode einen Stapel aufgerollter Stoffstreifen, die von verschlissenen Unterröcken, Bettlaken und Küchentüchern stammten und auf *Yulara* als Verbandsstoff Verwendung fanden. Und da es auf einer Farm regelmäßig zu Verletzungen aller Art kam, hatte Jonathan angeordnet, dass stets ein entsprechend großer Vorrat bereitgehalten wurde.

»Sie bietet keinen allzu hübschen Anblick«, warnte die Köchin Abby.

»Das kann ich mir denken.«

Dennoch erschrak Abby, als sie die kleine Kammer betrat und die junge Schwarze in dem hohen, schmalen Bett liegen sah. Sie trug Verbände an Armen und Beinen und um den Kopf, wobei die rechte Gesichtshälfte fast völlig bedeckt war. Der weiße Stoff bot einen scharfen Kontrast zur dunkelbraunen Haut. Er wirkte wie ein Fremdkörper und schien den Eindruck von Hilflosigkeit und Krankheit noch zu verstärken.

Die Eingeborene nahm sie nicht wahr. Hohes Fieber tobte in ihrem Körper. Ihr Atem ging schnell und flach. Unverständliche Laute, die teils schmerzerfülltes Stöhnen und teils Worte einer fremden Sprache waren, entrangen sich ihrer Kehle, während ihr Kopf sich hin und her drehte. Dann und wann zuckte ihr ganzer Körper wie unter einem Krampf, einer Schmerzwelle, und dann krallten sich ihre Hände in das Betttuch.

Das dünne Laken, mit dem Rosanna sie bedeckt hatte, war

bis zum Bauch hinuntergerutscht. Ihre entblößte Brust glänzte vor Fieberschweiß und sagte Abby, dass sie es nicht mit einem Mädchen, sondern vielmehr mit einer jungen Frau zu tun hatten. Um den Hals trug sie ein Amulett in Form eines flachen Steines. Er war so groß wie der Handteller eines Kindes, mit geheimnisvollen weißen Linien und Kreisen bemalt und neben der Öse für die Halsschnur noch an weiteren sechs Stellen durchbohrt. Kleine, bunte Federn verbanden diese Löcher miteinander.

Abby richtete ihren Blick wieder auf die verbundenen Arme und Beine und den Kopfverband. »O Gott, wie schrecklich«, flüsterte sie betroffen.

Rosanna nickte. »Ja, es hat sie böse erwischt. Schwere Verbrennungen sind eine schlimme Tortur. Ein Knochenbruch ist gar nichts dagegen. Aber wer kann es sich schon aussuchen, mit welchem Kreuz er geschlagen wird«, sagte sie nüchtern und begann den Verband am rechten Arm aufzuwickeln. »Wir müssen uns mit dem abfinden, was der Herrgott uns vorbestimmt hat.«

»Ich glaube nicht, dass die göttliche Vorbestimmung auch solche Verletzungen mit einschließt«, widersprach Abby. So fest ihr Glaube auch war, so hielt sie doch nichts davon, jeden Zufall und jedes Unglück als unabwendbaren Teil göttlicher Planung zu akzeptieren. Im Kerker von Newgate und im Zwischendeck des Sträflingsschiffes hatte sie die bittere Erfahrung gemacht, dass das Böse kein Schicksal war, das einem aus heiterem Himmel zustieß, sondern zumeist das Werk grausamer Menschen, die aus dem Leid und Elend anderer Vergnügen und Vorteil zogen.

»Es ist dir überlassen, dich mit dem Reverend darüber zu streiten, wenn du dich denn mit ihm anlegen willst«, erklärte die Köchin trocken. »Aber wenn du mit mir gekommen bist, um dich nützlich zu machen, kommst du besser an meine rechte Seite und hältst ihren Arm fest.«

»Entschuldige, Rosanna«, murmelte Abby und trat schnell ans Bett, um der Köchin zur Hand zu gehen. Als sie die Verbrennungen freigelegt hatten, drehte ihr der Anblick fast den Magen um.

Sie waren über eine halbe Stunde damit beschäftigt, auf die verbrannten Hautpartien neue Salbe aufzutragen und frische Verbände anzulegen. Abby achtete auf jeden Handgriff, den Rosanna tat. Manchmal war sie versucht, sie um mehr Behutsamkeit zu bitten. Denn so gründlich die Köchin auch vorging, so behandelte sie die Schwarze doch recht rau und gab nichts auf die Schmerzen, die sie ihr mit ihrer derben Art zweifellos zufügte.

Abby hütete sich jedoch Kritik zu üben. Rosanna hätte ihr das sehr übel genommen. »Danke, dass du mir gezeigt hast, wie ich sie versorgen muss«, sagte sie. »Ich werde sie von jetzt an betreuen.«

»Aber geh bloß nicht so verschwenderisch mit meinen Salben um!«, ermahnte Rosanna sie. »Ich möchte nicht, dass alles für die Wilde draufgeht und nichts mehr für unsereins übrig ist. Man muss der Natur auch ihren Lauf lassen.«

Die junge Eingeborene gab einen gequälten, halb erstickten Schmerzensschrei von sich. Er ging Abby durch Mark und Bein.

»Sie muss schreckliche Schmerzen haben.«

Rosanna ging zur Tür. »Gewiss, aber das ist ja wohl immer noch besser, als tot zu sein.«

Abby verstand nicht, wie man angesichts dieses armen, leidenden Geschöpfes so unberührt sein und eine so hartherzige Antwort geben konnte. Wo waren die Herzensgüte und Anteilnahme geblieben, mit denen sich Rosanna sonst immer der Kranken auf *Yulara* angenommen hatte?

»Gibt es denn wirklich nichts, was wir gegen die Schmerzen tun können, Rosanna?«

»Da hilft nur Laudanum, und das wenige, was ich davon noch habe, bleibt als eiserne Reserve im Medizinschrank!«

»Rosanna, bitte . . .«

»Nein, kommt überhaupt nicht in Frage!« Die Köchin blieb unerbittlich. »Irgendwo hat die Gutmütigkeit eine Grenze! Und wage es ja nicht, gegen meinen Willen über das Laudanum zu verfügen! Ich habe es damals von meinem eigenen Geld bezahlt und ich werde nicht zulassen, dass diese Kostbarkeit an eine Wilde vergeudet wird!« Damit verließ sie die Kammer.

Abby blieb noch eine Weile bei der Kranken, betupfte ihr Gesicht und ihre Lippen mit einem feuchten Lappen und wünschte bei jedem schmerzerfüllten Stöhnen, ihr ein wenig Linderung verschaffen zu können. Aber allein Laudanum vermochte sie von den Schmerzen zu befreien.

»Ich werde alles versuchen, was ich kann, damit du dich nicht so quälen musst«, sagte Abby leise zu der Kranken, bevor sie den schmalen, stickigen Raum verließ. Ihre einzige Hoffnung ruhte auf ihrem Schwiegervater. Er brauchte nur ein Wort zu sagen und Rosanna würde das Laudanum herausrücken.

Jonathan hielt sich im Pferdestall auf. Statt mit den anderen draußen auf der Koppel frei herumlaufen zu können, standen Hannibal und Homer, zwei kostbare Zuchthengste, in ihren Boxen. Beide hatten letzte Nacht Verletzungen davongetragen. Eine in Panik geratene Stute hatte im Eukalyptushain wild um sich getreten und dabei Hannibal mit ihrem Hinterhuf getroffen. Die Folge war eine lange Platzwunde an der rechten Flanke gewesen. Und Homer lahmte mit dem linken Vorderfuß.

»Mister Chandler?«

»Ja, was gibt es, Abby?«, fragte der Farmer, ohne sich jedoch zu ihr umzudrehen. Seine Aufmerksamkeit galt ganz dem lahmenden Pferd.

Abby sagte, was sie auf dem Herzen hatte. Dabei achtete sie darauf, dass sie Rosanna nicht in ein schlechtes Licht stellte. Sie betonte vielmehr, wie schlecht es um die Eingeborene stand und wie sehr sie wohl unter Schmerzen zu leiden hatte.

»Jaja, das ist eine schlimme Sache«, erwiderte Jonathan, jedoch ohne besonders beteiligt zu klingen. »Ich war mal zugegen, als man einem Waldarbeiter das völlig zertrümmerte Bein amputiert hat – ohne jede Betäubung. Es war entsetzlich, aber er ist durchgekommen. Das war noch drüben im guten, alten England.«

»Aber wir haben Laudanum«, wandte Abby mit sanftem Widerspruch ein. »Rosanna gibt es ohne Ihre Zustimmung aber nicht heraus. Vielleicht...«

»Ja, ist gut, Abby. Ich werde mich darum kümmern und nachher mit Rosanna sprechen«, versicherte Jonathan.

Abby hoffte auf ein Machtwort ihres Schwiegervaters. Als die Bronzeglocke sie zum Abendessen rief und die Chandler-Familie geschlossen am Tisch Platz nahm, fing Jonathan den erwartungsvollen, fragenden Blick seiner Schwiegertochter auf.

»Ja, ich habe mit Rosanna gesprochen«, sagte er und schlug seine Serviette wie ein Tischtuch voller Krümel aus. »Ich muss ihr leider zustimmen, Abby. Wir haben nur noch ganz wenig Laudanum im Haus, und da man bei dieser extremen Hitzewelle nicht weiß, was noch alles kommen

64

kann, muss dieser Rest als eiserne Reserve im Schrank bleiben.«

Abby wollte sich damit nicht abfinden. »Aber wir dürfen sie doch nicht einfach so ihren Schmerzen überlassen, wo wir doch etwas dagegen tun können!«, beschwor sie ihn.

Jonathan sah sie mit einem zurechtweisenden Blick an. »Dein Mitgefühl in Ehren. Aber ich denke nicht, dass wir uns etwas vorzuwerfen haben, was unsere Behandlung dieser Wilden betrifft, Abby! Wir haben sie unter unserem Dach aufgenommen und sie so gut es geht versorgt. Und das ist ja wohl keine Selbstverständlichkeit«, sagte er in einem Tonfall, der keinen Widerspruch duldete. »Sarah, das Gebet bitte!«

Sarah faltete die Hände über der weißen Damastdecke, senkte den Kopf und erbat mit inbrünstiger Stimme Gottes Segen.

Andrew warf Abby einen mitfühlenden Blick zu, zuckte kaum merklich mit den Achseln und schaute dann hinunter auf seine gefalteten Hände.

Abby war die Einzige am Tisch, die ihren Kopf nicht zum Gebet senkte. Sie blickte verstört zu ihrem Schwiegervater hinüber. Bisher hatte sie ihn nur als einen warmherzigen und großzügigen Mann gekannt, der sie wie eine leibliche Tochter in sein Herz geschlossen hatte und dem sie viel verdankte. Und im Konflikt mit den Offizieren vom Rumcorps hatte er Charakter und Mut gezeigt. Sie hatte geglaubt ihn zu kennen und zu wissen, wie er in bestimmten Situationen reagieren würde. Nun jedoch dämmerte ihr, dass sie sich geirrt hatte. Neben der angenehmen Seite, die sie kannte, hatte Jonathan Chandler noch eine zweite Seite, die ihr ganz und gar nicht gefiel.

Ihr Blick ging unwillkürlich zu Andrew. Ihr Herz verkrampfte sich, als sie sich voller Bangen fragte, ob dieser Mann, den sie so sehr liebte, auch ein zweites Gesicht hatte, das ihr bisher verborgen geblieben war.

Siebtes Kapitel

Andrew wartete schon im Bett auf sie. Er hatte den Docht der Lampe so weit wie möglich heruntergedreht. Der ruhige Schein der kleinen Flamme bildete um die Nachtkommode eine einsame Oase des Lichts in der Dunkelheit der Nacht, die den größten Teil des Zimmers ausfüllte.

Behutsam schloss Abby die Tür. Sie wusste, dass sie länger weg gewesen war, als sie eigentlich vorgehabt hatte. »Ich habe noch einmal nach ihr geschaut«, sagte sie und legte den Morgenmantel ab, den sie über ihrem dünnen Nachthemd aus Musselin trug.

»Komm jetzt«, sagte er nur leise, ohne einen Vorwurf in der Stimme, und streckte die Hand nach ihr aus.

Sie beugte sich über den Glaszylinder der Lampe und die schwache Flamme erlosch unter ihrem Atem. Dann kam sie zu ihm. »Es geht ihr nicht gut, Andrew.«

Andrew zog sie zärtlich in seine Arme, strich ihr das Haar aus dem Gesicht und küsste sie. »Vergiss sie, Abby«, raunte er ihr zwischen zwei Küssen zu. »Zumindest für eine Weile. Weißt du überhaupt, wie sehr ich dich vermisst und mich nach dir gesehnt habe?«

»Ja«, flüsterte sie und wünschte sich nichts mehr, als in seinen Armen alles zu vergessen, was sie bedrückte. »Auch du hast mir schrecklich gefehlt, Andrew.«

Seine Lippen glitten über ihre Wange und zupften dann

an ihrem Ohrläppchen. »Ich liebe dich . . . und ich möchte dir zeigen wie sehr«, sagte er voller Begehren. Er zog die Schleifen ihres Nachtgewandes auf, streifte es ihr von den Schultern und begann sie zu streicheln.

Abby wollte sich seinen Liebkosungen hingeben und seine Zärtlichkeiten erwidern. Doch in dieser Nacht war es ihr unmöglich, alles um sich herum zu vergessen. Immer wieder drängte sich die Eingeborene in ihre Gedanken und das Bild, wie sie sich unter Schmerzen im Bett hin und her warf, wollte einfach nicht aus ihrer Erinnerung weichen.

Andrew spürte ihre Verkrampfung. »Was ist, Abby?«, fragte er verwundert.

Sanft entzog sie sich seinen Armen. »Es tut mir Leid. Ich kann einfach nicht . . . ich meine . . . ich möchte ja so gerne mit dir zusammen sein, aber ich . . . ich muss ständig an sie denken, und dann . . . o Gott, es tut mir ja so Leid«, stammelte sie unter Tränen. Sie fühlte sich schuldig, dass sie sich ihrem Mann verwehrte, den sie doch liebte. »Verzeih mir bitte. Ich will dir doch nicht wehtun . . . Ich liebe dich, Andrew, aber dieses arme Wesen . . « Sie ließ den Satz unbeendet.

Andrew atmete laut hörbar aus und schwieg einen Augenblick. »Da gibt es nichts, was ich dir verzeihen müsste«, erwiderte er schließlich betrübt. »Ich verstehe nur nicht, dass du wegen dieser Wilden so viel . . . na ja, Aufhebens machst.«

»Ich mache kein Aufheben um sie. Sie tut mir nur so Leid. Es ist schrecklich, was sie erdulden muss.«

»Mein Gott, du hast dein eigenes Leben aufs Spiel gesetzt, um das ihre zu retten. Ich bin stolz auf dich, dass du so gehandelt hast. Du wechselst ihre Verbände, wäschst sie und flößt ihr Wasser ein. Also du tust doch wirklich alles, was sich ein Kranker nur wünschen kann. Sogar einem kranken Weißen könnte es hier auf *Yulara* kaum besser ergehen«, hielt er ihr vor.

»Einem kranken Weißen würde Rosanna ihr Laudanum nicht verwehren«, entgegnete Abby niedergeschlagen. »Und dein Vater hätte sicherlich ein Machtwort gesprochen.«

Andrew seufzte. »Aber das musst du doch verstehen, Abby. Sie ist nun mal nur eine Wilde.«

Nur eine Wilde!

»Ändert das etwas an ihren Schmerzen?«

Er schwieg.

»Und wenn sie zehnmal eine primitive, heidnische Wilde ist, so ist sie doch ein Mensch. Und dieser erbarmungswürdige Mensch leidet schreckliche Qualen, Andrew. Dabei könnte ihr so leicht mit ein paar Tropfen Laudanum geholfen werden.«

»Du machst mir ein richtig schlechtes Gewissen, weißt du das?«, brummte er.

Sie lächelte schwach, doch das konnte er nicht sehen. So tastete sie nach seiner Hand und drückte sie. »Das beweist, dass du ein gutes Herz hast und ich den richtigen Mann liebe.«

Andrew lachte leise auf. »Wenn einer es schafft, mich um den kleinen Finger zu wickeln, dann bist du es.« Er gab einen Stoßseufzer von sich. »Also gut, ich werde dafür sorgen, dass du Laudanum für die Schwarze bekommst.«

»O danke!«, rief Abby unendlich erleichtert und fiel ihm, nackt wie sie war, spontan um den Hals.

»Das ist gefährlich, was du da machst«, warnte er sie halb im Scherz, halb im Ernst. »Dich so in meinen Armen zu halten und deinen wunderbaren Körper zu spüren, das weckt Gedanken und Gefühle in mir, die ich nur schwer unter Kontrolle halten kann.«

»O nein, das brauchst du nicht, mein Liebling«, flüsterte sie, küsste ihn voller Liebe und sank mit ihm in inniger Umarmung auf das Laken zurück. Jetzt vermochte sie alles andere um sich herum zu vergessen.

Später dann lag sie in wohliger Erschöpfung an seiner Brust. Eine wunderbare Mattheit erfüllte ihren Körper, aus dem jegliche Anspannung gewichen war.

Andrew strich ihr über das Haar und gab einen Seufzer von sich. »Ich glaube, ich ziehe mich jetzt besser an und reite los. Denn wenn ich jetzt nicht aufstehe, sind wir beide im nächsten Moment eingeschlafen und wachen nicht vor Morgengrauen auf.«

Abby fuhr aus dem Halbschlaf auf. »Du willst wegreiten? Ja ... aber, wo willst du denn hin?«

»Natürlich Laudanum holen. Oder hast du vergessen, was ich dir versprochen habe?«

»Nein, das nicht, aber ich dachte, du würdest die Flasche aus Rosannas Arzneischrank holen«, sagte Abby verwirrt.

Andrew schüttelte den Kopf. »Das kann ich nicht, Abby. Es ist ihr Laudanum, das sie bezahlt hat. Wenn ich einfach darüber verfügen und es dir für die Schwarze geben würde, hätte ich es auf ewig mit ihr verdorben – und du auch. Sie würde uns das nicht verzeihen. Und Dad würde dafür auch kein Verständnis haben. Die Aborigines erfreuen sich bei uns Farmern nun mal keiner großen Beliebtheit. Ob das nun richtig oder falsch ist, tut im Augenblick nichts zur Sache. Fest steht, dass ich mich wegen einer Schwarzen aus dem Busch nicht gegen Dad und Rosanna stellen kann.«

»Woher willst du dann das Laudanum holen?«, wollte Abby wissen.

»Ich reite nach Windsor zu Timothy MacMaster, dem alten irischen Knochenflicker. Der hat immer einen großen Vorrat an Laudanum im Haus«, teilte Andrew ihr mit.

Windsor war eine kleine Siedlung, die ein gutes Stück weiter flussabwärts am Ufer des Hawkesbury lag. »Bis zu den McMasters sind es gut drei Reitstunden«, wandte Abby ein, nun voller Sorge um ihren Mann.

»Wir haben fast Vollmond und der Himmel ist heute Nacht sehr klar. Ich werde gut vorankommen, besser jedenfalls als am Tag, wenn die Hitze unerträglich ist. Du kannst sicher sein, dass ich noch vor Sonnenaufgang wieder zurück bin«, beruhigte er sie.

»Lass mich mit dir reiten.«

»Dafür besteht keine Notwendigkeit und kommt daher auch gar nicht in Frage, mein Liebling.«

»Andrew, ich werde dich begleiten!«

»Nein, wirst du nicht, und das ist jetzt mein letztes Wort in dieser Sache!«

Zwanzig Minuten später verließen Andrew und Abby Seite an Seite den Hof und ritten im hellen Licht des Mondes durch das Buschland nach Nordosten.

Knappe drei Stunden später holten sie in Windsor Timothy MacMaster aus dem Schlaf. Sie blieben auf eine Tasse Tee, den die Frau des ehemaligen Schiffschirurgen rasch aufgesetzt hatte, und machten sich dann wieder auf den langen Rückweg.

Sie trafen mit dem Laudanum auf *Yulara* ein, als der Glutball sich im Osten vom Horizont löste und seinen Aufstieg am Himmel begann.

Jonathan Chandler und Melvin standen auf der Veranda, als Abby und Andrew sich aus den Sätteln schwangen und dem Stallknecht die erschöpften Pferde überließen. Travis

Burlington, der ihnen beim Satteln der Pferde zur Hand gegangen war, hatte den Farmer offenbar schon davon unterrichtet, wohin sein Sohn und seine Schwiegertochter mitten in der Nacht geritten waren.

»Musste das sein, Andrew?«, fragte Jonathan scharf und warf Abby einen gereizten Blick zu, der vielleicht besser als ein Dutzend Worte seine ganze Missbilligung ausdrückte.

»Sich wegen einer Schwarzen die Nacht zu Pferd um die Ohren zu schlagen, auf so eine Idee muss der Mensch erst einmal kommen«, bemerkte Melvin spöttisch.

Andrew verzog das Gesicht zu einem fröhlichen Grinsen. »Es lag wohl am Vollmond, Bruderherz. Wir konnten nicht einschlafen und dachten, dass uns ein kleiner Ausritt ganz gut tun würde.«

»Ein Ausritt, der euch zufällig nach Windsor geführt hat und von dem ihr auch zufällig mit zwei Flaschen Laudanum zurückkehrt!«, sagte Jonathan Chandler scharf und grimmig und es klang wie eine Anklage. Wieder fixierte er seine Schwiegertochter zurechtweisend.

Abby schlug nicht die Augen vor seinem ärgerlichen Blick nieder. Ihr Gesicht brannte jedoch und ihr Herz pochte heftig. Sie bedauerte seinen Groll erregt zu haben, war jedoch nicht gewillt sich zerknirscht zu zeigen und sich für etwas zu entschuldigen, das sie für richtig empfand.

Andrew rettete die Situation, indem er demonstrativ einen Arm um die Schulter seiner Frau legte und ebensowenig daran dachte, eine Entschuldigung anzubieten. Im Gegenteil, er bot seinem Vater die Stirn.

»Dieser Ausritt war allein meine Idee und ich sehe keine Veranlassung, mich dafür rechtfertigen zu müssen. Ich habe es für richtig gehalten und eine dementsprechende Entscheidung getroffen – wie ich sie auch in allen anderen

Dingen zu treffen gewohnt bin, die *Yulara* angehen«, sagte er herausfordernd und spielte darauf an, dass ein Großteil der Verantwortung für die Farm auf seinen Schultern lag.

Jonathan Chandler sah ihn verblüfft an und Melvin wandte seine Aufmerksamkeit plötzlich seinen auf Hochglanz polierten Stiefeln zu.

Um seinen Worten die Schärfe zu nehmen, fügte Andrew nun mit einem versöhnlichen Lächeln hinzu: »Wenn man es richtig betrachtet, ist Rosanna mal wieder als Siegerin aus der ganzen Geschichte hervorgegangen. Sie hat mich davon überzeugt, dass wir nicht genug Laudanum im Haus haben, um für *alle* Fälle gerüstet zu sein. Ich musste also klein beigeben und selbst dafür sorgen, dass wir nun über mehr als nur eine eiserne Reserve verfügen. Ich denke, dagegen kann man wohl nichts haben, oder?«

Jonathan Chandler ging nicht darauf ein, jedenfalls nicht direkt. »Wir haben einen langen Arbeitstag vor uns. Ich hoffe, ich kann mit dir rechnen, Andrew!«

Dieser schenkte ihm ein entwaffnendes Lächeln. »Wie wär's mit einer kleinen Wette, welcher Chandler heute auf dem Feld die Hacke zuerst aus den Händen legt?«

»Das wird nicht nötig sein«, erwiderte sein Vater und ein widerwilliges Lächeln zeigte sich in seinen Mundwinkeln. »Ich verliere zudem nicht gerne.«

Damit war die Krise gemeistert.

Abby atmete auf.

Melvin verzog das Gesicht. »Ich weiß nicht, wonach euch der Sinn steht, aber ich gehe jetzt frühstücken. Wie ich das so sehe, werde ich eine besondere Stärkung heute mehr denn je brauchen.«

Melvin und sein Vater wandten sich um und gingen ins Haus.

Abby strahlte Andrew an. »Das hast du wunderbar gemacht!«, raunte sie ihm zu. »Du hast ihnen glatt den Wind aus den Segeln genommen.«

»Das habe ich mir von dir abgeguckt«, antwortete er vergnügt und berührte kurz zärtlich ihre Wange. »Und jetzt sieh zu, dass du mit dem Laudanum zu deiner Wilden kommst.«

Das brauchte er ihr nicht zweimal zu sagen. Abby wusste, wie das Opiat zu dosieren war. Vorsichtig flößte sie der Kranken das mit Wasser verdünnte Laudanum ein und wartete, dass es seine Wirkung tat.

Die Betäubung setzte rasch ein. Das schmerzerfüllte Wimmern verstummte allmählich und das verzerrte Gesicht der Schwarzen entspannte sich. Ihr Körper musste den Kampf gegen das Fieber weiterführen, doch die Qual der Schmerzen hatte ein Ende. Eine friedliche Stille, die Hoffnung auf Genesung machte, breitete sich in der kleinen Kammer aus.

Abby saß noch am Krankenbett, als Clover und Rosanna schon längst den Frühstückstisch abgeräumt hatten. Sie lauschte dem gleichmäßigen Atem der Schwarzen und fühlte sich selbst wie von einem tiefen Schmerz befreit.

Achtes Kapitel

Drückende Schwüle lastete auf dem Land zwischen dem Pazifischen Ozean und den Blue Mountains. Im Südosten braute sich ein Unwetter zusammen.

»Hoffentlich erweist es sich nicht wieder als eines dieser nutzlosen Hitzegewitter, bei denen es wie verrückt blitzt und donnert, ohne dass jedoch auch nur ein Tropfen Regen vom Himmel fällt«, sprach Andrew vier Tage nach dem nächtlichen Ritt nach Windsor aus, was wohl alle Siedler der Kolonie sich von den heraufziehenden bleigrauen Wolken erhofften. Ein kräftiger Regenschauer würde der Hitze die unerträgliche Schwüle nehmen, die Luft reinwaschen und für Weiden, Äcker und Felder ein wahrer Segen sein.

Jonathan Chandler pflichtete Andrew bei. Melvin dagegen beschäftigten an diesem Morgen ganz andere Kümmernisse.

»Ich habe ja wirklich nichts dagegen, dass Abby sich um diese Heidin kümmert, als wäre sie ihre Schwester. Und dass sie nicht einmal mehr Zeit findet, die Mahlzeiten gemeinsam mit uns einzunehmen, damit kann ich mich auch abfinden.«

»Aber?«, fragte Andrew spöttisch.

»Ich finde es nicht fair, dass ich nun ihre Aufgaben übernehmen und Sarah Unterricht in Schreiben und Rechnen geben muss!«, rückte Melvin mit der Sprache heraus.

»Soll ich es vielleicht tun?«, fragte Jonathan Chandler ungehalten.

»Nein, das sind Abbys Pflichten!«, betonte Melvin noch einmal. »Und mir passt es einfach nicht, dass sie diese Arbeit nun mir aufbürdet!«

»Von mir aus lassen wir den Unterricht doch ausfallen«, meldete sich Sarah nun fröhlich zu Wort und sagte neckend zu ihrem Bruder: »Damit ersparen wir uns beide ein paar langweilige Stunden. Denn als Lehrer bist du so gut wie Andrew als Kaufmann in einem Kontor.«

»Sei nicht so vorlaut!«, zischte Melvin gereizt.

»Kommt gar nicht in Frage! Es bleibt bei den zwei Stunden Unterricht am Vormittag«, entschied Jonathan Chandler und beendete das Frühstück.

Sarah sprang vom Stuhl und lief in die Küche, um für Abby eine Kanne Tee und einen Teller mit zwei der herrlich frischen Biskuits zu erbitten. Rosanna sträubte sich zwar zuerst und ließ es nicht an Klagen darüber mangeln, dass es sich bei Gott nicht schicke, die Gesellschaft einer stummen und heidnischen Schwarzen der ihrer Familie vorzuziehen. Doch letztlich ließ sie Sarah mit dem Tablett ziehen.

Abby freute sich über den Tee und die Biskuits, die Sarah ihr brachte. »Ich dachte, ich würde es noch bis zum Frühstück schaffen, aber die Beinverbände haben mich doch länger aufgehalten.«

»Wie geht es ihr denn?«, wollte Sarah wissen und warf einen neugierigen Blick auf die Kranke.

»Das Schlimmste hat sie wohl überstanden. Sie wird wieder gesund, auch wenn es bis dahin noch ein langer und schmerzvoller Weg für sie ist. Gott sei Dank kann ich ihr mit dem Laudanum die größte Pein ersparen. Ich glaube, heute Morgen ist sie zum ersten Mal ansprechbar«, sagte Abby mit vollem Mund.

Sarah blieb noch eine Weile bei ihr. Doch da die Schwarze die Augen geschlossen hatte, es nichts Interessantes zu beobachten gab und es in der kleinen Kammer besonders stickig war, hielt es sie nicht lange an Abbys Seite. Da machte es doch mehr Spaß, mit Melvin in Vaters Studierzimmer zu sitzen und sich insgeheim darüber zu amüsieren, wie ihr Bruder sich als ihr Hauslehrer abmühte.

Auch Andrew schaute kurz zu Abby hinein, bevor er mit seinem Vater zum Roden hinausfuhr. Der jungen Aborigine schenkte er nur einen flüchtigen Blick. Er akzeptierte, was Abby tat, brachte dafür jedoch nicht gerade überschäumende Begeisterung auf. Genau genommen dachte er gar nicht darüber nach. Er hatte wichtigere Dinge im Kopf.

»Bitte richte es so ein, dass du wenigstens heute mit uns zu Abend isst, ja?«, bat er und sah sie mit einem liebevoll flehenden Blick an, von dem er wusste, dass sie ihm dann nichts abschlagen konnte. »Wenigstens mir zuliebe. Melvin, Dad und Rosanna halten deine Pflege für reichlich übertrieben und reagieren ganz schön gereizt.«

»Und du?«, fragte sie. »Hältst du sie auch für übertrieben?«

»Ich liebe dich, mein Schatz«, wich er ihr geschickt aus. »Und ich weiß, dass du nicht gegen das angehen kannst, was dir dein Herz sagt. Aber hilf mir, die Wogen des Unmutes ein wenig zu glätten.« Er beugte sich zu ihr, um ihr einen Kuss zu geben.

»Ich werde pünktlich zum Abendessen erscheinen«, versprach sie ihm, »und als brave Schwiegertochter beim Tischgebet keine Anspielung darauf machen, dass Jesus nicht von weißer oder schwarzer Hautfarbe gesprochen hat, als er uns zur Nächstenliebe ermahnte.«

Andrew lachte. »Das ist auch gut so, schon um des lieben Hausfriedens willen«, sagte er und eilte wieder hinaus.

Wie merkwürdig, dachte Abby, dass das Schicksal erst dieses Aborigine-Mädchen nach *Yulara* hatte verschlagen müssen, damit sie die Menschen besser verstand und beurteilen konnte, mit denen sie schon seit Jahren zusammenlebte und die sie doch so gut zu kennen geglaubt hatte. Nicht, dass sie ihren Schwiegervater, Melvin und Rosanna ob ihres Verhaltens weniger zugetan gewesen wäre oder sie gar verurteilt hätte. Nichts lag ihr ferner. Sie war ehrlich genug, um auch sich nicht von Vorurteilen und anderen Schwächen freizusprechen.

Nein, diese Tage hatten ihr die Augen geöffnet, über die anderen wie auch über sich selbst. Wenn man wirklich ehrlich in den Spiegel schaute, konnte man nicht auf alles, was man dann sah, stolz sein. Und was ihren Schwiegervater und Melvin anging, so war die vorbehaltlose Bewunderung, die sie ihnen bisher entgegengebracht hatte, auf ein mehr natürliches Maß zusammengeschrumpft und das war nichts Schlechtes.

Donnergrollen rollte über das Land. Abby erhob sich aus dem harten Lehnstuhl und trat an das einzige Fenster des Raumes. Es war so schmal, dass es sogar ihr noch Schwierigkeiten bereitet hätte, sich durch diese Öffnung ins Freie zu zwängen. Blitze zuckten aus den dunklen Wolken und verbanden Himmel und Erde mit ihrer grell gezackten Bahn. Die Blitze kamen in schneller Folge. Es krachte und donnerte, als feuerten zwei Kriegsschiffe Breitseite um Breitseite aufeinander ab. Doch kein Tropfen fiel auf das durstende Land. Die Hoffnung auf Regen erfüllte sich nicht.

Wie ein brüllender und Feuer speiender Derwisch zog das Hitzegewitter über *Yulara* hinweg. Abby wich nicht vom Fenster. Die Großartigkeit dieses Naturschauspiels erfüllte sie mit Furcht wie mit Faszination.

Plötzlich kehrten ihre Gedanken, die sie ziellos hatte treiben lassen, wieder in die Kammer zurück. Niemand hatte die Tür geöffnet und war eingetreten und dennoch hatte sie das Gefühl, beobachtet zu werden.

Langsam drehte sie sich um und schaute zum Bett.

Sie begegnete dem Blick der Schwarzen. Zum ersten Mal zeigten deren Augen einen klaren, wachen und zielgerichteten Ausdruck.

Abby freute sich, dass das Aborigine-Mädchen sich endlich aus der wirren Welt der Fieberphantasien befreit hatte und nun ansprechbar war. Mit einem Lächeln, das Zutrauen wecken sollte, trat sie zu ihr ans Bett.

Der Blick der Eingeborenen gab Abby frei, sprang nun ruckartig von Wand zu Wand, ging zur Decke und zum Fenster und kehrte dann zu Abby zurück.

»Du bist auf *Yulara*, der Farm der Chandlers«, sagte Abby mit bewusst ruhiger Stimme. »Und du hast bei dem Buschfeuer, vor dem wir dich noch im letzten Moment retten konnten, einige böse Verbrennungen erlitten. Du warst vier Tage im Fieberdelirium. Es sah wirklich nicht gut für dich aus. Aber du hast tapfer gekämpft und jetzt wirst du wieder gesund werden.«

Stumm blickte die Schwarze sie an.

»Kannst du mich verstehen?«

Keine Reaktion.

»Ich heiße Abby. Kannst du mir deinen Namen sagen?«

Die Lippen der Schwarzen bewegten sich nicht, doch ihre Augen ließen Abby nicht los.

Diese ließ sich so schnell nicht entmutigen und bewahrte ihr Lächeln. »Ich bin Abby . . . Mein Name ist Abby . . . Abby . . . Abby«, wiederholte sie mehrmals und schlug sich dabei jedes Mal mit der flachen Hand leicht vor die Brust. Dann richtete sie den Zeigefinger auf das Aborigine-Mädchen und fragte nach ihrem Namen. Das wiederholte sie ein gutes Dutzend Mal, ohne jedoch eine Antwort zu erhalten. Es schien, als begriff die Schwarze überhaupt nicht, was sie von ihr wollte.

Schließlich sank Abby mit einem resignierenden Seufzer in den Stuhl. »Schade«, murmelte sie.

»Nangala«, sagte da die dunkelhäutige Fremde mit rauer, kehliger Stimme.

Abby strahlte über das ganze Gesicht. »Nangala?«, fragte sie freudig und voller Stolz, ihr nun doch ihren Namen entlockt zu haben. »Du heißt Nangala?«

Die Schwarze legte ihre flache Hand, so wie Abby es getan hatte, auf ihre Brust und wiederholte: »Nangala.«

Abby lachte sie an und nickte. »Du bist Nangala und ich bin Abby.« Sie hoffte auf ein Lächeln oder eine andere Reaktion, doch das Mädchen verriet mit keiner Miene, was es dachte oder fühlte.

»Du verstehst unsere Sprache also nicht«, sagte sie eine Weile später. »Das ist wirklich schade, Nangala, denn ich hätte mich gern mit dir unterhalten. Ich hätte dir auch gern etwas vorgelesen und dir die Zeit, die du noch das Krankenbett hüten musst, damit verkürzt. Aber daraus wird ja nun nichts. Obwohl...«

Abby entsann sich plötzlich einer Begebenheit aus ihrer Kindheit. »Aber vielleicht hilft es dir, wenn ich dennoch mit dir rede. Meine Mutter hat einmal gesagt, dass es nicht immer darauf ankommt, ob man von einem Kranken auch verstanden wird, wenn man zu ihm spricht. Sie sagte, viel wichtiger sei es, *dass* man mit ihm redet und ihm das Gefühl gibt, nicht allein zu sein und Anteil zu nehmen. Das war, als Vater diesen schwer verletzten Holländer ins Haus nahm, der direkt vor unserer Tür von einer herrschaftlichen Kutsche angefahren worden war. Ich war damals gerade fünf und der Holländer ist sechs Wochen unter unserem Dach geblieben. Mutters Geschichten haben ihm, obwohl er sie nicht verstehen konnte, doch geholfen, wie er uns nach seiner Genesung zu verstehen gab.«

Verwundert über die Erinnerungen, die plötzlich wieder in ihr wach wurden, schüttelte Abby den Kopf. Eine Welt, die sie längst vergessen geglaubt hatte, kehrte mit Macht zurück: ihre Kindheit in England, ihre Eltern...

»Vielleicht erzähle ich dir ein wenig von mir«, sagte Abby versonnen. »Damals, als Mutter den Holländer gesund pflegte, war mein Vater ein wohlhabender Kaufmann und wir lebten in einem schönen Haus. Wir hatten sogar Dienstpersonal. Wie gut es mir ging, habe ich erst erkannt, als Vater tot war und meine Mutter über Nacht mit leeren Händen dastand. Vater hatte sehr ehrgeizige Ziele und wollte mit einem Schlag richtig reich werden. Er steckte jeden Penny, den er hatte, und noch einiges an geliehenem Geld in eine Schiffsladung Gewürze und Stoffe. Doch dieses Schiff ging auf der Fahrt von Indien zurück nach England unter – und Vater mit ihm. Für uns brachen die bitteren Zeiten der Armut an. Mutter ist nun auch schon fast fünf Jahre tot...«

Abby schwieg einen Moment. Dann fuhr sie fort: »Ich will dir erzählen, wie ich in dieses Land gekommen bin, Nangala. Es geschah wahrlich nicht freiwillig, das kann ich dir versichern. Ich kam als Sträfling. Aber halt, ich zäume das Pferd ja von hinten auf. Besser erzählte ich der Reihe nach.«

Sie machte eine kurze Pause. »Alles begann damit, dass Mutter mit einem schweren Lungenleiden darniederlag und ich an einem eisigen Februarmorgen vor nicht ganz fünf Jahren unsere zugige Dachkammer verließ, ohne zu ahnen, dass ich meine Mutter niemals wiedersehen würde. Ich wollte irgendwo Brot erbetteln oder notfalls meinen Umhang versetzen. Aber dazu kam es dann gar nicht mehr. Ein frecher Taschendieb, der einer der vielen Londoner Straßenbanden angehörte, wurde dabei ertappt, wie er einem feinen Mann die Geldbörse aus der Rocktasche zog. Er suchte sein Heil in der Flucht, die ihn an mir vorbeiführte. Er wurde von aufgebrachten Bürgern verfolgt und entledigte sich der Diebesbeute, indem er die Geldbörse in meinen Korb warf, während er an mir vorbeilief. Ich verlor den Kopf und rannte auch los und das war mein großer Fehler. Ehe ich wusste, wie mir geschah, hatte man mich gefasst und als angebliche Komplizin des Diebes in den Kerker von Newgate geworfen. Newgate, mein Gott!«

Auch nach all den Jahren, die nun schon vergangen waren, rief die Erinnerung an das Gefängnis von Newgate Beklemmung in ihr hervor. Ein Schauer kroch ihr den Rücken hoch und eine Gänsehaut überzog ihre Arme, die sie unwillkürlich wie Schutz suchend vor die Brust legte und kreuzte.

»Newgate war die Hölle auf Erden«, erinnerte sie sich mit leiser, angespannter Stimme, »und das ist sie auch heute noch für jeden, der dort hinter Gittern landet. Man hielt uns wie Vieh, nein, schlimmer noch. Es gab kein Erbarmen, nicht einmal unter den Insassen. Die hässlichsten Seiten des Menschen regierten in den von Ratten, Ungeziefer, Schimmel und mit Fäkalien verseuchten Kerkern. Meine Mutter erlag wenig später ihrer Krankheit und auch ich hätte den Winter nicht überlebt. Doch ich hatte Glück im Unglück, indem ich schnell vor Gericht gestellt und in einem dieser lächerlichen 5-Minuten-Prozesse zu sieben Jahren Deportation in die neue Sträflingskolonie New South Wales verurteilt wurde. In Wirklichkeit bedeutet dieses Urteil natürlich lebenslängliche Verbannung, denn wer kann es sich schon leisten, die Kosten für die Überfahrt nach England aufzubringen, wenn er hier seine Strafe verbüßt hat. Die Überfahrt, mein Gott!«

Abby holte tief Atem und schüttelte den Kopf, als könnte sie nicht glauben, was ein Mensch alles zu erdulden und zu überstehen vermochte, wenn sein Wille zu überleben stärker war als Angst, Schmerzen und die Versuchung, der Qual durch Selbstaufgabe ein Ende zu bereiten.

»Die Überfahrt im Zwischendeck auf der *Kent*, so hieß der Ostindienfahrer, dauerte über ein halbes Jahr. Und wenn die Hölle von Newgate auch nicht zu übertreffen war, so waren diese schrecklich langen Monate auf See doch eine Qual. Viele haben die Passage nicht überlebt. Aber dann, an einem heißen Tag im Januar des Jahres 1805, lief die *Kent* endlich im Hafen von Sydney ein. Rachel, das ist meine Freundin, und ich wurden mit vielen anderen Frauen nach Parramatta ins dortige Frauengefängnis geschickt, die aber alle nur *Factory* nennen, weil die Insassen dort hart arbeiten müssen.«

Abby lachte plötzlich trocken auf. »Hast du schon mal von der ›Fleischbeschau‹ in der Factory gehört? Nein, natürlich nicht. Ab und zu wird im Frauengefängnis von Parramatta ein Heiratsmarkt abgehalten, den Sträflinge wie Aufseher abschätzig Fleischbeschau nennen. Und so falsch liegen sie damit auch gar nicht. Einen habe ich erlebt und es sind wahrlich keine schönen Erinnerungen, die ich daran habe. Weißt du, in der Kolonie herrscht nämlich noch immer ein großer Mangel an Frauen. Und so kommen dann mehrmals im Jahr heiratswillige Siedler zu diesem Heiratsmarkt in der Factory, um dort nach einer Ehefrau zu suchen. Viel Zeit bleibt da nicht, denn die Hochzeit der Paare findet meist noch am selben Nachmittag statt. In ein paar Stunden muss man sich also handelseinig sein, und es ist ja wirklich ein sehr nüchterner Handel, der da zwischen Mann und Frau geschlossen wird. Die Frauen bieten ihre Arbeitskraft und ... ja, und ihre Bereitschaft, Tisch und Bett mit diesem Fremden zu teilen, während der Mann die Freiheit und Chance zu einem Neuanfang bietet. Denn wer einen Freien oder einen Emanzipisten heiratet, kann damit rechnen, dass seinem Begnadigungsgesuch stattgegeben wird – sofern man sich die Herren Offiziere nicht gerade persönlich zum Feind macht. Tja, und manchmal kann aus diesem entsetzlich sachlichen Geschäft, das zu einer Ehe führt, auch richtige Liebe werden. Das ist meiner Freundin Rachel widerfahren, die bei einer solchen Fleischbeschau den Heiratsantrag des Fassbinders John Simon angenommen hat. Beide sind so glücklich miteinander, als wären sie eine Liebesheirat eingegangen.«

Nangala hatte sie die ganze Zeit angeschaut und Abby hatte den Eindruck, als würde sie ihren Worten aufmerksam lauschen, auch wenn sie nicht verstehen mochte, was sie da erzählte. Und das veranlasste sie, weiter von sich zu berichten.

»Seit einigen Monaten bin auch ich verheiratet. Aber ich habe Andrew, meinen Mann, nicht auf diesem Heiratsmarkt in Parramatta kennen gelernt. Das erste Mal habe ich ihn und seine Schwester an Deck der *Kent* gesehen, die sie als freie Siedler nach New South Wales brachte. Ich bin dabei ihrem Vater, Jonathan Chandler, aufgefallen, weil ich schreiben und lesen kann. Später dann hat er mich als Arbeitskraft angefordert und so bin ich nach *Yulara* am Hawkesbury River gekommen. Ich habe mich um Sarah gekümmert, aber täglich auch viele Stunden harter Arbeit leisten müssen, wie jeder auf der Farm. Tja, und Andrew und ich . . . also anfangs haben wir beide geglaubt, uns nicht leiden zu können. Aber das stimmte nicht. Wir wollten wohl nicht wahrhaben, dass wir uns vom andern angezogen fühlten, und haben uns dagegen gewehrt. Aber letztlich sind unsere wahren Gefühle doch stärker gewesen und ich bin glücklich, dass alles so gekommen ist.«

Ein Lächeln, das aus der Tiefe ihres Herzens kam, verklärte ihren Blick. »Nie hätte ich für möglich gehalten, dass ich einmal ein solches Glück empfinden würde, wie ich es jetzt mit Andrew gefunden habe. Aber als die *Kent* in der Bucht von Sydney vor Anker ging, hätte ich ja auch niemals geglaubt, dass ich dieses wilde, sonnendurchglühte Land einmal so sehr lieben und als meine Heimat betrachten würde.«

Etwas in Nangalas stummem Blick löste in ihr ein Gefühl der Irritation aus, das schon beinahe an Verlegenheit grenzte. »Dieses Land ist natürlich auch deine Heimat, nicht wahr? Was heißt ›auch‹! Es ist sie ... na ja, ist sie wohl gewesen. Das Land gehörte dir und deinem Stamm, bevor wir Weißen kamen. Wir haben euch vertrieben und bauen auf eurem Land unsere Siedlungen und Farmen, und wir Weißen töten euch, wo immer ihr nicht freiwillig zurückweicht, oder wenn ihr Vieh stehlt, und das ist ein großes Unrecht.«

Nangala nahm ihren Blick nicht eine Sekunde von ihr. Abby fühlte sich sehr unbehaglich und wie unter einer Anklage. Natürlich war das nur Einbildung, aber dennoch konnte sie sich dieses beklemmenden Gefühls nicht erwehren.

»Aber ich kann nichts dafür, Nangala«, verteidigte sie sich unwillkürlich. »Die meisten Kolonisten können nichts dafür. Sie sind ja als Sträflinge nach Australien gekommen und im Grunde genommen aus ihrer Heimat vertrieben worden wie ihr. Das gibt ihnen natürlich nicht das Recht, Unrecht und Grausamkeit mit noch größerem Unrecht und noch abscheulicheren Grausamkeiten zu vergelten. Ist das nicht eine Schande für die Menschheit? Ich meine diesen bösen Lauf der Welt, in der schon seit Jahrhunderten, ja Jahrtausenden der eine das Land des anderen mit Feuer und Schwert erobert und die Menschen, die dort seit Generationen ihre Heimat gehabt haben, vertreibt, unterjocht oder gar tötet.

Und immer ist von Vaterland, Ehre und göttlichem Auftrag die Rede, wenn es darum geht, über andere Völker herzufallen. Manchmal frage ich mich, was mit uns Menschen nicht stimmt. Weißt du, eigentlich müssten wir doch kraft unseres Verstandes vernünftig sein und friedliche Wege suchen. Wir Menschen dünken uns so überlegen und verhalten uns doch viel primitiver und grausamer als die wilden Tiere im Busch.«

Ihre Worte verklangen ohne eine Antwort und die Stille in Verbindung mit Nangalas unbewegtem Blick machte Abby verlegen.

»Aber was rede ich da für ein wirres Zeug. Wenn Melvin mich hören könnte, würde er mich necken und mich wieder als ›Wald-und-Weiden-Philosophin vom Hawkesbury‹ verspotten. Das tut er gelegentlich, wenn ich ins Grübeln komme und mir so vieles durch den Kopf geht – und ich so unüberlegt bin, es einfach aus mir heraussprudeln zu lassen. Melvin ist nämlich ein Studierter – zumindest fast. Aber er hat mich ja nicht gehört. Und du sei froh, dass du es nicht verstanden hast. So, und jetzt ist es an der Zeit, auf deine Wunden wieder neue Salbe aufzutragen.«

Abby erhob sich und trat ans Bett. Als sie Nangalas rechten Arm nehmen und den Verband aufbinden wollte, zuckte die Schwarze zurück.

»Hab keine Angst, ich werde dir nicht wehtun«, versprach Abby mit ruhiger Stimme. »Ich werde ganz vorsichtig sein und nicht zulassen, dass du große Schmerzen hast. Ich habe Laudanum. Aber die Verbände müssen regelmäßig gewechselt werden, wenn die Wunden rasch verheilen sollen. Du musst mir vertrauen, Nangala.«

Zögernd überließ Nangala ihr nun ihren Arm. Stumm sah sie zu, wie Abby den Verband abrollte und die hässlichen Brandwunden mit der Salbe einrieb, der ein deutlicher Eukalyptusduft entströmte. Obwohl Abby mit äußerster Behutsamkeit vorging, bereiteten ihre Berührungen der Schwarzen jedoch sichtlich Schmerzen. Nangala zog ihren Arm jedoch nicht zurück.

Es dauerte eine ganze Weile, bis Abby alle fünf Verbände erneuert und Nangala den schmerzstillenden Laudanumtrunk eingeflößt hatte. Bald darauf schlief die Eingeborene ein und Abby griff zu einer Handarbeit, um die Stunden des Wartens nicht untätig verstreichen zu lassen, sondern für sinnvolle Arbeit zu nutzen. Es gab genug Wäsche, die geflickt werden musste, und Sarah wuchs so rasch aus ihren Sachen heraus, dass Rosanna und sie, Abby, mit dem Auslassen und Nähen neuer Kleider kaum noch nachkamen.

Abby verbrachte in den folgenden Tagen viele Stunden in der engen, stickigen Kammer und kümmerte sich hingebungsvoll um Nangala. Sie versorgte nicht nur ihre langsam heilenden Verletzungen, sondern wusch sie, erzählte ihr Geschichten und zeigte Geduld, wenn Nangala dieses oder jenes Essen aus unerfindlichen Gründen nicht anrührte und Rosanna sich darüber erregte, »ausgerechnet einer schwarzen Götzenanbeterin noch ein besonderes Essen zubereiten zu müssen«, wie sie sich ausdrückte. Nangala war für sie nur »die Wilde« oder die »schwarze Götzenanbeterin«. Den Namen benutzte sie nie, was auch auf viele andere auf *Yulara* zutraf. Die meisten zogen es vor, unpersönlich von der »Schwarzen« zu sprechen oder gar eines der Schimpfwörter zu benutzen, die über die Aborigines im Umlauf waren.

In diesen langen Stunden versuchte Abby mehr als einmal, Nangala zum Sprechen zu bringen. Auch wenn sie die

Sprache der Aborigines nicht verstand, so hätte es ihr doch etwas gegeben, sie reden zu hören. Doch Nangala zeigte keinerlei Reaktion. Fast hätte man meinen können, sie wäre mit Stummheit geschlagen.

»Du nimmst das viel zu persönlich und machst dir zu viele Gedanken«, versuchte Andrew sie zu trösten, als Abby ihm gestand, wie betrübt sie über Nangalas Verhalten war, das sie mit dem einer Schnecke verglich, die sich beharrlich in ihrem Schneckenhaus verborgen hielt und sich jedem Zugriff verwehrte. »Wer weiß denn schon, was in den Köpfen dieser Wilden vor sich geht.«

»*Was* ihr durch den Kopf geht, möchte ich auch wissen. Aber dass es sich sehr von dem unterscheidet, was sich bei uns im Kopf abspielt, wage ich doch sehr zu bezweifeln. Und rede du bitte nicht auch noch so abschätzig über Nangala. Es reicht, wenn Rosanna und dein Bruder vergessen, dass diese Menschen schon lange vor uns in diesem Land waren und genauso Teil von Gottes Schöpfung sind wie alles andere auf der Welt.«

Verwundert blickte Andrew sie an. »Ich habe das überhaupt nicht abschätzig gemeint, Abby!«, versicherte er.

Sie glaubte ihm, doch dieses unbewusst herablassende Wohlwollen war letztlich kaum weniger abwertend als offene Verachtung. Dass Andrew sie gegenüber seinem Vater und Bruder in Schutz nahm und ihr den Rücken stärkte, rechnete sie ihm hoch an.

Abby ließ Krücken anfertigen, damit Nangala erste Gehversuche unternehmen konnte, die auch vielversprechend ausfielen. Die Heilung machte rasche Fortschritte.

»Bald bist du wieder so munter auf den Beinen wie ein junges Känguru«, sagte Abby am Abend jenes Tages zuversichtlich, nachdem sie noch einmal die restlichen zwei Verbände erneuert und ihr einen Krug frisches Wasser für die Nacht ans Bett gestellt hatte.

Abby hielt die Hand hinter die Kerze der Wandleuchte und blies die Flamme aus. »Gute Nacht«, sagte sie und wollte aus dem Zimmer gehen.

In dem Moment griff Nangala nach ihrer Hand und drückte sie, als wollte sie sich bedanken und den Gutenachtgruß auf ihre stumme Art erwidern.

Überrascht blieb Abby stehen.

»Abby«, kam Nangalas Stimme aus der Dunkelheit. Erneut drückte sie ihren Arm und sprach noch einmal ihren Namen aus: »Abby.« Danach ließ sie den Arm los und drehte sich auf die Seite.

Einen Augenblick lang stand Abby in der Dunkelheit still neben dem Bett. Zum ersten Mal hatte Nangala ihren Namen ausgesprochen und sie hatte ihren Arm gedrückt! Endlich war die Mauer der Stummheit und Reaktionslosigkeit durchbrochen.

Abby hatte Tränen in den Augen, als sie die Kammer verließ.

Neuntes Kapitel

Es war die zwitterhafte Stunde zwischen weichender Nacht und heraufdämmerndem Tag, als Abby die dünne Bettdecke zurückwarf und aufstand. Über Fluss und Land lag die Dunkelheit noch wie eine warme Decke dunkler Daunen. Doch im Osten verlor die Schwärze der Nacht bereits an Kraft und ging in ein Königsblau über, das über dem Horizont schon grüngraue Ränder aufwies.

Abby kam nicht als Erste zu dieser frühen Morgenstunde aus dem Bett. Durch das offene Fenster drangen der vertraute Geruch der Holzfeuer und das unvermeidliche Scheppern und Klappern von Töpfen und Pfannen. Rosanna legte ihren ganz persönlichen Ehrgeiz darein, stets vor allen anderen auf den Beinen zu sein – was dann auch zwangsläufig für die arme Clover galt.

Andrew wälzte sich auf ihre Seite des Bettes und richtete sich halb auf. »Was treibt dich bloß so schnell aus den Federn? Bleib noch ein paar Minuten. Ich habe die letzte Zeit so schrecklich wenig von dir«, sagte er schläfrig, legte ihr von hinten einen Arm um die Brust und zog sie zurück ins Bett.

Abby lachte leise. »Ich muss nach Nangala sehen. Du möchtest doch, dass ich nachher mit euch am Frühstückstisch sitze, oder?«

»Willst du wissen, was ich noch viel lieber möchte?«, raunte er ihr ins Ohr und streichelte sie zärtlich. »Ich habe von dir geträumt. Es war ein Traum, der mir ausnehmend gut gefallen hat.«

»Du Wüstling!«, gab sie sich empört, lachte jedoch und küsste ihn auf die Brust, bevor sie sich mit sanftem Widerstreben seinen Armen entzog.

Er seufzte, ließ sich in die Kissen zurückfallen und verschränkte die Hände im Nacken, während Abby zur Morgenwäsche an die Waschkommode trat.

»Liebst du *Yulara*?«, fragte er.

Verwundert drehte sich Abby zu ihm um. »Weißt du das denn nicht? Natürlich liebe ich die Farm, Andrew. Wie kommst du bloß auf so eine Frage?«

»Ich liebe *Yulara* auch, aber manchmal überkommt mich der Wunsch, etwas Eigenes aufzubauen«, gestand er.

»Aber das tust du doch«, sagte Abby, fasste ihr Haar zu einem Zopf zusammen und tauchte das Gesicht in das Wasser der großen Waschschüssel.

»Ja und nein. Mein Vater hat dieses Stück Land ausgesucht und er hat auch alles andere vorgegeben. Wo das Haus stehen, wie der Grundriss aussehen und was zuerst in Angriff genommen werden sollte. Und soviel ich auch dazu beigetragen habe, so ist *Yulara* doch sein Werk und wird es auch noch sehr lange bleiben.«

Abby glaubte, ihren Ohren nicht trauen zu dürfen. Noch nie zuvor hatte Andrew an *Yulara* und dem Maß seiner Verantwortung Kritik laut werden lassen. So kannte sie ihn gar nicht. »Du willst von hier weg?«

»Ja, manchmal wünsche ich mir, mit dir und ein paar tüchtigen Männern etwas Eigenes zu schaffen. Andererseits macht mich aber schon die Vorstellung, von *Yulara* wegzugehen, ganz krank«, räumte er ehrlich ein. »Und dann frage ich mich, wie mir ein solch idiotischer Gedanke bloß kommen konnte! Eigentlich weiß ich gar nicht, was ich will.«

Abby trocknete sich ab. »Du wirst es schon herausfinden, und wenn du dann noch immer den Wunsch hast, etwas Eigenes zu schaffen, wird Zeit genug sein, um darüber nachzudenken, was zu tun ist.«

»Würdest du mit mir gehen?«, fragte er leise.

Sie wandte sich ihm zu und sagte mit bedingungsloser Verbundenheit: »Bis ans Ende der Welt, Andrew.«

Sein ernstes, grüblerisches Gesicht verwandelte sich in ein Lächeln. »Na, das wäre von hier aus ja England, und das muss es mit Sicherheit nicht sein. Also bringen wir erst einmal das Frühstück und Melvins Nörgeleien hinter uns«, sagte er in einem betont fröhlichen Tonfall, als wollte er sich selbst aufmuntern, und stand nun auch auf. »Ich wünschte, wir könnten ihn mit April Halston verkuppeln. Die Ehe würde ihm gut tun – und uns auch.«

Abby lachte und kleidete sich an. Wenig später ging sie den Gang zum Krankenzimmer hinunter. Dabei dachte sie darüber nach, was Andrew ihr beim Waschen offenbart hatte. Der Gedanke, *Yulara* zu verlassen, war ihr nie gekommen. Doch als sie jetzt darüber nachdachte...

Sie machte die Tür auf und jegliche Überlegungen, die sie beschäftigt hatten, waren augenblicklich vergessen. Denn das Bett war leer und Nangala verschwunden.

Abby sah sich verstört im Zimmer um, als könnte sich die Eingeborene in einer Ecke versteckt haben, was bei der winzigen Größe der Kammer natürlich völlig unmöglich war.

Dann lief sie zu Andrew. »Nangala ist weg!«

Er zeigte weder große Überraschung noch Interesse am Verbleib der Aborigine. »Bist du dir auch sicher?«

»Sie ist nicht in ihrem Zimmer und wo sollte sie sonst sein? Dabei ist sie doch noch längst nicht so gut zu Fuß, dass sie sich wieder auf den Marsch in den Busch begeben kann«, sorgte sich Abby.

»Sie ist eine Wilde und wird das besser beurteilen können. Vielleicht hat sie dir ja auch die ganze Zeit etwas vorgespielt«, mischte sich da Jonathan Chandler ein, der aus seinem Zimmer gekommen war.

Melvin trat hinzu. »Die Schwarze hat sich klammheimlich aus dem Staub gemacht?«, erkundigte er sich in einem »Ich-habe-es-ja-gewusst«-Tonfall.

»Ja«, sagte Jonathan Chandler, bevor Abby Widerspruch gegen die indirekte Unterstellung, Nangala wäre ein undankbares Geschöpf, einlegen konnte.

»Dann sollten wir keine Zeit verlieren und feststellen, ob

vielleicht ein Pferd fehlt oder sie sonst irgendetwas mitgenommen hat«, schlug Melvin vor.

»Wie kannst du ihr bloß solch eine Gemeinheit unterstellen!«, entrüstete sich Abby.

Jonathan Chandler bedachte seine Schwiegertochter mit einem leicht tadelnden Blick. »Es ehrt dich, dass du an das Gute in diesen Heiden glaubst«, sagte er mit der gönnerhaften Nachsicht des Familienoberhauptes, »aber das ändert nichts daran, dass nur zu bekannt ist, wie ausgeprägt die Diebesader dieser schwarzen Gesellen ist.« Und zusammen mit Melvin eilte er aus dem Haus.

Als Rosanna von Nangalas nächtlichem Verschwinden hörte, stürzte sie sofort in die Speisekammer, um sie zu überprüfen.

Abby empfand dieses Misstrauen als beschämend – und irgendwie auch als Beleidigung ihrer Person und Menschenkenntnis. Andrew schien das zu spüren, denn er legte seinen Arm um sie und sagte mitfühlend: »Sie meinen es gar nicht so, wie es vielleicht klingt, Abby. Vater und Melvin sind einfach vorsichtig. Und was wissen wir schon über diese Aborigines? Sei doch mal ehrlich. Selbst du hast ja nicht mehr als ihren Namen aus ihr herausbekommen.«

Es stellte sich heraus, dass nichts fehlte – nicht einmal ein Wasserschlauch oder ein Laib Brot. Sogar das schäbige Kleid, das vom Feuer übel zugerichtet gewesen war, hatte Nangala in der Kammer zurückgelassen.

Und das Amulett.

Abby fand den Stein mit den mystischen Zeichen und bunten Vogelfedern auf ihrem Stuhl. Die Schnur aus geflochtenen Pflanzenfasern war sorgfältig in einer Spirale um den bemalten Stein gelegt. Es war ganz eindeutig ein Geschenk Nangalas an sie.

Bewegt von dieser Geste nahm Abby das Amulett in die Hand und hängte es sich um den Hals. Dann ließ sie Whisper satteln und ritt hinaus. Sie wollte Nangala suchen.

Andrew versuchte sie davon abzuhalten. »Das bringt doch gar nichts! Du weißt doch gar nicht, welche Richtung sie eingeschlagen hat. Das ist so, als wolltest du eine Nadel in einem Heuhaufen suchen. Und wofür überhaupt? Sie wollte gehen und das hat sie dann auch getan.«

Dennoch ritt Abby hinaus. Sie wusste, dass sie Nangala nicht finden würde, doch sie hatte das Bedürfnis, es zumindest zu versuchen. Als sie Stunden später nach *Yulara* zurückkehrte, ohne eine Spur von ihr gefunden zu haben, bemerkte Jonathan Chandler nur, dass es wohl doch vernünftiger gewesen wäre, wenn sie sich den Ausritt erspart und mit ihnen gefrühstückt hätte. Und das Einzige, was Melvin interessierte, war, dass Abby nun endlich wieder Sarahs Unterrichtung übernahm.

Abby enthielt sich eines bissigen Kommentars. Doch zu Andrew sagte sie später am Tag: »Vielleicht ist es gar keine so schlechte Idee, sich etwas Eigenes zu schaffen.« Dabei spielten ihre Finger mit dem Amulett. Sie wollte es immer tragen. Vielleicht brachte es ihnen ja Glück.

Zehntes Kapitel

Anderthalb Wochen später rumpelte ein Fuhrwerk, von zwei Braunen gezogen und mit Greg Halston auf dem Kutschbock, den Hang zum Hof von *Yulara* hoch. Der untersetzte, stämmige Farmer mit dem schlohweißen Vollbart brachte vier Mutterschafe und einen Bock. Dieser war von den anderen Schafen abgetrennt und benahm sich äußerst rabiat. Immer wieder rammte er sein ansehnliches Gehörn gegen die Bretter der Seitenwand. Dieses Krachen war schon von weitem zu hören, lange bevor man auf dem Hof das Knarren und Ächzen des Fuhrwerks vernehmen konnte.

»Greg, du bist es wirklich! Himmel, es geschehen wahrlich noch Zeichen und Wunder!«, begrüßte Jonathan Chandler ihn mit freundschaftlichem Spott und lachte dabei über das ganze Gesicht. »Und ich dachte schon, du hättet den Weg nach *Yulara* vergessen!«

»Bessie und Molly haben sich noch erinnert. Ich habe sie einfach trotten lassen, das schien mir das Sicherste zu sein. Aber ob du es nun glaubst oder nicht, streckenweise habe auch ich den Weg zu euch wiedererkannt«, ging Greg Halston auf den Spott ein, rutschte schwerfällig vom Bock und rückte die breiten Hosenträger zurecht. Sein verbeulter Lederhut war um das Stirnband schweißgetränkt.

Die beiden Farmer tauschten einen herzlichen Händedruck. Dann trug Jonathan Chandler dem Stallknecht auf, sich des Gespanns anzunehmen. »Und du kümmerst dich am besten um die Schafe«, sagte er zu Andrew. »Du wolltest sie ja unbedingt haben.«

»Ja, Dad«, sagte Andrew.

Abby folgte ihm. »Ich helfe dir.«

Greg Halston zwinkerte Andrew zu und schlug ihm freundschaftlich auf die Schulter. »Du hast eine gute Wahl getroffen. Und irgendwann werden wir deinen Vater auch noch zur Einsicht bringen.«

Andrew lächelte. »Sie sind zu selten auf *Yulara*«, murmelte er. »Sonst würden Sie solche Voraussagen nicht so leichtfertig machen. Dad ist und bleibt ein Rindermann.«

Das Geschäft mit den vier Mutterschafen und dem Zucht-
bock hatte Andrew mit Greg Halston abgeschlossen, als er
Dunbar zusammen mit Melvin einen Besuch abgestattet
hatte. Die Schafherden von *Yulara* konnten frisches Blut
gut gebrauchen. Andrew fand, dass sein Vater sich völlig auf
die Wollproduktion konzentrieren und aufhören sollte, so
viel Schweiß und Geld in den Aufbau einer gewinnträchti-
gen Rinderzucht zu investieren. Das Land war für Schafe
geschaffen, besonders für die Merinos, die seit einigen Jahren vom Kap und aus Europa eingeführt wurden. Dagegen
gediehen Rinder, weniger genügsam und weitaus anfälliger
für Krankheiten, auf den Buschweiden entschieden weniger
gut. Die Zukunft gehörte ganz eindeutig dem Schaf. Darin
war sich Andrew mit Greg Halston einig.

Melvin freute sich ganz besonders, den Farmer von *Dunbar* für ein, zwei Tage auf *Yulara* zu Gast zu haben. Und er
erteilte Rosanna sofort die Anweisung, zur Ehre ihres Besu-
ches etwas ganz besonders Schmackhaftes aufzutischen. Die
Köchin empfand diese Aufforderung als völlig unnötig, ja
beinahe als Kränkung.

»Als wüsste ich nicht, was ich bei Besuch zu tun habe!«,
ärgerte sich Rosanna und verpasste Clover eine Kopfnuss,
nur weil sie ihr im Weg stand.

Auch Andrew ärgerte sich, wenn auch aus einem ganz
anderen Grund. »Ich kann mir den Mund fusselig reden und
tausend gute Argumente bringen, Dad wird dennoch an
seinem Konzept festhalten«, sagte er grimmig, nachdem er
mit Abby Mutterschafe und Bock in getrennten Pferchen
untergebracht hatte.

»Er denkt wohl, was in Devon richtig gewesen ist, kann
hier nicht ganz falsch sein«, mutmaßte Abby.

Andrew verzog das Gesicht. »In Devon haben wir im

Oktober die Felder abgeflämmt und uns im Januar in unsere wärmsten Jacken gehüllt. Sollen wir hier deshalb morgen unsere Felder noch vor der Ernte niederbrennen und im Hochsommer in dicken Felljacken herumlaufen? Mein Gott, in diesem Land ist nichts so wie in Devon!«, erregte er sich. »Ich kann doch nicht versuchen die Natur so hinzubiegen, dass sie meinen Wünschen entspricht. Als Farmer hat man sich vielmehr den Bedingungen des Landes anzupassen und diese für sich zu nutzen, statt ihnen zu trotzen und auf Methoden zu beharren, die hier nichts zu suchen haben.«

»Mich brauchst du nicht zu überzeugen«, sagte Abby. »Ich bin ganz deiner Meinung. Aber wie du vor ein paar Wochen so richtig gesagt hast: *Yulara* ist das Werk deines Vaters und wir sollten uns damit abfinden, dass er im Zweifel das letzte und entscheidende Wort hat.«

»Und ich habe dir ebenfalls gesagt, dass ich es mir sehr gut vorstellen kann, irgendwo selbst Land zu erwerben und dort mit dir etwas Eigenes aufzubauen«, erklärte er. »Eine Farm, wo ich nicht der ›junge Master Chandler‹ bin und du nicht die Schwiegertochter, die immer springen muss, wenn Dad oder mein Bruder irgendeine Frauenarbeit erledigt haben möchte.«

Abby lächelte versonnen. »Das klingt schön . . . und fast ein wenig zu schön. Und so wie die Dinge liegen, ich meine mit dem arrestierten Gouverneur und den Offizieren, wird das wohl noch für einige Zeit ein Traum bleiben.«

Andrew schüttelte energisch den Kopf. »Es wird nicht mehr lange dauern, bis wieder geordnete Verhältnisse in New South Wales einkehren. Und dann werde auch ich mir das Recht nehmen, das sich mein Bruder ja auch genommen hat, nämlich eigene Pläne zu verwirklichen. Dad ist ja noch kein alter Mann und *Yulara* kommt auch ohne uns gut zurecht.«

»Warten wir es ab«, sagte Abby, die zwar gelernt hatte, nie die Hoffnung aufzugeben – aber auch, dass es nur Kummer brachte, wenn man sein Herz zu sehr an hochfliegende Wünsche hing. Es war schon schön, nur davon zu träumen.

Er seufzte und klopfte sich das Stroh von seiner Hose. »Gehen wir ins Haus zu den andern.«

Abby wurde auf halbem Weg von der jungen Frau eines Farmarbeiters aufgehalten, mit der sie auf freundschaftlichem Fuß stand und die ihr die freudige Nachricht mitteilte, dass ihre Gebete endlich erhört worden waren und sie ein Kind erwartete.

Als Abby ins Haus kam, drang ihr schon Greg Halstons volltönende Stimme aus dem Wohnsalon entgegen. ». . . geht das Leben nun mal weiter. Und Heather hat mittlerweile selber eingesehen, dass sie sich so schnell wie möglich wieder verheiraten muss. Sie ist zu jung, um das Leben einer Witwe zu führen und ihrem ersten Mann nachzutrauern.«

»Ja, das ist wider die Natur der Jugend«, pflichtete Jonathan Chandler seinem Nachbarn bei.

»Zudem braucht sie einen Vater für ihr Kind, das ja bald zur Welt kommt, und ich einen aufrechten Schwiegersohn, der einmal meine Nachfolge auf *Dunbar* antritt.«

»Heather hat bestimmt keine Schwierigkeiten, einen tüchtigen Ehemann zu finden«, versicherte Melvin höflich.

»In der Tat!«, bestätigte Greg Halston nicht ohne Stolz. »Es gibt da schon einige Bewerber. Natürlich lässt Heathers derzeitiger Zustand nicht zu, dass sie sich ihr gegenüber offen erklären.«

»Das wäre vor der Geburt des Kindes ihres verstorbenen Ehemannes sehr unschicklich«, warf Jonathan Chandler zustimmend ein.

»Gewiss, Jonathan, aber die Zeit des Wartens ist zum Glück abzusehen«, sagte Greg Halston, »und Henry, der zweite Sohn der Fairfields von *Glendale*, hat schon mein Vertrauen und meine Zustimmung gesucht. Ich bin sehr zuversichtlich, dass Heather seinen Antrag in ein paar Monaten annehmen wird. Auf jeden Fall werde ich ihr gut zureden.«

»Henry Fairfield ist ein anständiger junger Mann und deine Tochter wird wissen, was sie ihrem Kind und dir schuldig ist«, sagte Jonathan Chandler.

Abby hätte beinahe spöttisch aufgelacht. Arme Heather, dachte sie. Henry mochte zwar anständig sein, war jedoch so anziehend wie eine Bohnenstange, so steif und hager und mundfaul wie er war.

»Ich bin wirklich froh, wenn wieder ein zweiter Mann im Haus ist«, hörte sie Greg Halston sagen. »Diese Frauenwirtschaft zehrt reichlich an meinen Nerven. Und April ist in letzter Zeit so unruhig wie ein junges Füllen, das es aus dem sicheren Stall hinaus auf die Weide drängt.«

»Aufgepasst, Melvin!«, murmelte Abby belustigt. »Das ist an deine Adresse gerichtet.« Sie blieb im Flur stehen, denn sie wusste, dass die Männer dem Gespräch geschickt eine neue Wendung geben würden, wenn sie zu ihnen trat.

»Ein reizendes Mädchen, deine kleine April«, lobte Jonathan Chandler, als hätte er sich mit Greg Halston abgesprochen. »Das heißt, sie ist jetzt ja schon eine junge Frau und alt genug, einen Ehering zu tragen. Ein Glückspilz der Mann, der einen Blick für die besonderen Qualitäten einer Frau wie April hat und sie zur Frau nimmt!«

»Ja, das habe ich auch schon zu Melvin gesagt, als wir von unserem letzten Besuch auf *Dunbar* zurückkamen. Er hat sich auch wunderbar mit April unterhalten«, bemerkte Andrew süffisant und Abby musste sich draußen im Gang ein lautes Auflachen verkneifen.

»Jaja, April ist . . . äh . . .«, begann Melvin mit belegter Stimme und wusste dann nicht weiter.

Abby hörte hinter dem Knick des Flures eine Tür schlagen und Schritte näher kommen, die ganz nach Rosanna klangen. Sie konnte also nicht länger im Gang stehen bleiben und ging ins Zimmer zu den Männern.

Ihr Erscheinen erlöste Melvin aus seiner Verlegenheit und bewahrte ihn davor, weiter den Verkupplungsversuchen der drei Männer ausgesetzt zu sein und sich näher über seine Gefühle zu April äußern zu müssen.

Wie Abby es geahnt hatte, wechselte Greg Halston bei ihrem Eintreten augenblicklich das Thema und sprach nun wieder von Heather.

»Ah, du kommst wie gerufen! Vielleicht kannst du mir einen Rat geben, was ich bloß tun soll, Abby«, seufzte er, setzte seine klobige Pfeife in Brand und umhüllte sich mit Rauchwolken.

»Ich werde es gern versuchen«, sagte Abby freundlich und nahm neben Andrew Platz. »Nur muss ich erst einmal wissen, worum es überhaupt geht, Mister Halston.«

»Natürlich um Heather, mein Sorgenkind. Wie du ja weißt, ist . . . äh, die Zeit ihrer Niederkunft erst in ein paar Wochen gekommen. Aber seit sie weiß, dass Missis Wintworth, die Hebamme, für eine Weile zu ihrer Nichte nach Parramatta gefahren ist, fürchtet sie plötzlich zehnmal am Tag eine Frühgeburt«, klagte der Farmer ihnen sein Leid. »Sie steigert sich in die Angst hinein, nun auch noch das

Kind zu verlieren, und bringt mich mit ihrem ständigen Gejammer noch ins Grab. Was immer ich sage, um sie zu beruhigen, es fällt bei ihr auf taube Ohren. Sie glaubt mir kein Wort, weil ich ein Mann bin und von solchen Dingen nichts verstehe, wie sie mir vorhält. Ich weiß wirklich nicht, was ich tun soll.«

»Das wird sich schon wieder geben«, tröstete ihn Jonathan Chandler unbeeindruckt.

»Ja, wenn Missis Wintworth wieder aus Windsor zurück ist. Aber bis dahin wird wohl noch eine gute Woche vergehen, und davon wird jeder Tag eine Ewigkeit aus hysterischen Anfällen sein«, sagte der Farmer mit bedrückter, ahnungsvoller Miene. »Und April ist in dieser Hinsicht weder mir noch Heather eine Hilfe. Was die jüngere Schwester sagt, hat für Heather so wenig Gewicht wie mein Wort. Ach, ich wünschte, jemand könnte ihr das Gefühl geben, dass mit ihrem Kind schon alles in Ordnung gehen wird.«

Abby hörte sehr wohl heraus, was Greg Halston sie nicht direkt zu fragen wagte. Auch Andrew, Melvin und ihrem Schwiegervater blieb das stillschweigende Anliegen ihres Nachbarn nicht verborgen.

Andrew warf ihr einen vielsagenden Blick zu, während Melvin das Gesicht zu einem vergnügten Lächeln verzog, als wüsste er schon, wie die Sache ausgehen würde.

Jonathan Chandler räusperte sich und richtete seinen Blick auf Abby. »Du verstehst dich doch sehr gut mit Heather, nicht wahr?«

»Sicher.«

»Ja, auf Abby hört meine Tochter«, bestätigte Greg Halston eilfertig. »Die beiden sind immer prächtig miteinander ausgekommen. Ich übertreibe wirklich nicht, wenn ich sage, dass Heather zu ihr aufschaut.«

Abby konnte nur bescheiden lächeln.

»Was hältst du davon, wenn du für ein paar Tage nach *Dunbar* gehst und Heather ein wenig Mut zusprichst?«, schlug Jonathan Chandler vor.

»Wenn das Ihnen und Heather eine Hilfe ist, gern. Aber ich bin keine Hebamme und verstehe von diesen Dingen so wenig wie Sie, Mister Halston«, gab Abby zu bedenken, wusste jedoch, dass die Entscheidung längst gefallen war.

Und so war es auch.

»Aber du bist eine verheiratete Frau, und Heather wird es nicht wagen, sich in deiner Gegenwart so überspannt und patzig zu benehmen«, sagte der weißbärtige Farmer mit sichtlicher Erleichterung.

So machte sich Abby denn am nächsten Morgen mit Greg Halston auf den langen, staubigen Weg nach *Dunbar*, um dort eine Woche zu verbringen. Niemand ahnte, dass sie niemals dort ankommen würde.

Elftes Kapitel

So redselig Greg Halston sonst auch war, die Hitze und das unablässige Gerüttel auf dem Kutschbock verdarben ihm die Freude an einem Gespräch und ließen ihn schon kurz nach dem Aufbruch in ein gedankenverlorenes Schweigen fallen. Nur ab und zu schnalzte er mit der Zunge und rief den dahintrottenden Pferden ein aufmunterndes Wort zu.

Abby war es recht so, war ihr doch überhaupt nicht nach Reden zumute. Die Vorstellung, eine Woche auf *Dunbar* verbringen und Heather Gesellschaft leisten zu müssen, hatte wenig Verlockendes an sich. Sicher, sie hatte sich mit den beiden Halston-Töchtern stets gut verstanden. Aber das war in einer Zeit gewesen, als weder Heather noch sie verheiratet gewesen war. Im letzten Jahr hatten sie sich nur zweimal gesehen. Einmal bei Heathers Hochzeit und dann bei der Beerdigung ihres Mannes. Es gab Freundschaften, die widerstanden allen Veränderungen und Stürmen der Zeit und hielten ein ganzes Leben. Eine solch kostbare Freundschaft verband sie mit Rachel. Und dann gab es wieder Freunde, mit denen man nur einen kurzen, aber intensiv erlebten Abschnitt des Lebens verbrachte.

Aber wenn ihre Gegenwart auf *Dunbar* Heather und ihrem Vater half, wollte sie tun, was in ihrer Macht stand. Man musste einander ja nicht herzenstief verbunden sein, um einem guten Nachbarn zu helfen. Sie wünschte nur, Greg Halstons Bitte wäre zu einem anderen Zeitpunkt gekommen. Aber vermutlich gab es so etwas wie einen günstigen Zeitpunkt gar nicht.

Vor ihnen wuchsen abgerundete, lang gestreckte Hügel mit braunem, struppigem Grasbewuchs aus der Ebene. Sie ähnelten einer gestrandeten Herde Wale, die auf ihren mächtigen Leibern reichlich Algen und Seetang mit an Land gebracht hatten. Mittlerweile war dieses Gestrüpp auf ihren Rücken unter der glühenden Sonne vertrocknet.

»Saunders Creek«, brach der Farmer sein Schweigen, als das Fuhrwerk die Hügelkette erklomm. »Die Hälfte der Wegstrecke liegt hinter uns.«

Saunders Creek – das klang nach einem kleinen, munter dahinfließenden Fluss mit erfrischendem Wasser. In Wirklichkeit handelte es sich jedoch bloß um ein steiniges, ausgetrocknetes Flussbett, das sich auf der anderen Seite der Hügelgruppe mehrere Meilen durch den Busch wand. Sträflinge, die im Januar 1788 mit der 1. Flotte an Land gegangen waren, konnten sich noch erinnern, dass der Fluss in den ersten Jahren der Kolonisation Wasser geführt hatte. Doch seit nunmehr gut zehn Jahren war die Quelle, die ihn gespeist hatte, versiegt, und nur noch bei starken Regenfällen füllte sich Saunders Creek vorübergehend mit schlammigen Fluten. Von diesen trockenen Flussläufen gab es viele in New South Wales.

Die Hänge der Hügel fielen verhältnismäßig steil zum Flussbett ab, dessen jenseitiges Ufer von Sträuchern und einigen Eukalyptusbäumen bestanden war. Ein Schwarm bunt gefiederter Vögel flog mit lautem Flügelschlag aus einem der Bäume auf, stieg in einer weiten Spirale in den wolkenlosen Himmel und entfernte sich in V-Formation nach Westen.

Greg Halston brachte die Pferde auf der Hügelkuppe zum Stehen. »Solch steilen Hänge machen Bessie nervös. Ich werde besser neben ihr gehen. Das beruhigt sie. Übernimm du Zügel und Bremse, Abby.«

»In Ordnung, Mr. Halston.« Abby nahm die Zügel und sorgte mit der Bremse dafür, dass der schwere Wagen nicht zu großen Druck auf das Gespann ausübte.

Die Hand fest im Geschirr, führte der Farmer Bessie und Molly den Hang hinunter. Dabei redete er beruhigend auf sie ein.

»Gut so, gleich haben wir es ja geschafft . . . Schön ruhig, Bessie, du machst das schon . . . Alles halb so schlimm . . . Ja, du hast die Ruhe weg, Molly . . . So ist es richtig . . . Siehst du, kein Grund, kopflos zu werden, Bessie . . . Das Ärgste liegt doch schon hinter uns . . . Ruhig Blut, Bessie!« Und dann ein erleichtertes Aufatmen, als der Hang bewältigt war und in das steinige Flussbett überging. »Prächtig habt ihr das gemacht. Ihr seid meine Besten. Wusste doch, dass ihr mich nicht enttäuschen würdet.«

Abby gab die Bremse frei und atmete ebenfalls erleichtert auf. Die Art, wie Bessie nervös geschnaubt und den Kopf hin und her geworfen hatte, war alles andere als beruhigend gewesen. Die Vorstellung, das Gespann könnte durchgehen und das Fuhrwerk am Fuß des Abhangs zerschellen lassen, hatte ihren Puls hochgetrieben und ihren Mund ganz trocken werden lassen.

Ganz langsam führte der Farmer die Pferde durch das Flussbett, das mit dicken Steinbrocken übersät war. Diese sorgten dafür, dass der Wagen einen reichlich ungemütlichen Tanz aufführte und Abby auf dem Kutschbock ordentlich durchgerüttelt wurde.

Auf der anderen Seite gab es eine Stelle, wo das alte Flussufer sanft anstieg. Hier klaffte zwischen den Sträuchern und Bäumen eine Lücke von doppelter Wagenbreite. Greg Halston hielt auf diesen Durchlass zu.

Als sie das andere Ufer erklommen hatten und der Schatten der Eukalyptusbäume auf sie fiel, zügelte Abby die Pferde, um Greg Halston wieder aufsteigen zu lassen.

»Das ging ja besser...« Der Farmer kam nicht mehr dazu, den Satz zu beenden.

Abby hörte plötzlich lautes Rascheln und das Knacken von trockenen Zweigen unter schweren Stiefeln. Erschrocken fuhr sie auf dem Sitz herum und sah, wie zwei abgerissene Gestalten aus einem mannshohen Gebüsch hervorsprangen. Einer von ihnen hielt eine Flinte in der Hand. Der andere hatte sich mit einem Knüppel bewaffnet.

»Fahr los!«, schrie Greg Halston und griff nach dem eisernen Haltebügel, um sich zu Abby auf den Kutschbock zu retten.

Doch der Kerl mit dem Knüppel, ein hagerer Mann mit Hakennase und rotbraunem Stoppelbart, war bei ihm, bevor der Farmer den Stiefel auf die Trittstange setzen konnte. Der knorrige Ast sauste durch die Luft und traf Greg Halston über der Hüfte. Seine Hand löste sich vom Haltebügel und mit einem gellenden Aufschrei stürzte er neben dem linken Vorderrad zu Boden, mit dem Gesicht in den Sand.

Sein Komplize, ein stiernackiger Bursche von gedrungener Gestalt, war mit einem Satz bei ihm und Greg Halston.

»Gut gemacht, Stuart!«, sagte er, stieß den Farmer, der sich aufrichten wollte, mit einem derben Stiefeltritt wieder zurück in den Dreck und richtete den Lauf der Flinte auf Abby.

»Runter da!«

Abby überlegte fieberhaft. Die zerschlissenen Hosen und Hemden aus grobem, graubraun gestreiftem Kattun sowie die Eisenringe um ihre Fußgelenke verrieten, dass es sich bei ihnen eindeutig um entlaufene Sträflinge handelte, und zwar um Sträflinge von besonders schwerem Kaliber. Denn nur wer als Schwerverbrecher nach Australien kam oder in der Kolonie erneut straffällig wurde, musste diese Kleidung sowie Fußketten tragen. Abby vermutete, dass diese beiden Männer einem jener Bautrupps aus Deportierten angehört hatten, die in der Kolonie *street gangs* genannt wurden und Schwerstarbeit zu verrichten hatten, indem sie etwa beim Bau von Straßen oder öffentlichen Gebäuden eingesetzt wurden.

Was sollte sie bloß tun? Die Ruhe bewahren und hoffen, dass die beiden Kerle ihnen nur den Wagen abnahmen und sie mit einem Schrecken davonkommen ließen? Oder sollte sie die Flucht wagen? Diese Männer waren gefährlich, daran gab es nicht den geringsten Zweifel. Aber sie konnte doch nicht einfach Greg Halston im Stich lassen. Andererseits hatte er ja vielleicht bessere Überlebenschancen, wenn es ihr gelang, ihnen zu entkommen . . .

»Versuch es gar nicht erst!«, rief das Narbengesicht ihr zu und machte eine drohende, ruckhafte Bewegung mit der Flinte. »Ich spick dich mit Blei und hol dich vom Kutschbock.«

»Wie sprichst du denn mit der Kleinen, Craig? Du wirst ihr noch Angst machen«, höhnte sein Komplize, der auf den Namen Stuart hörte, und stieß dem Farmer seinen Knüppel zwischen die Schulterblätter.

»Wie man eben mit 'nem Weiberrock spricht«, antwortete der stiernackige Craig und forderte Abby erneut auf: »Runter vom Bock! Und schön langsam. Komm bloß nicht auf dumme Gedanken, wenn dir dein Leben lieb ist!«

Abby hatte keine Wahl. Sie war den beiden Männern hilflos ausgeliefert. Jetzt galt es, die Nerven zu bewahren. Doch das war leichter gesagt als getan, besonders wenn man in die Mündung einer Flinte schaute und wusste, dass meilenweit niemand war, der ihnen hätte helfen können.

Angst schnürte ihr die Kehle zu, als sie die Zügel aus ihrer feuchten Hand gleiten ließ. Ganz langsam stieg sie vom Kutschbock.

»Stell dich mit dem Rücken gegen den Wagen und leg die Hände in den Nacken!«, forderte Craig sie auf und dirigierte sie mit der Flinte vor die linke Seitenwand des Fuhrwerks.

»Los, komm hoch!« Stuart versetzte dem Farmer einen derben Stiefeltritt. »Du stellst dich neben sie.«

Mühsam kam Greg Halston auf die Beine. »Wir haben Ihnen nichts getan. Nehmen Sie den Wagen und wenn es denn sein muss auch mich, aber lassen Sie Abby laufen!«, keuchte er.

»Den Wagen nehmen wir so oder so, Alter«, sagte Craig mit einem bösartigen Lächeln. »Wir nehmen uns alles, was uns das Schicksal vor die Flinte bringt, und ich muss sagen, Fortuna meint es wirklich gut mit uns.«

»Ja, finde ich auch. Habe schon lange nicht mehr so etwas Hübsches zu Gesicht bekommen! Da läuft einem doch das Wasser im Mund zusammen, findest du nicht auch, Craig?«

»Die Kleine läuft uns nicht davon.«

Abby kämpfte gegen das Ensetzen an, das wie eine Woge in ihr aufstieg, und zwang sich, dem ekelhaft wollüstigen Blick des entlaufenen Sträflings nicht auszuweichen, sondern ihn mit aller Verachtung, zu der sie fähig war, zu erwidern.

»Bitte, tun Sie ihr nichts! Ich flehe Sie an, lassen Sie Abby in Ruhe!«, stieß Greg Halston inständig hervor. »Sie können alles von mir haben – meinen Wagen, meine Pferde und mein Geld.«

»Du hast Geld?« Aus Craigs Stimme klang freudige Überraschung und sogar Stuart verlor für einen Augenblick sein Interesse an Abby.

»Ja, und es ist ein hübscher Batzen.«

»Worauf wartest du noch? Heraus damit, Alter!«, herrschte Craig ihn an und stieß ihm den Lauf der Flinte in die Seite.

Hastig griff Greg Halston in die Tasche und zog den kleinen Lederbeutel hervor, der seine Barschaft enthielt. Craig riss ihn an sich, trat zwei Schritte zurück, klemmte sich die Flinte unter den Arm und zerrte die lederne Börse mit den Zähnen auf.

Abby hoffte, dass die beiden einen Augenblick unaufmerksam wurden und sich ihnen dadurch die Gelegenheit zur Flucht bot. Doch Stuart und Craig standen seitlich von ihr, hatten sie quasi in die Zange genommen, so dass eine Flucht nach links oder rechts keinen Erfolg versprach. Und zwischen ihnen hindurch ins Dickicht stürmen zu wollen, war noch aussichtsloser. Zudem ließ Craig sie nicht aus den Augen. Er war nicht so leichtsinnig, sich jetzt mit dem Zählen der Münzen aufzuhalten. Er warf nur einen schnellen Blick in den Beutel und wog die Münzen in der Hand.

»Wie viel ist es?«, wollte Stuart wissen.

»Genug, um ausreichend Proviant, Pulver und Blei kaufen zu können sowie einen ordentlichen Vorrat Branntwein«, verkündete Craig mit einem breiten Grinsen, zog die Kordel wieder mit den Zähnen zu und steckte die Lederbörse sein. »Einen besseren Fang hätten wir gar nicht machen können, Partner. Jetzt haben wir alle Asse in der Hand!«

Stuart lachte. »Und als Zugabe noch die Herzdame, vergiss das nicht!«

»Ja, aber ich habe dir schon mal gesagt, dass die Kleine uns nicht wegläuft. Wir nehmen beide mit«, entschied Craig, der offensichtlich der Anführer war. »Der Alte wird morgen für uns bei Flanagan alles einkaufen, was wir brauchen, und diese Abby nehmen wir als Geisel, damit er nicht auf die dumme Idee verfällt, uns bei dem verdammten Iren zu verpfeifen.«

Der Laden von Sean Flanagan lag in Sichtweite von Mount Hunter und direkt an der Furt, die über den Nepean River zu den Camden Plains führte. *Flanagan's Station* war damit die westlichste Handelsstation der Kolonie und von Saunders Creek mit dem Fuhrwerk noch anderthalb Tagesreisen entfernt. Dass die beiden Männer sich dort verproviantieren wollten, verriet Abby und Greg Halston, dass sie die Blue Mountains zu überqueren und dort ihre Freiheit zu finden hofften.

Stuart nickte. »Ja, so machen wir es, Craig. Wird richtig hübsch gesellig werden mit den beiden. Aber lass uns doch mal sehen, worauf wir uns freuen dürfen.« Mit dem Messer in der Hand näherte er sich Abby.

Ihr Körper spannte sich in Erwartung dessen an, was nun kommen musste.

»Findest du nicht, dass du für diese Hitze reichlich zugeknöpft und eingeschnürt bist? Ich werde mal so nett sein und dir etwas Luft verschaffen«, sagte Stuart höhnisch, setzte ihr die Messerspitze über dem schwarzen Mieder auf die Brust und schlitzte den Stoff ihrer weißen Baumwollbluse mit einem Ruck auf.

Abby spuckte ihm ins Gesicht. Dann trat sie ihm mit voller Kraft zwischen die Beine.

Ein Schrei, der jäh in schrille Höhen stieg und dann im nächsten Augenblick in ein atemloses Röcheln überging, drang aus Stuarts Kehle. Gleichzeitig ließ er das Messer fallen, presste beide Hände vor den Unterleib, krümmte sich und ging vor Abby in die Knie.

Craig ging zu ihm, ohne die Flinte von Abby zu nehmen. »Du hast dir das selber zuzuschreiben, Kumpel. Ich habe dir doch gesagt, dass du damit warten sollst. Das kommt davon, wenn einem der Verstand in die Hose rutscht«, sagte er nicht ohne Schadenfreude und stieß ihn an. »Na los, reiß dich zusammen und komm endlich hoch. Ich will hier keine Wurzeln schlagen.«

Nur mühsam vermochte sich Stuart aufzurichten.

»Dafür... wirst... du... büßen!«, stieß er abgehackt hervor und konnte noch immer nicht ganz aufrecht stehen. »Das zahle... ich dir... heim, du... Miststück!« Er hob seine Hand und schlug ihr ins Gesicht.

Abby riss den Kopf zur Seite, was dem Schlag einen

Großteil der Wirkung nahm. Dennoch jagte ein stechender Schmerz durch ihre linke Gesichtshälfte, die nun wie Feuer brannte.

»Das reicht, Stuart! Heb dir deine privaten Späße für einen besseren Zeitpunkt auf!«, rief Craig ungehalten. »Ich will weg von hier. Kümmere dich um den Alten. Er kommt hinten zwischen die Fässer. Am besten fesselst du ihm Hände und Beine. Und du lässt vorerst die Finger von der Kleinen, hast du mich verstanden?«

»Bin ja nicht taub, Mann«, antwortete Stuart gereizt.

»Dann halt dich nächstens auch an das, was ich dir sage!«, wies Craig ihn zurecht und blickte Abby scharf an. »Du wirst uns kutschieren. Aber bilde dir bloß keine Schwachheiten ein, nur weil du bei meinem Kumpel einen miesen Trick gelandet hast. Wir werden dich in unsere Mitte nehmen, und wenn du Zicken machst, bist du reif. Verstehen wir uns?«

Der narbengesichtige Mann sah sie mit einem Blick an, aus dem die Skrupellosigkeit eines Schwerverbrechers sprach, der nichts mehr zu verlieren hatte.

Abby nickte stumm, unfähig, ein Wort herauszubringen. Denn in diesem Moment wurde ihr bewusst, dass Stuart und Craig sie niemals laufen lassen würden. Dass sie überhaupt noch am Leben waren, verdankten sie allein dem Umstand, dass der Farmer Geld bei sich gehabt hatte und sie ihnen für eine Weile von Nutzen sein konnten. Hatten Sie jedoch ihre Schuldigkeit getan und lag der Einkauf bei *Flanagan's Station* erst einmal hinter ihnen, würden sie sich ihrer irgendwo im Busch entledigen.

Zwölftes Kapitel

Abby lenkte das Fuhrwerk, und mit jeder Stunde, die verging, wuchsen Hoffnungslosigkeit und Verzweiflung. Zu ihrer Rechten saß Craig. Er hatte die Flinte quer über dem Schoß liegen und hielt den Lauf ständig auf sie gerichtet. Links saß Stuart, der die Klinge seines Messers an einem flachen Stein schärfte. Dabei pfiff er unmelodisch vor sich hin. Gelegentlich sah er auf, warf ihr einen lüsternen Blick zu, machte eine vulgäre Bemerkung, spuckte dann auf den Stein und nahm seine stumpfsinnige Beschäftigung wieder auf.

Das langsame, schabende Geräusch von Metall über Stein zehrte an Abbys Nerven, während es Craig nicht das Geringste auszumachen schien. Stumm wie ein Fisch behielt er sie und die karge, menschenleere Landschaft vor ihnen im Auge. Selten einmal gab er ihr eine Anweisung, welchen Weg sie nehmen sollte.

Stundenlang, den ganzen glutheißen Nachmittag hindurch, hatte sie sich das Gehirn nach einem rettenden Ausweg aus dieser tödlichen Gefahr zermartert. Ohne jeden Erfolg. Solange Greg Halston gefesselt zwischen den Fässern lag und Craig die Flinte auf sie gerichtet hielt, war jeder Fluchtversuch ausgeschlossen.

Die Sonne versank hinter den Bergen. Abby wusste, was sie erwartete, sobald Craig und Stuart einen Lagerplatz gefunden hatten.

»Da hinüber!«, befahl Craig und deutete auf eine Senke, die von zwei buschbestandenen Hügelgruppen umschlossen wurde.

Abby lenkte das Gespann hinunter in die Senke. Schweiß

brach ihr aus und ihr Herz hämmerte wie wild, als wollte es ihre Brust sprengen. In Gedanken flehte sie Gott um ein Wunder an.

»Halt an!«, sagte Craig scharf und griff ihr mit links in die Zügel. »Genug für heute. Hier schlagen wir unser Nachtlager auf.«

»Ein hübsches Plätzchen, das du ausgesucht hast«, bemerkte Stuart, gähnte und reckte sich. Dann wandte er sich Abby zu, drückte ihr die Messerspitze spielerisch unter das Kinn und sagte spöttisch. »Da können einem ja direkt romantische Anwandlungen kommen. Ich gehe jede Wette ein, dass du diese Nacht nicht vergessen wirst!«

Abby erstarrte.

»Alles schön der Reihe nach, ja?«, mahnte Craig scharf und sprang vom Wagen.

Stuart grinste und zog sein Messer zurück. »Du weißt doch, dass du auf mich zählen kannst, Craig?«

Craig nickte und forderte Abby auf: »Komm runter! Es gibt Arbeit für dich!«

Abby kletterte vom Kutschbock und fühlte sich so entsetzlich kraftlos, als hätte tagelanges, hohes Fieber ihren Körper geschwächt.

Sie taumelte gegen das Hinterrad, hielt sich mit einer Hand an einer der Speichen fest und übergab sich. Heiß und bitter schoss es ihr aus dem Mund. Ihr war, als stülpe sich ihr Inneres nach außen.

Sie hörte Stuart lachen und Craig stimmte in das Lachen ein. »Das hast du jetzt davon. Ich fürchte, die Kleine ist für 'ne Weile zu nichts zu gebrauchen. Also zieh los und sammel ein bisschen trockenes Holz zusammen, bevor es zu dunkel ist.«

Stuart protestierte, doch was er sagte, bekam Abby nicht

mit. Denn in diesem Augenblick hörte sie Greg Halstons gedämpfte Stimme. Sie drang aus der Ritze zwischen zwei Längsbrettern gleich neben ihrem Kopf. Der Farmer musste auf dem Boden liegen und seinen Mund ganz nahe am Bretterspalt haben.

»Abby, versuche das Erbrechen so lange wie nur möglich hinzuziehen«, raunte er ihr zu. »Ich muss dir etwas Wichtiges sagen und wir dürfen nicht eine Sekunde vergeuden. Sag ›O Gott, hilf mir!‹, wenn du mich verstanden hast!«

»O Gott, hilf mir!«, stieß Abby aus tiefster Seele hervor und erbrach sich erneut.

»Hör mir genau zu«, zischte der Farmer ihr zu. »Ich habe mich von meinen Fesseln befreien können. Habe die Seile an der scharfen Kante eines Fassringes durchgescheuert. Keiner von den Kerlen ahnt, dass ich mich frei bewegen kann. Das ist unsere Chance. Ich zähle gleich bis zehn, dann springe ich von der Ladefläche und laufe nach links. Du rennst nach rechts in den Busch. Und bleibe nicht stehen, was immer auch passiert!«

»Unmöglich!«, keuchte Abby. »Sie werden . . .«

»Keine Diskussionen!«, fiel Greg Halston ihr ins Wort. »Sie werden uns beide töten, wenn wir diese Chance nicht beim Schopfe packen, und das weißt du so gut wie ich. Gleich ist es dunkel und sie haben nur ein Gewehr. Mit ein bisschen Glück kann es zumindest einer von uns beiden schaffen.«

»Das ist Wahnsinn!«, sagte Abby unter Würgen.

»Ja, aber nichts zu tun bedeutet das eigene Todesurteil!«, entgegnete Greg Halston. »Gott schütze dich, mein Kind. Und sollte ich es nicht schaffen, kümmert euch um April und Heather.«

»Mister Halston, bitte!«, flüsterte Abby beschwörend.

113

»Ich werde springen, Abby, und wenn du nicht auch im selben Moment losrennst, wird das mein sicherer Tod sein. Also lauf, um Gottes willen, bei zehn!«

Craig näherte sich, den Flintenlauf lässig über die rechte Schulter gelegt. »Jetzt reicht es ja wohl langsam.«

»Eins... zwei... drei...«, begann der Farmer zu zählen.

Abby drehte sich halb zu Craig um. Greg Halston ließ ihr keine andere Wahl. Sie musste den Fluchtversuch mit ihm wagen, wenn sie auch nur den Hauch einer Chance haben wollten. Wo war Stuart?

»...vier... fünf... sechs...«

Craig trat noch einen Schritt auf sie zu. »Reiß dich gefälligst zusammen!«, herrschte er sie an. »Spann die Pferde aus und gib ihnen zu saufen!«

»...sieben... acht... neun...«

Abby stieß sich vom Hinterrad ab und wankte scheinbar völlig entkräftet auf Craig zu. In Wirklichkeit gab ihr das Wissen, dass der Zeitpunkt zum Handeln gekommen war, jene Stärke zurück, die ihr die Stunden der Angst und Ungewissheit genommen hatten.

»Mach mir hier bloß nicht...«

»Zehn!« Greg Halston schrie die Zahl wie einen Kriegsschrei hinaus und sprang im selben Augenblick zwischen den Fässern auf.

Fassungslos starrte Craig an Abby vorbei auf den Farmer, der mit einem Satz über die Seitenwand hechtete. Er packte die Flinte und wollte sie in Anschlag bringen.

In dem Moment stürzte sich Abby mit ausgetrecktem Zeige- und Mittelfinger auf ihn. Der Sträfling brüllte vor Schreck und Schmerz auf, als sich die Finger in seine Augen bohrten. Er ging zu Boden, doch ihre Hoffnung, ihm die

Flinte entreißen zu können, erfüllte sich nicht. Craig hielt sie mit beiden Händen fest gegen seine Brust gepresst.

»Lauf!«, schrie Greg Halston. »Lauf um dein Leben, Abby!«

Craig schlug mit der Flinte wild um sich und traf Abby mit dem Kolben. Schnell ließ sie von ihm ab und rannte vom Fuhrwerk weg in den Busch.

Sie hörte hinter sich einen lästerlichen Fluch und Stuarts wütende Stimme. »Du hast dich von diesem Weiberrock übertölpeln lassen. Los, gib mir die verdammte Flinte. Ich knöpf sie mir vor. Lauf du dem Alten nach!«

Abby rannte, so schnell sie konnte. Zweige peitschten ihr Gesicht. Gehetzt sah sie sich um. Stuart war ihr auf den Fersen. Ihr Vorsprung betrug nicht mehr als ein paar Schritte. Trotz der rasch hereinbrechenden Dunkelheit konnte sie deutlich sehen, wie er durch die Sträucher brach.

Sie schaute wieder nach vorn und die Angst mobilisierte ungeahnte Kräfte in ihr.

»Lauf dir nur die Zunge aus dem Hals, du Bastard! Ich kriege dich schon!«, brüllte Stuart hinter ihr her.

Sie rannte einen Hügel hoch, stolperte, überschlug sich, war im nächsten Moment wieder auf den Beinen und schlug einen Haken nach rechts, wo sich die Silhouetten von Eukalyptusbäumen wie schwarze Kohlestriche auf einer immer dunkler werdenden Leinwand ausnahmen. Ihr war, als könnte sie jenseits der Bäume ein großes Dickicht sehen. Wenn sie das erreichte, hatte sie vielleicht eine Chance, Stuart zu entkommen.

Abby befand sich zwei, drei Schritte vor dem ersten Baum, als Stuart ihre Absicht erkannte, stehen blieb und auf sie schoss.

Im ersten Moment verspürte Abby überhaupt keinen

Schmerz, sondern nur einen mächtigen Schlag rechts im Rücken, der sie zu Boden riss. Sie wusste, dass die Kugel sie getroffen hatte. Im Augenblick des Schocks kam ihr dieser Gedanke jedoch wie etwas, das gar nicht ihr galt.

Sie rappelte sich auf und wollte weiterrennen, als wäre nichts passiert. Doch da setzte der Schmerz ein. Ein glühendes Messer schien sich unter ihrem rechten Schulterblatt in ihren Körper zu bohren.

Stöhnend taumelte sie auf das Dickicht zu. Der Boden wurde leicht abschüssig. Der Schmerz machte sie blind. Vor ihren Augen verschwamm alles. Dennoch zwang sie sich weiterzulaufen. Plötzlich schien ihr jemand den Boden unter den Füßen wegzuziehen. Ihr war, als stürzte sie in einen gähnenden Abgrund. Doch dieser Abgrund musste unter dichtem Gestrüpp verborgen liegen, wie ihr Unterbewusstsein noch im Sturz registrierte. Denn Zweige klatschten ihr ins Gesicht.

Sie fiel und schlug dann hart auf.

Abby wollte sich bewegen, doch ihr Körper versagte ihr den Dienst. Wie gelähmt lag sie in der Dunkelheit und hörte eine wütende Stimme näher kommen. Doch sie wusste nicht, was es mit dieser Stimme auf sich hatte.

Andrew?

Ihre Lippen formten seinen Namen, doch kein Ton entrang sich ihrer Kehle. Sie wollte ihm sagen, dass er den feurigen Dorn aus ihrem Rücken ziehen sollte, mit dem man sie gepfählt hatte.

Wer hatte sie gepfählt? Und wofür überhaupt? Sie hatte nicht mehr Salbe als nötig verbraucht! Nangalas Amulett gehörte ihr und niemand durfte es ihr abnehmen. Jawohl, die Hufe der Schafe waren alle sorgfältig beschnitten und sie würde auch pünktlich zu den Mahlzeiten erscheinen.

Merkwürdig, dass Clover das Tischgebet sprach, und warum zielte Melvin mit der Flinte auf sie?

Für einen flüchtigen Moment lichteten sich ihre wirren Gedanken und die bewusste Erinnerung flackerte so kurz wie ein Zündholz in stürmischer Nacht auf. Die Kugel hatte sie getroffen, und ob Stuart und Craig sie nun fanden oder nicht, machte keinen großen Unterschied.

Der Tod im Busch war ihr gewiss. Und mit diesem Gedanken versank Abby in einer bodenlosen Schwärze, in der nichts mehr von Bedeutung war.

ZWEITES BUCH
VERSCHOLLEN

Erstes Kapitel

Die Regenschauer des Frühlings, die gewöhnlich mit großer Heftigkeit über das Land niedergingen, waren in diesem Jahr ausgeblieben. Eine der Folgen war, dass der Wasserstand des Hawkesbury River um mehr als drei Fuß gefallen war.

Hätte Andrew die Wahl gehabt, er hätte natürlich reichlich Regen und damit auch einen bedeutend höheren Wasserstand des Flusses dieser anhaltenden Trockenheit vorgezogen. Aber die Natur gab nun mal nichts auf seine Wünsche, und so begnügte er sich damit, das wenige Gute zu nutzen, das sich einem in einer solchen Situation bot. Dazu gehörte, dass der abgesunkene Wasserspiegel des Hawkesbury es nun einfacher machte, eine längst überfällige Reparatur am Bootsanlegesteg vorzunehmen.

Fünf Tage nachdem Abby mit Greg Halston nach *Dunbar* aufgebrochen war, ging Andrew früh am Morgen zusammen mit Jake Pembroke und Stuart Fitzroy an die Arbeit, am Bootssteg morsche Stützpfähle, Balken und Bohlen auszutauschen. Mit wuchtigen Schlägen rammten sie die neuen Pfähle in den Ufergrund. Der Hufschlag des Reiters, der an diesem Vormittag auf *Yulara* eintraf, ging unten am Fluss in dem Lärm aus Hämmern, Sägen und Zurufen völlig unter.

Andrew schwang gerade den klobigen Vorschlaghammer, als Jake mit dem Kopf zum Hang deutete und ihm zurief: »Ihr Bruder, Master Andrew!«

Melvin folgte nicht dem sandigen, ausgetretenen Pfad,

der sich zum Fluss hinunterschlängelte. Er stolperte auf geradem Weg den Hang hinunter.

Das machte Andrew stutzig. Denn es war so gar nicht Melvins Art, eine solche Hast an den Tag zu legen und dazu auch noch einen bösen Sturz in Kauf zu nehmen. Er war gespannt, was sein Bruder ihm so Wichtiges mitzuteilen hatte, dass er querfeldein lief. Ob er vielleicht Nachricht erhalten hatte, dass er nach Sydney zurückkehren und dort endlich wieder seine Geschäfte aufnehmen durfte?

»Andrew!«, rief Melvin schon von weitem und winkte ihn mit hektischen Gesten zu sich.

»Master Melvin scheint ja mächtig aufgeregt zu sein«, stellte der Zimmermann Stuart Fitzroy fest und stützte sich auf den Stiel seines Vorschlaghammers.

Andrew nickte mit gefurchter Stirn und hatte plötzlich ein ungutes Gefühl. Bei dieser Hitze rannte man nicht ohne triftigen Grund, schon gar nicht sein Bruder. »Ihr macht so weiter, wie wir es besprochen haben.«

»Wir haben hier alles fest im Griff«, versicherte der Zimmermann.

Andrew ging seinem Bruder entgegen. Dessen ernstes Gesicht verhieß nichts Gutes. »Was gibt es, Melvin?«

»Vater möchte, dass wir uns alle unverzüglich im Salon einfinden.«

»Und aus welchem Grund?«

Melvin wich dem verwunderten Blick seines Bruders aus und räusperte sich. »Er hat uns etwas mitzuteilen. Ich glaube, es hängt mit dem zusammen, was Gilmore dazu veranlasst hat, die Nacht im Sattel zu verbringen, um so schnell wie möglich bei uns zu sein.«

»Charles Gilmore ist auf *Yulara*?«, fragte Andrew erstaunt. Der letzte Besuch des bulligen und leicht reizbaren

Farmers lag schon über ein Jahr zurück. Und dieser Besuch hatte mit einem unschönen Streit zwischen ihm und ihrem Vater geendet. Seitdem hatte sich Gilmore, der einen knappen Tagesritt südlich von ihnen eine große Farm namens *Greenleaf* bewirtschaftete, nicht mehr auf Chandler-Land blicken lassen. Charles Gilmore war als wahrer Hitzkopf bekannt und als sehr nachtragend noch obendrein.

»Ja, der Streithammel ist vor wenigen Minuten eingetroffen«, bestätigte Melvin.

Das ungute Gefühl verstärkte sich bei Andrew. Dass Charles Gilmore die Nacht durchgeritten war, um so schnell wie möglich nach *Yulara* zu kommen, verhieß sicher nichts Gutes.

»Weißt du schon, was ihn dazu gebracht hat, über seinen eigenen Schatten zu springen und persönlich bei uns zu erscheinen, obwohl er in seiner Wut doch geschworen hat, den Fuß erst wieder auf unser Land zu setzen, wenn Vater sich bei ihm entschuldigt hat?«

»Das werden wir schon gleich zu hören kriegen«, antwortete Melvin und konnte den Hang nicht schnell genug hochklettern.

Andrew spürte, dass sein Bruder ihm auswich und mehr wusste, als er zugab. »Du verschweigst mir doch etwas!«, sagte er ihm auf den Kopf zu.

Melvin gab keine Antwort, sondern strengte sich noch mehr an, den letzten Teil des Weges in persönlicher Rekordzeit zu bewältigen. Wie gehetzt und als wollte er seinem Bruder davonlaufen stürmte er den Hang hoch.

Angst stieg in Andrew auf. »Melvin! Was ist passiert?«, schrie er, holte seinen Bruder am Rand des Hofes ein und wollte ihn am Arm fassen.

»Frag mich nicht! Ich weiß nichts Genaues. Vater und

Charles Gilmore werden uns schon gleich ins Bild setzen«, antwortete Melvin, riss sich los und flüchtete ins Farmhaus.

Andrew wehrte sich gegen die entsetzliche Ahnung, die Melvins Verhalten in ihm auslöste. Er polterte die Stufen zur Veranda hoch.

Sein Vater und Charles Gilmore, ein kantiger Mann Mitte Vierzig mit einem buschigen Walrossbart und dem hochroten Gesicht des Cholerikers, standen im Salon vor dem Kamin. Jeder hielt ein gut gefülltes Brandyglas in der Hand. Ihr leise geführtes Gespräch verstummte, als Melvin, gefolgt von Andrew, den Raum betrat. Melvin begab sich wortlos zum kleinen Tisch hinüber, wo auf einem Silbertablett eine Karaffe mit Brandy sowie Gläser standen, und bediente sich.

»Guten Tag, Mister Gilmore«, grüßte Andrew steif. Er schaute zu seinem Vater hinüber. »Du hast uns rufen lassen, Dad?«

Jonathan Chandler vermied den Blickkontakt. »Bitte setz dich«, forderte er seinen Sohn auf. »Mister Gilmore bringt schlechte Nachrichten. Melvin, gib deinem Bruder einen Brandy.«

Melvin reichte seinem Bruder den Brandy, den er sich gerade eingegossen hatte.

»Nein«, wehrte Andrew mit rauer Stimme ab. »Was hat das alles zu bedeuten?«

»Nimm, du wirst den Brandy nötig haben«, murmelte Melvin mit gesenktem Kopf, als schäme er sich, vorhin nicht den Mut zur Wahrheit aufgebracht zu haben. »Wir alle haben ihn bitter nötig.«

Andrew nahm das Glas. Seine Hand zitterte. Er ertrug die Ungewissheit nicht länger. »Ist ... ist Abby etwas zugestoßen?«, stieß er hervor und die Angst vor der Antwort schnürte ihm die Kehle zu.

Jonathan Chandler trat zu ihm und legte ihm eine Hand auf die Schulter. Seine Augen füllten sich mit Mitgefühl und Tränen. Und sichtlich aus der Fassung gebracht sagte er: »Ja, möglicherweise ... Mein Sohn, du musst jetzt sehr stark sein ... Obwohl ... so genau wissen wir das alles noch gar nicht.«

Andrew schüttelte benommen den Kopf. »Nein, nein. Nicht Abby! ... Das kann nicht sein!«

Charles Gilmore leerte sein Glas mit einem Zug, stellte es auf den Kaminsims und sagte dann in dem ihm eigenen, forschen Tonfall: »Es sieht übel aus, Andrew. Zwar will ich Ihnen ja nicht die Hoffnung nehmen, aber ich an Ihrer Stelle würde mich besser auf das Schlimmste gefasst machen!«

»Um Gottes willen, was ist denn passiert?«, fragte Andrew.

Jonathan Chandler schob seinen Sohn sanft zu einem der gepolsterten Sessel. »Lass uns keine voreiligen Schlüsse ziehen. Noch ist nichts Gewissheit«, versuchte er beruhigend auf ihn einzureden. »Hör dir erst einmal an, was Mister Gilmore zu berichten hat.«

Andrew sank in den Sessel. Brandy schwappte aus dem Glas und nässte seine Hand. Er bemerkte es gar nicht. Er sah nur die mitleidvollen Blicke seines Vaters und seines Bruders. Das Blut war ihm aus dem Gesicht gewichen und ein Schwindelgefühl erfasste ihn.

»Bisher haben wir nur Greg Halston gefunden«, begann Charles Gilmore und gab Melvin einen Wink, ihm noch einen Brandy einzuschenken. »Genau genommen ist Pat Porter, einer meiner Männer, auf ihn gestoßen. Pat befand sich mit Nigel Kidder auf einem Inspektionsritt zu unserer

Außenweide im Nordwesten bei Russell's Pond, als er ihn am Rande des ausgetrockneten Wasserlochs liegen sah. Der arme Halston war kurz vor dem Verdursten. Er hatte mehrere schwere Bisswunden an den Beinen, die sich schon entzündet hatten, und zudem eine große Platzwunde am Kopf. Er muss viel Blut verloren haben, denn Kopfhaar und Bart waren völlig blutverkrustet. Ich übertreibe nicht, wenn ich sage, dass er dem Tod um einiges näher war als dem Leben. Und ich müsste schon ein Hellseher sein, um zu wissen, ob er die Nacht überlebt hat.«

»Was ... hat er erzählt? Was ist mit meiner Frau?«, fragte Andrew beherrscht. »Was ist ihnen zugestoßen?«

Charles Gilmore zuckte mit den Schultern und nahm das Glas, das Melvin ihm stumm reichte. »Da fragen Sie mich zu viel, Andrew. Auf keine Ihrer Fragen kann ich Ihnen eine klare Antwort geben. Der alte Halston hat in den kurzen Momenten, in denen er mal bei Bewusstsein war, nur wirres Zeug von sich gegeben. Das Einzige, was von seinem Gebrabbel Sinn gemacht hat, ist die Sache mit dem Dingo ...«

»Dingo?«, fragte Melvin.

»So ein wildes Biest hat ihn wohl angefallen, als er sich kaum noch von der Stelle rühren konnte«, mutmaßte Gilmore. »Ja, und was noch, das ist die Sache mit dem Überfall.«

»Von welch einem Überfall reden Sie?«, kam es fassungslos von Andrew.

»Nun, es muss einen Überfall gegeben haben, so wie ich ihn verstanden habe, vor einigen Tagen.«

»O mein Gott!«, stöhnte Andrew auf. Abby war etwas zugestoßen und er hatte all die Tage nichts davon geahnt, sondern sie auf *Dunbar* gewähnt!

»Halston hat, wie schon gesagt, eine Menge wirres Zeug

von sich gegeben«, nahm Gilmore den Faden wieder auf. »Aber das mit dem Überfall am Saunders Creek und den gestreiften Männern haben Pat und ich ganz deutlich verstehen können. Wie übrigens auch das mit Ihrer Frau. Sonst hätte ich ja auch gar nicht gewusst, dass Halston mit ihr unterwegs gewesen ist. Er hat immer wieder ›Bei zehn rennst du los, Abby!‹ und ›Lauf, Abby, lauf!‹ gerufen. Und da ich im Umkreis von einem Tagesritt nur eine Abby kenne, nämlich Ihre Frau, habe ich den einzig logischen Schluss gezogen.«

»Wir sind Ihnen, trotz des entsetzlichen Anlasses, sehr dankbar, dass Sie den strapaziösen Ritt zu uns auf sich genommen haben«, bemerkte Jonathan Chandler.

Gilmore schnaubte grimmig und dachte gar nicht daran, den Dank abzuwehren. »Das will ich wohl hoffen. Damit sind Sie mir was schuldig, Jonathan!«

Andrew kippte den Brandy hinunter. »Und von . . . von meiner Frau haben Sie keine Spur gefunden?«

»Nein, nichts«, sagte Gilmore. »Ich habe sofort vier Männer losgeschickt, doch die sind bei Einbruch der Dunkelheit zurückgekehrt, ohne eine Spur oder einen noch so schwachen Hinweis auf Ihre Frau gefunden zu haben.«

»Was kann Halston bloß mit ›gestreiften Männern‹ gemeint haben?«, grübelte Jonathan Chandler.

»Natürlich die Aborigines!«, meinte Melvin. »Diese Wilden bemalen ihren nackten Körper doch mit weißer Farbe, und dann sehen sie doch wirklich wie braunweiß gestreifte Männer aus! Bestimmt hat Halston das damit gemeint. Die Eingeborenen müssen Abby und Halston auf dem Weg nach *Dunbar* überfallen haben!«

»Ja, zu diesem Ergebnis bin auch ich gekommen«, pflichtete Gilmore ihm bei.

»Unmöglich!«, widersprach Andrew. »Das glaube ich einfach nicht!«

»Ich bin kein Missionar, der Sie bekehren will. Es ist ganz Ihnen überlassen, was Sie glauben wollen oder nicht, Andrew«, erwiderte Gilmore reserviert. »Ich jedoch hege nicht den geringsten Zweifel daran, dass diese schwarzen Teufel dieses abscheuliche Verbrechen auf dem Gewissen haben. Die Eingeborenen sind ein hinterhältiges Gesindel, das keinen Respekt vor unserem Eigentum kennt. Es weiß doch jeder, dass sie gemeine Viehdiebe sind und bei jeder Gelegenheit über unsere Herden herfallen.«

»Gut, es hat in der Vergangenheit einige derartige Vorfälle gegeben«, räumte Jonathan Chandler verunsichert ein. »Aber daraus zu schließen . . .«

Gilmore fiel ihm ins Wort. »Ich bin nicht hier, um mich belehren zu lassen, Jonathan. Ich weiß, was ich weiß, und was diese Wilden betrifft, so ist ihnen alles zuzutrauen! Vielleicht haben Halston und Ihre Schwiegertochter das Pech gehabt, einer dieser herumstreunenden Banden beim Viehdiebstahl in die Quere zu geraten.«

Andrew schüttelte den Kopf. Abby ein Opfer mordlustiger Aborigines? Niemals! Alles in ihm sträubte sich gegen diese Vorstellung, denn damit hätte er gleichzeitig auch Abbys Tod annehmen müssen. Und diese Möglichkeit wies er mit aller Macht von sich. Vielleicht war ja alles ein schrecklicher Irrtum und Abby war sicher bei April und Heather, während Greg Halston dieses Unglück nach ihrem gemeinsamen Eintreffen auf *Dunbar* zugestoßen war. Wer konnte denn sagen, was von dem, was er in seiner geistigen Verwirrung von sich gab, Tatsache war und was Ausgeburt der Phantasie? Und wer wusste schon, was sich die letzten Tage wirklich dort draußen im Busch zugetragen hatte?

»Abwegig ist das ja nun nicht, was Mister Gilmore da zu bedenken gibt«, sagte Melvin. »Aber solange wir keine weiteren Informationen haben, ist es müßig, sich in Spekulationen zu ergehen.«

»Ich habe schon einen Boten zum Kommandanten der Garnison von Parramatta geschickt«, teilte Gilmore ihnen mit. »Wer immer hinter diesem Überfall steckt, die Armee muss über diesen Anschlag unterrichtet sein!«

Andrew sprang abrupt auf. Dabei entglitt das Glas seiner Hand und zerschellte am Boden. Er nahm es überhaupt nicht zur Kenntnis. Er konnte nicht länger untätig sein, sondern musste etwas tun. Er musste Abby suchen!

»Ich muss mit Halston sprechen!«

»Sofern er noch lebt«, bemerkte Gilmore mit beinahe schon grausamer Sachlichkeit. »Es stand wirklich schlecht um ihn, als ich nach *Yulara* aufbrach. Vielleicht liegt er mittlerweile schon im Sarg.«

»Wenn Sie erlauben, reiten meine Söhne und ich mit Ihnen zurück, Charles«, sagte Jonathan Chandler und hob fragend die Augenbrauen. Gilmore hatte die entsetzliche Nachricht überbracht, weil er sich dieser Pflicht nicht hatte entziehen können. Das bedeutete aber nicht, dass damit ihr Streit beigelegt war.

»Sicher«, sagte Gilmore verdrossen. »Aber wenn es wegen Ihres Sohnes Melvin Ärger mit den Rotröcken gibt, will ich nichts damit zu tun haben, damit wir uns ganz klar verstehen. Das ist dann Ihre Angelegenheit.«

Jonathan überlegte kurz, ob es nicht ratsamer war, Melvin auf der Farm zurückzulassen, entschied sich jedoch dagegen. In dieser schweren Zeit mussten sie zusammenstehen und an Andrews Seite sein. Er brauchte sie jetzt, und das war wichtiger als alles andere.

»Sie haben mein Versprechen, dass wir Sie nicht in unsere Probleme hineinziehen werden, Charles.«

»Na gut«, brummte Gilmore.

Jonathan wandte sich nun Melvin zu. »Lass für jeden von uns zwei Pferde satteln, auch für Mister Gilmore! Sein Schimmel ist zu erschöpft für einen zweiten Gewaltritt in so kurzer Zeit. Wir werden auf halber Strecke auf die Reservepferde umsteigen, damit wir so schnell wie möglich auf *Greenleaf* sind. Um die Waffen kümmere ich mich mit Andrew.«

»Und schick jemanden nach *Dunbar*!«, trug Andrew seinem Bruder noch auf. »Er soll danach unverzüglich nach *Greenleaf* reiten und uns dort Bericht erstatten.«

Melvin nickte und eilte aus dem Zimmer.

Eine knappe Stunde später galoppierten die vier Männer vom Hof. Sarah, die auf der Koppel bei ihrem Lieblingsfohlen gewesen war, stand mit Rosanna und Clover auf der Veranda. Mit tränenüberströmtem Gesicht klammerte sie sich an den Rock der Köchin und schaute ihrem Vater und ihren Brüdern nach.

Andrew setzte sich sogleich an die Spitze der Reitergruppe. Tief über den Hals seines Pferdes gebeugt jagte er nach Süden. Weder spürte er die Hitze der Sonne, die sich ihrem Zenit näherte, noch nahm er die Landschaft oder seine Begleiter bewusst wahr. Er ritt wie in Trance, und im Rhythmus des wilden Hufschlags hämmerte es unaufhörlich und wie eine Beschwörungsformel in seinem Kopf: Abby! . . . Abby! . . .

Zweites Kapitel

Greg Halston lebte, als Gilmore und die drei Chandlers eine Stunde nach Einbruch der Dunkelheit auf *Greenleaf* eintrafen. Er hatte sich körperlich ein wenig erholt, wie Mabel Gilmore, die zart gebaute und doch resolute Ehefrau des Farmers, ihnen mitteilte.

Andrew schöpfte sofort neue Hoffnung, von Halston Genaueres über den Hergang des Überfalls und insbesondere über Abbys Schicksal zu erfahren. Er war jedoch entsetzt, als er den Farmer zu Gesicht bekam.

Seinem Bruder und seinem Vater erging es nicht anders. Fassungslos und erschüttert blickten sie auf Halston, der einen erbarmungswürdigen Eindruck machte und von heute auf morgen um ein Jahrzehnt gealtert schien.

Der alte Mann mit dem fleckigen, zerschundenen Gesicht und den in tiefen Höhlen liegenden Augen, die nichts zu erkennen schienen, hatte bloß noch eine gespenstische Ähnlichkeit mit dem Greg Halston, der vor fünf Tagen mit Abby an seiner Seite von *Yulara* aufgebrochen war.

Melvin schüttelte ungläubig den Kopf. »Er ist ja nur noch ein Schatten seiner selbst«, flüsterte er bestürzt.

»Wenn es stimmt, was Gilmore vermutet, dann ist Halston tagelang ohne einen Tropfen Wasser und schon vom Blutverlust geschwächt durch den Busch geirrt«, sagte Jonathan Chandler betroffen, aber um Fassung bemüht. »Und das bei dieser mörderischen Hitze. So etwas kann auch einen harten Mann innerhalb kürzester Zeit zerbrechen.«

»Aber Halston kannte sich doch im Busch aus«, wandte Melvin ein.

»Wenn sie es darauf anlegt, zerbricht die Wildnis jeden

von uns, und sei er auch noch so erfahren. Ein einziger Fehler, eine kleine, scheinbar unbedeutende Nachlässigkeit, und der Busch gibt den Menschen nicht wieder frei. Wer die Natur in diesem Land unterschätzt, ist verloren.«

»Rechnest du die Aborigines auch dazu, Dad?«

»Natürlich. Die Wilden kennen keine anderen Gesetze als die der Natur, und die Gesetze der Wildnis sind grausam. Im Busch herrscht das Recht des Stärkeren. Da heißt es fressen und gefressen werden. Gewalt und Tod beherrschen ihren Alltag, und daher bedeutet ihnen das Leben auch so wenig«, erklärte Jonathan Chandler und sprach damit aus, was die Mehrzahl der Siedler über die Aborigines dachte. Dass dieses geringschätzige Urteil nichts weiter als eine bösartige Unterstellung war, völlig unbewiesen und von der Überheblichkeit der weißen Kolonisten bestimmt, hätte sogar ein ansonsten so besonnener und liberal denkender Mann wie Jonathan Chandler mit Empörung von sich gewiesen.

»Ein Wunder, dass Halston den Wilden überhaupt entkommen ist«, murmelte Melvin.

»Gottes Wege sind rätselhaft, mein Sohn«, sagte Jonathan Chandler.

Andrew achtete nicht auf die leisen Stimmen hinter ihm. Er setzte sich auf die Kante des Bettes, ergriff die zitternde Hand des Farmers und versuchte, dessen geistige Verwirrung zu durchdringen.

»Halston! . . . Halston, sehen Sie mich an. Wissen Sie, wer ich bin? . . . Halston! . . . Ich bin Andrew Chandler! . . . Andrew Chandler! . . . Sie erkennen mich, nicht wahr? . . . Was ist passiert, Halston? . . . Wer hat Sie überfallen? . . . Und was ist mit meiner Frau? . . . Um Gottes willen, sagen Sie mir, was mit Abby ist? . . . Ich flehe Sie an, Halston!«, redete er beschwörend auf ihn ein.

Doch Halston sah ihn mit wirrem, unstetem Blick an, dem jegliches Wiedererkennen oder Verstehen fehlte. Seine aufgeplatzten Lippen zuckten. »Du . . . verfluchter Dingo!«, stieß er mit rasselndem Atem hervor. »Das . . . nächste Mal . . . kriege ich dich . . . Dann geht es dir an die Kehle . . . Ganz still liegen bleiben . . . wie tot . . . Und dann packe ich dich . . .«

Halston zittrige Stimme verwandelte sich in einen entsetzlichen Schrei, der allen durch Mark und Bein ging. Andrew fuhr zurück. Im nächsten Moment spürte er die Hände des Farmers um seinen Hals.

»Dein Blut!«, schrie er wie von Sinnen und würgte Andrew mit der Kraft eines tollwütigen Irren. »Ich will . . . dein Blut, du . . . verfluchter Bastard . . . eines Dingos!«

Melvin und Jonathan Chandler kamen Andrew sofort zur Hilfe, um ihn aus dem Würgegriff des verwirrten Farmers zu befreien.

Mabel Gilmore eilte herbei und flößte ihm einen Trank ein, der aus dem Sud nervenberuhigender Kräuter und einigen Tropfen Laudanum bestand.

»Quälen Sie ihn nicht weiter«, bat sie. »In der schrecklichen Verfassung, in der Mister Halston sich befindet, kann er Ihnen nicht sagen, was Sie wissen wollen.«

»Meine Frau . . .«, begann Andrew verzweifelt.

Die Farmersfrau sah ihn mitfühlend an. »Ich weiß, wie sehr Sie leiden, Mister Chandler, und ich wünschte, ich könnte Ihnen helfen. Aber wie die Dinge liegen, kann ich Ihnen nur ans Herz legen, Kraft im Gebet zu suchen und bis zum Tagesanbruch zu warten, um dann . . .«

»Aber ich will nicht beten und ich kann auch nicht warten! Abby kann noch am Leben sein! Ja, sie ist ganz sicher noch am Leben, und jede Stunde, die wir hier nutzlos vergeuden, kann die Entscheidung über Leben und Tod bedeuten!«

Jonathan Chandler legte den Arm um seinen Sohn. »Ganz ruhig. Missis Gilmore hat Recht. Im Augenblick sind uns die Hände gebunden. Mit kopfloser Betriebsamkeit ist nichts gewonnen. Bei Nacht in den Busch zu reiten und durch die Dunkelheit zu irren bringt uns keinen Schritt weiter. Sowohl die Pferde als auch wir sind erschöpft und brauchen Ruhe. Wir müssen bis zum Morgen warten. Dann werden wir gezielt nach Abby suchen.«

Andrew wollte das erst nicht wahrhaben, und es bedurfte der vereinten Überredungskunst der anderen, um ihn zur Vernunft zu bringen und ihm das Versprechen abzuringen, nicht auf eigene Faust loszureiten.

Andrew verbrachte die halbe Nacht auf der Veranda, starrte in die Nacht und konnte an nichts anderes denken, als dass Abby irgendwo draußen allein und hilflos im Busch war und auf Rettung wartete. Er betete zum Allmächtigen, wie Mabel Gilmore es ihm ans Herz gelegt hatte, doch er war zu verzweifelt, um Kraft im Glauben zu finden. Mehr als einmal war er versucht sein Versprechen zu brechen, sich zur Pferdekoppel zu schleichen und auf eigene Faust loszuziehen. Er bemerkte jedoch, dass sein Vater damit gerechnet hatte und mit Zustimmung der Gilmores zwei Farmarbeiter beauftragt hatte, abwechselnd bei den Pferden Wache zu halten. In den frühen Morgenstunden fiel er schließlich in einen unruhigen, von Alpträumen erfüllten Schlaf.

Jake Pembroke, den Melvin nach *Dunbar* geschickt hatte, traf beim ersten Licht des neuen Tages fast gleichzeitig mit den Soldaten aus Parramatta auf *Greenleaf* ein.

Andrew war als Erster bei ihm. »Hast du Abby auf Halstons Farm angetroffen?«, stieß er hoffnungsvoll hervor.

Mit bedauernder Miene schüttelte Jake Pembroke den Kopf. »Nein, dort ist sie nicht. Sie sind beide nicht auf *Dunbar* eingetroffen. Seine Töchter haben ihn auch nicht vermisst, weil er doch eigentlich geplant hatte, einige Tage auf *Yulara* zu bleiben.«

Mit hängenden Schultern wandte Andrew sich ab. Indessen berichtete Pembroke den beiden anderen herbeigeeilten Chandlers, mit welchem Entsetzen April und Heather seine Nachricht aufgenommen hatten und dass April sich in Begleitung von zwei Farmarbeitern bei Tagesanbruch auf den Weg nach *Greenleaf* machen würde.

»Reiter aus Südwesten!«, schallte es wenige Augenblicke später über den Hof.

Die Aufmerksamkeit aller richtete sich nun auf die Staubwolke, die im Südwesten in den klaren Morgenhimmel aufstieg und auf eine große Reitergruppe hinwies, die in großer Eile heranrückte.

Charles Gilmore erschien mit einem Fernrohr vor dem Haus, sprang auf die hüfthohe Steinumfassung des Brunnens, um eine bessere Sicht zu haben, und fand im nächsten Moment seine Vermutung bestätigt.

»Eine Abteilung des New South Corps! Mein Gott, sie rücken ja gleich mit halber Kompaniestärke an!«, verkündete er, schob das Fernrohr zusammen und sprang wieder vom Brunnenrand. »So schnell hätte ich mit den Rotröcken wirklich nicht gerechnet.«

Dann ging er zu Jonathan Chandler hinüber und erinnerte ihn mit gedämpfter Stimme: »Ich hoffe, Sie haben nicht vergessen, was Sie mir auf *Yulara* versprochen haben!«

»Ich dachte, Sie hätten mehr Zutrauen zu meinem Wort«, antwortete der kühl, wandte ihm abrupt den Rücken zu und sagte zu Melvin: »Du gehst jetzt besser ins Haus und hältst dich vor den Rotröcken verborgen.«

Die Abteilung, die wenig später auf *Greenleaf* eintraf, zählte fünfundzwanzig Soldaten. Zwei Offiziere, ein Captain und ein Lieutenant, ritten an der Spitze der Truppe. Ihre roten Uniformjacken leuchteten und das Gold der Epauletten blitzten im Licht der aufgehenden Sonne.

»Abteiluuuuuung… halt!« Der Lieutenant, ein junger schwarzhaariger Mann, gab das Kommando und vollführte mit dem Arm eine schneidige Bewegung, als befände er sich mit seinen Untergebenen auf dem Paradeplatz. Er hielt sich kerzengerade im Sattel und hatte sogar den obersten Knopf seiner Uniform vorschriftsmäßig geschlossen.

Der Captain hatte sich dagegen die Freiheit herausgenommen, die oberen drei Knöpfe seiner Jacke nicht zu schließen. Auch in anderen Dingen stellte er einen krassen Gegensatz zu dem jungen Offizier an seiner Seite dar, der vom Alter her sein Sohn hätte sein können. Er war korpulenter und hatte ein ausgesprochen grobschlächtiges Gesicht. Es erinnerte an einen Boxer, der zu viele Treffer und Niederlagen hatte hinnehmen müssen. Der breite, buschige Backenbart betonte die groben Züge noch.

Der Captain stieg vom Pferd. »Welcher von den Gentlemen ist Mister Gilmore, der den Boten zur Garnison geschickt hat?«, fragte er und blickte in die Runde der vor dem Farmhaus versammelten Männer.

Gilmore trat wie ein Rekrut, der Meldung macht, einen Schritt vor. »Ich bin Charles Gilmore. Willkommen auf *Greenleaf*, Captain«, grüßte er ihn.

»Captain William Stapleford«, stellte sich der ranghöchste Offizier der Truppe vor. »Und das ist Lieutenant Alan Danesfield.«

»Ich glaube, ich spreche hier allen aus dem Herzen, wenn ich sage, dass wir Ihr unverzügliches, ja geradezu überraschend schnelles Erscheinen sehr zu schätzen wissen«, erklärte Gilmore.

Verdammter Opportunist, dachte Jonathan Chandler grimmig. Du hast dich schon immer wie ein Wetterhahn mit dem Wind gedreht!

»Das ist reiner Zufall«, sagte Captain Stapleford trocken. »Ich bin gestern Morgen mit meiner Truppe aus der Garnison ausgerückt, um einen Auftrag auszuführen, über den zu sprechen ich nicht befugt bin. Bei Toongabbee stieß dann Ihr Bote auf uns. Und was er berichtete, schien mir eine sofortigen Nachprüfung und einen kleinen Umweg wert zu sein. Also was hat es mit diesem blutigen Überfall der Aborigines, von dem Ihr Bote in sehr konfuser Form Meldung machte, wirklich auf sich.«

»Wir nehmen an, dass es Aborigines waren, Captain«, meldete sich Jonathan Chandler nun zu Wort.

»Darf ich erfahren, mit wem ich die Ehre habe?«, erkundigte sich Captain Stapleford.

»Jonathan Chandler, freier Siedler vom Hawkesbury«, betonte er, »und das ist mein Sohn Andrew.«

»Es ist meine Frau, die vermisst wird«, sagte Andrew. »Ihr Name ist Abby. Wir haben erst vor wenigen Monaten geheiratet. Abby war... ich meine... sie ist...«

»Sagten Sie Chandler?«, fragte der Captain und zog die Augenbrauen hoch. »Sind Sie vielleicht mit einem gewissen Melvin Chandler verwandt?«

»Melvin ist mein ältester Sohn, und was es zu dem Thema zu sagen gibt, ist an anderer Stelle mit Major Johnston ausgiebig und wohl mit für beide Seiten zufriedenstellendem Ergebnis besprochen worden!«, entgegnete Jonathan

Chandler. »Hier geht es nicht um politische Meinungsver-
schiedenheiten, sondern um ein Verbrechen und um meine
Schwiegertochter, die vermisst wird!«

Captain Stapleford lächelte. »Was Sie nicht sagen, Mister Chandler.« Er wandte sich zu Gilmore. »Wenn Sie
erlauben, möchte ich meinen Männern und ihren Pferden
eine Ruhepause im Schatten gönnen. Und dann erzählen
Sie, um was es hier wirklich geht. Sie machen den Eindruck eines vernünftigen Mannes, auf dessen Wort man
etwas geben kann.«

Es war klar, wem diese beleidigende Bemerkung galt.
Blinde Wut wallte in Andrew auf. Sein Vater spürte, was
in ihm vorging, packte ihn mit festem Griff am Arm und
bewahrte ihn vor einer Dummheit, indem er sagte: »Dagegen ist nichts einzuwenden. Mister Gilmore weiß genauso
viel und genauso wenig wie jeder andere von uns.«

Andrew stieß die Hand seines Vaters weg, hielt jedoch
seinen Mund. Es kostete ihn große Überwindung.

Lieutenant Danesfield gab den Soldaten die Erlaubnis,
abzusitzen und sich ein schattiges Plätzchen zu suchen.
Fröhliches Stimmengewirr und das Geklapper der Kochge-
schirre erfüllten den Hof, denn Mabel und ihre halbwüch-
sige Tochter Maryanne brachten frisches Brot und große
Kannen mit dampfendem Kaffee.

Captain Stapleford und Lieutenant Danesfield hörten
sich im Wohnraum der Gilmores an, was der Farmer zu
berichten hatte. Andrew und Jonathan Chandler würdigten
sie dabei nicht eines Blickes. Sie schienen Luft für sie zu
sein.

»Was Sie uns da anbieten, ist nichts weiter als ein Wust
von vagen Möglichkeiten«, mäkelte der Captain, als der
Farmer seinen Bericht abgeschlossen hatte. »Ich fürchte,

das reicht nicht, um Soldaten loszuschicken. Zumindest übersteigt das meine Kompetenzen. Aber Sie können ja in Parramatta beantragen, dass man . . . «

Erbost fuhr Andrew ihm ins Wort. »Meine Frau kann noch am Leben sein, aber vielleicht ist es in einem Tag oder vielleicht auch nur einer Stunde für ihre Rettung schon zu spät. Und da haben Sie die Unverfrorenheit, uns zu raten, in Parramatta einen Antrag zu stellen?«

»Nicht in diesem Ton, junger Mann!«, herrschte Captain Stapleford ihn an. »Oder Sie lernen mich von einer Seite kennen, die Ihnen und Ihrer Familie wenig Vergnügen bereiten dürfte!«

Rasch griff Jonathan Chandler ein. »Sehen Sie meinem Sohn diesen Ausbruch nach, Captain. Sagen Sie mir, wie es um Ihre Nerven und Ihre Beherrschung bestellt stünde, wenn Ihre Frau da draußen im Busch wäre.«

»Dennoch . . .«, begann der Captain.

»Gentlemen, verlieren wir doch nicht das Wesentliche aus den Augen«, mischte sich nun Gilmore ein, und diesmal war es Jonathan Chandler sehr willkommen. »Es hat einen Überfall gegeben, auf Mister Halston, einen freien Siedler, und auf Missis Abby Chandler, die immerhin die Schwiegertochter eines Freien ist. Und alles deutet darauf hin, dass eine Bande von schwarzen Teufeln hinter diesem abscheulichen Verbrechen steht. Die Farmer im Hinterland werden kaum Verständnis dafür haben, wenn Soldaten, die sich nun schon mal vor Ort befinden, sich dieser Angelegenheit nicht annehmen.«

Lieutenant Danesfield räusperte. »Sir, wenn Sie mir eine Bemerkung erlauben?«

»Nur zu, nur zu!«

»Die Wilden sind eine Gefahr für unsere Kolonie, und ich

wage zu sagen, dass jedes Zeichen von Schwäche sie nur zu weiteren Übergriffen ermutigen wird«, erklärte er forsch.

Gilmore nickte nachdrücklich. »Richtig, Lieutenant! Hier geht es nicht um die Chandlers, sondern um die Sicherheit der Farmer im Hinterland!«

»Und um eine weiße Frau, an der sich eine Horde Schwarzer vergangen hat!«, fügte der Lieutenant hinzu.

Andrew wand sich innerlich unter den grässlichen Bildern, die diese Worte in ihm heraufbeschworen. »Wir reden hier immer von den Eingeborenen, als stünde es zweifellos fest, dass sie den Überfall begangen haben.«

»Sicher, wer denn sonst?«, fragte Gilmore.

»Es gibt auch unter uns Weißen genügend Verbrecher«, sagte Andrew. »Und es gibt ja immer wieder entlaufene Sträflinge, die...«

»Ach was!«, schnitt der Captain ihm das Wort ab. »Kein entlaufener Sträfling würde es wagen, solch ein Verbrechen zu begehen! Damit würde er sich ja selbst zum Tode durch den Strang verurteilen. Und was hätte er davon?«

»Pferde, ein Fuhrwerk und Geld«, gab Andrew zu bedenken. »Denn Mister Halston hatte eine hübsche Summe Geldes bei sich.«

»Alles sehr unwahrscheinlich. Ich gehe jede Wette ein, dass diese schwarzen Bastarde hinter dieser abscheulichen Tat stecken«, beharrte Gilmore und sprach damit aus, was in dieser Runde die vorherrschende Meinung war.

»Der Sache muss nachgegangen werden und der oder die Übeltäter mit aller Härte bestraft werden!«, erklärte Lieutenant Danesfield.

Captain Stapleford machte eine verdrossene Miene und nagte an seiner Unterlippe. Dann sagte er zu seinem Untergebenen: »Also gut, Lieutenant. Sie sind ja immer so versessen darauf, ein eigenes Kommando zu führen, nun haben Sie es.«

»Verbindlichen Dank, Captain!«

»Sie haben völlig freie Hand. Nehmen Sie Corporal Haines und sieben Mann und sehen Sie, was Sie erreichen können«, befahl ihm der Captain. »Ich gebe Ihnen fünf Tage. Dann kehren Sie nach Parramatta zurück. Irgendwelche Fragen?«

»Nein, Captain!«

Eine Tasse Kaffee später rückte Captain Stapleford mit seiner um neun Mann reduzierten Truppe ab. Er lächelte mit hämischer Schadenfreude, als er seinen Lieutenant mit schneidender Stimme sagen hörte:

»Sie nehme ich nicht mit, Mister Chandler, und ich werde auch nicht dulden, dass Sie mir und meinen Soldaten ins Handwerk pfuschen. Tun Sie es doch, werde ich nicht zögern, Sie in Eisen legen zu lassen! Sie können mir dankbar sein, dass ich Ihrem Sohn erlaube, an meiner Patrouille teilzunehmen – natürlich unter meiner Befehlsgewalt.«

Und er sah noch, wie er sich dem Farmer von *Greenleaf* zuwandte und sagte: »Nein, Sir, gegen Ihre Teilnahme habe ich nicht das Geringste einzuwenden, ganz im Gegenteil.«

Captain Stapleford lachte leise auf und ließ den Hof im leichten Galopp hinter sich. Er hatte eine gute Entscheidung getroffen. Lieutenant Danesfield war wirklich der beste Mann für diese Aufgabe.

Drittes Kapitel

Die Reibereien zwischen Andrew und dem jungen Offizier begannen schon in den ersten Stunden. Lieutenant Danesfield, höchstens ein Jahr älter als Andrew, nahm es mit der Autorität und Befehlsgewalt sehr genau. Nicht nur die ihm unterstellten Soldaten hatten seinem Befehl unverzüglich Folge zu leisten, auch von den beiden Zivilisten, die sich seinem Suchtrupp angeschlossen hatten, verlangte er Gehorsam ohne Widerspruch. Und angeblich machte er dabei keinen Unterschied zwischen einem Chandler und einem Gilmore. Die Wirklichkeit sah anders aus.

Keine zwei Stunden nach ihrem Aufbruch von *Greenleaf* kam es zu der ersten Auseinandersetzung zwischen Andrew und dem schneidigen Offizier. Sie befanden sich auf dem Weg zu Russell's Pond, wo die beiden Farmarbeiter Greg Halston gefunden hatten.

Andrew ritt links außen, während Gilmore sich an der Seite von Lieutenant Danesfield hielt. Plötzlich glaubte Andrew, etwas bemerkt zu haben. »Mir ist, als hätte ich da drüben bei den Akazien eine Bewegung gesehen. Ich reite mal hinüber und sehe nach!«, rief er dem Offizier und Gilmore zu und wollte Samantha schon von der Truppe weglenken.

»Das werden Sie gefälligst bleiben lassen, Mister Chandler!«, befahl Alan Danesfield mit schneidender Stimme. »Ich kann mich nicht entsinnen, Ihnen die Erlaubnis dafür erteilt zu haben!«

Im ersten Moment war Andrew mehr irritiert als wütend. »Wie bitte?«, fragte er. »Seit wann brauche ich eine Erlaubnis?«

»Darf ich Sie daran erinnern, dass Sie gar nicht an diesem Kommando teilgenommen hätten, wenn ich Ihnen nicht großzügigerweise die Erlaubnis dazu erteilt hätte? Sie haben sich uns jedoch nicht als Gast angeschlossen, sondern sich meiner Befehlsgewalt unterstellt, Mister Chandler!«

»Sie verwechseln mich wohl mit einem Soldaten, Lieutenant! Darf ich nun Sie daran erinnern, dass ich ein freier Siedler bin und keine Uniform trage!«, entrüstete sich Andrew.

»Das tut nichts zur Sache! Ich führe das Kommando und ich dulde kein eigenmächtiges Handeln!«, herrschte ihn der Lieutenant an. »Ob Zivilist oder gemeiner Soldat, ich verlange von jedem, der an diesem Unternehmen unter meiner Führung teilnimmt, dieselbe Disziplin. Wenn Ihnen das nicht gefällt, steht es Ihnen frei, eigene Wege zu gehen. Aber die Warnung, die ich an Ihren Vater gerichtet habe, gilt dann auch für Sie! Entscheiden Sie sich!«

»Der Lieutenant hat Recht, es kann immer nur einer das Sagen haben«, warf Gilmore ein. »Es kann nicht jeder tun, was er will. Ich denke, das liegt doch auch in Ihrem Interesse.«

Voller Wut presste Andrew die Lippen aufeinander. Er wollte dem Lieutenant sagen, dass er sich zum Teufel scheren sollte. Er war ein Chandler und brauchte sich doch nicht von einem gelackten und arroganten Rotrock, wie Danesfield einer war, herumkommandieren und schikanieren lassen!

Doch dann dachte er an Abby, und die Angst, kostbare Zeit durch persönliche Streitigkeiten zu verlieren und sich wichtiger Unterstützung zu berauben, siegte über seinen Stolz.

»Wie lautet Ihre Entscheidung, Mister Chandler?«,

drängte der Lieutenant auf Antwort. »Wollen Sie Ihrer eigenen Wege reiten oder wollen Sie auch weiterhin unter meinem Kommando an der Suche teilnehmen?«

»Ich bleibe.«

»Und akzeptieren meine Bedingungen?«

»Ja, ich akzeptiere«, bestätigte Andrew zähneknirschend.

Lieutenant Danesfield lächelte mit der Herablassung eines Mannes, der von vornherein gewusst hatte, dass er seine Forderungen durchsetzen würden. »Gut, dass wir uns verstehen. Ich hoffe, dass damit die letzten Missverständnisse über meine und Ihre Rolle bei diesem Kommando ausgeräumt sind!«

»Ihren Belehrungen mangelte es nicht an Deutlichkeit – *Sir*!«

Der Offizier war um eine nicht minder sarkastische Antwort nicht verlegen. »Kompliment, Mister Chandler. Sie machen rasche Fortschritte. Womöglich wäre aus Ihnen ein recht brauchbarer Soldat geworden, wenn Sie nur rechtzeitig in die richtigen Hände gekommen wären.« Dann winkte er Corporal Jethro Haines heran. »Reiten Sie mit Mister Chandler zu den Akazien hinüber!«

»Jawohl, Sir!«

Corporal Jethro Haines war ein drahtiger Mann, Ende dreißig und schon zu lange Soldat, um sich noch über die Arroganz von Offizieren zu erregen. Doch er verstand Andrews Wut.

»Nehmen Sie es nicht so schwer, was den Lieutenant angeht, Mister Chandler«, sagte er, als sie sich außer Hörweite der Truppe befanden. »Sie sind nicht der Einzige, mit dem er so grob umspringt.«

»Wie beruhigend.«

»Er blickt eben auf alle hinab, die keine Uniform tragen.

Familientradition, wie man so hört. Und sein Ehrgeiz reicht für ein Dutzend Generalskarrieren. Glauben Sie mir, der geht rücksichtslos seinen Weg, und wehe dem, der ihm dabei in die Quere gerät«, fuhr der Corporal bissig fort. »Also legen Sie sich besser nicht mit ihm an.«

Andrew verzog das Gesicht. »Das höre ich heute schon zum dritten Mal: erst von Ihrem Lieutenant, dann von Mister Gilmore und nun auch noch von Ihnen.«

»Nicht, dass ich Ihnen nicht zutraue, Ihren Mann zu stehen. Aber was bringt Ihnen das? Der Lieutenant wartet doch nur darauf, dass Sie ihm einen Grund liefern, damit er Sie wegschicken kann. Und Sie wollen doch, dass wir Ihre Frau finden, nicht wahr?«

»Ja«, murmelte Andrew.

»Dann beißen Sie in den sauren Apfel und lassen ihm das letzte Wort«, riet ihm Corporal Haines. »So können Sie wenigstens sicher sein, dass Danesfield auch wirklich nach Ihrer Frau sucht und nicht nach irgendwelchen Eingeborenen. Denn das hier ist ein Kommando ganz nach seinem Herzen!«

Andrew sollte sich später noch oft an diesen letzten Satz erinnern und sich fragen, warum er nicht nachgefragt hatte. Dann wäre er gewarnt gewesen und hätte vielleicht verhindern können, was vier Tage später am Richmond Hill geschah. Doch da sie indessen die Akazien erreicht hatten, hörte er nur mehr mit halbem Ohr hin, während er seine Aufmerksamkeit auf das vor ihnen liegende Gelände konzentrierte. Und als sie ihre Suche schließlich abbrachen und wieder Anschluss zur Truppe suchten, beschäftigten ihn andere, kummervolle Gedanken.

»Lassen Sie die Hoffnung nicht sinken«, versuchte der Corporal ihm Mut zu machen. »Wir finden Ihre Frau.«

Bei Russell's Pond begann die eigentliche Suche. Lieutenant Danesfield erteilte den Männern den Befehl, eine Kette zu bilden, mit jeweils fünfzig Schritten Abstand zwischen den Reitern.

»Mit dieser weit auseinander gezogenen Formation erfassen wir beim Vorrücken ein Gelände auf einer Breite von einer guten halben Meile«, verkündete Danesfield.

»Sir?«, meldete sich Jethro Haines zu Wort.

»Ja, Corporal?«

»Ein Tracker, der sich aufs Spurenlesen versteht, wäre womöglich...«

»Unsinn!«, fuhr Danesfield ihm barsch über den Mund. »Wir kommen auch ohne einen von diesen verkommenen schwarzen Subjekten aus. Außerdem fehlt uns die Zeit, um so einen Tracker aus Sydney oder Parramatta zu holen.« Damit war das Thema für ihn erledigt und er gab den Befehl, sich zu verteilen und die Kette zu bilden. Er selbst nahm die Position in der Mitte ein. Andrew und Gilmore bestimmte er als seine beiden Flankenmänner, um sie stets in seiner Nähe und damit unter seiner unmittelbaren Kontrolle zu wissen.

Ihr Ziel war zuerst einmal der Saunders Creek, der in fast nördlicher Richtung von ihnen lag, und die fünfzehn Meilen dorthin hätten sie auch bei einem gemächlichen Tempo leicht bis zum Mittag schaffen können. Doch es galt ja, mehr als nur einen fünfhundert Yards breiten Korridor im Busch abzusuchen. Danesfield führte sie daher auf einem ermüdenden Kurs aus weiten Schleifen, der sie um eine gedachte Nordachse immer wieder jeweils vier, fünf Meilen nach Westen und dann nach Osten brachte, so dass sie das Gelände auf einer Breite von insgesamt zehn Meilen durchkämmten.

Andrew rechnete sich aus, dass sie fast drei Tage benötigen würden, um auf diese Weise zum Saunders Creek zu gelangen. Er sprach den Lieutenant darauf an und äußerte seine Sorge, dass in drei Tagen für Abby, sollte sie sich näher am trockenen Flussbett als an der Wasserstelle befinden, jede Hilfe zu spät kommen würde.

»Das sehe ich anders«, entgegnete Danesfield forsch. »Entweder ist Ihre Frau längst tot, wofür eigentlich alles spricht, und dann ist es nicht von allzu großer Bedeutung, wann wir ihre Leiche finden...«

Andrew schoss bei dieser brutalen Gefühllosigkeit das Blut vor ohnmächtigem Zorn ins Gesicht, und er musste an sich halten, dem Offizier nicht ins Gesicht zu schlagen.

»... oder aber sie ist mit Mister Halston durch den Busch geirrt«, fuhr Danesfield unbeeindruckt von Andrews wildem Blick fort, »und dann dürften wir sie der Wahrscheinlichkeit nach näher bei Russell's Pond als dort oben finden. Sie sehen also, dass meine Methode die sinnvollste ist.«

»Es macht aber auch Sinn, einige Männer als Vorhut vorauszuschicken«, beharrte Andrew.

»Damit schwächen wir nur unsere Schlagkraft, reduzieren erheblich die Länge unserer Formation und schaffen weniger Gelände pro Tag. Nein, ich werde unsere Kräfte nicht in der Hoffnung auf einen glücklichen Zufall aufsplittern, Mister Chandler!«, entschied er.

Andrew war versucht, sich abzusetzen und sich auf eigene Faust auf die Suche nach Abby zu machen. Doch er fürchtete, dass Lieutenant Danesfield das zum Anlass nehmen konnte, seinerseits die Suche abzubrechen oder sie zumindest doch ohne großen Nachdruck zu führen. Dieses Risiko war ihm zu groß. Er vermochte sich nun mal nicht der Einsicht zu verschließen, dass er allein in diesem riesigen

Gebiet nicht viel erreichen konnte und es nicht auszuschlie-
ßen war, dass der Lieutenant mit seiner Einschätzung richtig lag.

Fünf Tage waren nun schon seit dem Überfall vergangen.
Konnte Abby da überhaupt noch am Leben sein?

Andrew fühlte sich gefangen zwischen Hoffnungslosigkeit und unbeugsamem Glauben an ein Wunder. Und das
herzlose, anmaßende Verhalten von Lieutenant Danesfield
trug dazu bei, um die Suche nach Abby zu einem unsägli-
chen Martyrium zu machen.

Es wäre noch einfacher zu ertragen gewesen, wenn er dem
Offizier Nachlässigkeit und mangelnden Einsatz hätte vor-
werfen können. Doch dem war ganz und gar nicht so. Wenn
Danesfield auch stur auf seine Vorgehensweise beharrte
und ihn mit unverschämter Herablassung behandelte, so
war er auf seine Weise doch überaus zäh und tüchtig. Trotz
der Gluthitze, unter der sie alle zu leiden hatten, trieb er sie
voran und gönnte ihnen nur kurze Pausen. Und er ließ das
Nachtlager erst aufschlagen, als nicht mehr genug Licht
war, um noch ausreichend sehen zu können.

Dass Danesfield ausgerechnet ihn, Andrew Chandler, für
die verhasste Hundewache gegen Ende der Nacht und zum
Sammeln von Feuerholz einteilte, verwunderte ihn nicht.
Mit jedem Wort und jedem Blick gab der Offizier ihm zu
verstehen, wie groß seine Geringschätzung für ihn und
seine Familie war.

Andrew hatte weder die Kraft noch den Willen, sich
dagegen aufzulehnen. Er kannte nur ein Ziel, dem er alles
unterzuordnen und für das er alles zu geben bereit war: Er
musste Abby finden.

Lebend!

Viertes Kapitel

Sie wichen ihm aus wie einem Aussätzigen. Sie mieden auch jeglichen direkten Blickkontakt mit ihm. Ein jeder gab sich beschäftigt und schien nicht zu bemerken, wie er da mit seiner zusammengerollten Decke unter dem Arm zu seinem Pferd ging, müde der Schritt und das Gesicht von Schmerz gezeichnet. In Wirklichkeit folgten ihm ein Dutzend Augenpaare, verstohlen und irgendwie schuldbewusst. Denn es war der Morgen des fünften und letzten Tages, und trotz größter Anstrengungen hatten sie noch immer nicht die geringste Spur von der Vermissten gefunden. Und nach vier aufreibenden, erfolglosen Tagen wusste niemand ein Wort des Trostes und der Aufmunterung.

Allein Lieutenant Danesfield fand den Mut, die Dinge, so wie er sie einschätzte, weiterhin mit brutaler Offenheit beim Namen zu nennen. Dennoch befand auch er sich an diesem Morgen in einer ungewöhnlich gereizten Stimmung. Er ranzte sogar Gilmore an, und dabei hatte er sich mit dem Farmer in den vergangenen Tagen ausgezeichnet verstanden. Ihn wurmte, dass er nach vier Tagen im Sattel noch immer nichts Handfestes vorzuweisen hatte.

Es war Corporal Haines, der sich schließlich ein Herz fasste und mit einem Becher Kaffee zu Andrew ging. Dieser strich gedankenverloren über die samtige Schnauze von Samantha, während sein Blick sich in der Weite des Buschlandes verlor. Noch verbarg sich der Sonnenball hinter dem Horizont. Doch es würde nicht mehr lange dauern, bis das erste Licht des neuen Tages nach den Kronen der Akazien und Eukalyptusbäume griff.

»Hier, trinken Sie«, sagte der Corporal unbeholfen und

hielt ihm mit einer linkischen Bewegung den verbeulten Blechbecher hin.

Andrew drehte sich schwerfällig um und sah Haines an, als hätte er ihn nie zuvor gesehen.

»Der Kaffee wird Ihnen gut tun, Mister Chandler.«

Andrew ignorierte den dampfenden Kaffee, den der Corporal ihm hinhielt. »Wenn sie ... wenn sie den Tod gefunden hätte, hätten wir sie doch längst gefunden, nicht wahr?«, fragte er.

»Eigentlich schon, so gründlich, wie wir vorgegangen sind«, antwortete Haines ausweichend, denn er wollte ihm nicht diesen Strohhalm der Hoffnung nehmen.

»Ich glaube, ich würde es spüren«, murmelte Andrew. »Ich meine, wenn ... Abby tot wäre.«

»Ja, Mister Chandler«, sagte Haines nur und drückte ihm den Becher in die Hand.

Andrew nickte, als hätte ihm der Corporal etwas ganz Wichtiges mitgeteilt, das ihm neue Kraft und Zuversicht gab. »Es muss eine andere Erklärung für ihr Verschwinden geben.«

»Ich muss mich um meine Männer kümmern. Der Lieutenant wird gleich das Kommando zum Aufbruch geben, und er wird fuchsteufelswild, wenn dann nicht alle bereit sind. Er ist heute sowieso in einer verflixt ungnädigen Stimmung«, sagte Haines und entfernte sich rasch.

Augenblicke später stelzte Lieutenant Danesfield mit forschem Schritt zu Andrew hinüber. »Sie wissen, dass der Captain die Suche auf fünf Tage begrenzt hat, Mister Chandler«, sagte er in einem Tonfall, als hätte er Andrew etwas vorzuwerfen. »Ich werde den heutigen Tag dazu nutzen, um das Gebiet im Nordwesten bis zum Richmond Hill abzusuchen.«

Andrew nahm es mit einem Nicken zur Kenntnis. »Einige Reitstunden von hier liegt *Lucknam Station*. Vielleicht hat es meine Frau dorthin verschlagen. Ich werde deshalb zuerst einmal zur Farm der Lucknams reiten.«

»Wenn es Ihre Frau dorthin geschafft hätte, hätte man uns längst davon unterrichtet«, hielt Danesfield ihm unerbittlich vor.

»Ich werde mich vergewissern«, beharrte Andrew.

»Mein Gott, verschließen Sie doch nicht länger die Augen vor der Wahrheit. Ihre Frau ist tot! Seien Sie ein Mann und finden Sie sich endlich damit ab!«

Andrew starrte ihn fast hasserfüllt an. »Sie mögen meine Frau schon begraben haben, ich jedoch nicht!«

Der Lieutenant machte eine unwirsche Geste. »Tun Sie, was Sie nicht lassen können. Sie wissen ja, wo Sie uns finden«, sagte er weniger aus Großzügigkeit denn aus Gleichgültigkeit und ließ ihn stehen, um seinen Soldaten den Befehl zum Aufbruch zu erteilen.

Gilmore hatte Anstand genug, Andrew anzubieten, ihn nach *Lucknam Station* zu begleiten, was dieser jedoch dankend ablehnte.

»Sollte ich auf *Lucknam Station* nichts in Erfahrung bringen, stoße ich wieder zu Ihnen. Gegen Mittag sollte ich Sie und die Rotröcke eingeholt haben«, sagte Andrew und fügte hinzu: »Lieutenant Danesfield hat diesmal ja erstaunlicherweise nichts dagegen, dass ich eigenmächtig handle und mich von der Truppe entferne, so dass ich nicht fürchten muss, in Eisen gelegt zu werden.«

»Der Lieutenant tut seine Pflicht und hat großen Einsatz gezeigt«, nahm Gilmore ihn in Schutz. »Sie haben ihm nichts vorzuwerfen, Andrew. Auf seine Art ist er ein gewissenhafter Mann.«

»Für Ihre Hilfe bin ich Ihnen sehr dankbar, Mister Gilmore«, erwiderte Andrew. »Aber was Lieutenant Danesfield betrifft . . . ach, lassen wir das.« Er schwang sich in den Sattel und ritt nach Westen.

Lucknam Station lag auf halber Strecke zwischen Richmond Hill und der großen Flussschleife des Nepean River. Andrew ritt zügig, um die verhältnismäßig kühlen Morgenstunden auszunutzen.

Drei Stunden später traf er auf der Farm der Lucknams ein, nur um zu seiner Enttäuschung zu erfahren, dass dort niemand Abby zu Gesicht bekommen noch eine Spur von ihr entdeckt hatte.

Andrew gönnte sich und Samantha nur eine kurze Rast, denn er ertrug das Mitleid der Lucknams nicht. Und alle redeten von Abby in der Vergangenheitsform, als wäre ihr Tod ganz unstrittig.

Niedergeschlagen machte er sich auf den Weg, um wieder Anschluss an Lieutenant Danesfields Suchkommando zu finden. Der Richmond Hill, der sich wie ein Tafelberg aus dem umliegenden flachen Buschland in den mittäglichen Hitzedunst erhob, war nur noch wenige Meilen entfernt, als ihn plötzlich Gewehrfeuer aus seinen düsteren Gedanken riss.

Alarmiert hieb er Samantha seine Stiefelabsätze in die Flanken und galoppierte auf den nächsten Hügel, um eine bessere Aussicht zu haben und feststellen zu können, aus welcher Richtung genau die Schüsse kamen.

Auf der Kuppe der Anhöhe fand sein Blick sofort im Osten die von galoppierenden Pferden hochgewirbelten Staubwolken, die durch einen lichten Hain aus alten Eukalyptusbäumen trieben, und er vermochte zwischen den Bäumen auch deutlich die roten Uniformen der Soldaten zu

152

erkennen. Die Entfernung zu dem Geschehen schätzte er auf anderthalb bis zwei Meilen.

Andrew trieb Samantha zum Galopp an. Die vereinzelten Gewehrschüsse verstummten, und dann folgte der mächtige Detonationsdonner einer Gewehrsalve. Anschließend hörte er, wie zwei Pistolen abgeschossen wurden. Und dann krachte eine zweite Gewehrsalve.

Graue Schießpulverwolken vermischten sich mit den aufsteigenden Staubfahnen. Was, um Gottes willen, ging dort nur vor? Was war passiert? Auf wen hatten die Soldaten das Feuer eröffnet? Gegen wen ließ Lieutenant Danesfield Pistolen und Gewehre richten. Hatten sie Abby gefunden?

Die Gedanken wirbelten in seinem Kopf durcheinander, während er Samantha anfeuerte ihn so schnell wie möglich zu den Soldaten zu bringen.

Als er die ersten Bäume erreicht hatte und sein Pferd zügeln musste, bot sich ihm ein grausiges Bild. Jenseits der Eukalypten fiel der Boden zu einer Senke ab. Im Sand dieser Mulde hatte offensichtlich eine Gruppe Aborigines ihr Lager aufgeschlagen. Zwei Feuer brannten. Vier Windschirme aus Zweigen, mit denen sich die Eingeborenen vor Wind und Wetter schützen und die aus Zweigen, Gras und Rinde errichtet wurden, gruppierten sich um diese Feuerstellen. Zwei davon waren niedergerissen und mehr als ein Dutzend Aborigines lagen mit schrecklich verdrehten Gliedern und von Kugeln niedergemäht an verschiedenen Stellen der Mulde. Unter den Leichen befanden sich auch Frauen und Kinder.

Andrew riss sein Pferd zurück. Die Soldaten waren hinunter ins Lager geritten und überzeugten sich davon, dass keiner der Eingeborenen mehr lebte. Dann fiel sein Blick auf Lieutenant Danesfield. Er befand sich auf der anderen Seite, seinen blutbefleckten Säbel in der Hand. Vor ihm im Sand lag ein Aborigine, den er mit einem furchtbaren Hieb getötet hatte. Er beugte sich aus dem Sattel und spießte mit dem Säbel einen alten, fleckigen Lederhut auf.

Benommen starrte Andrew auf das Blutbad, das die Soldaten unter den Aborigines angerichtet hatten. Er hörte einen Soldaten rufen: »Wir haben die Bastarde erwischt, Lieutenant! Wir haben sie alle erwischt!«

Der Offizier blickte auf, bemerkte Andrew und ritt zu ihm hinüber, den Lederhut wie eine kostbare Trophäe auf der Spitze seines Säbels.

»Um Gottes willen, was ist hier geschehen?«, stieß Andrew hervor, noch immer wie betäubt.

»Ich schätze, wir haben die Bande erwischt, die Mister Halston und Ihre Frau überfallen hat!«, rief der Lieutenant ihm zu. »Sehen Sie nur, einer von den Wilden hat diesen Hut getragen.«

»Sind Sie wahnsinnig geworden?« Andrews Stimme überschlug sich fast. »Das ist doch kein Beweis . . . und noch lange kein Grund, ein solches Blutbad anzurichten! Sie haben wehrlose Menschen niedergemetzelt! . . . Frauen und Kinder!«

»Es waren Wilde!«, hielt Danesfield ihm vor, als spräche er von Ungeziefer, das man ungestraft ausrotten durfte.

»Es sind Menschen!«, schrie Andrew ihn an.

»Machen Sie sich doch nicht lächerlich!«, fauchte Danesfield ihn an. »Nur ein toter Wilder ist ein guter Wilder! Ich habe das Recht auf meiner Seite, Mister Chandler. Die schwarzen Teufel haben sich uns gegenüber feindlich verhalten. Sie wollten uns angreifen.«

»Womit? Mit ihren Wurfhölzern und Speeren?«

»Sie haben empfangen, was sie verdient haben«, antwortete der Offizier mit kalter Verachtung für die Schwarzen wie für Andrews Mitgefühl. »Dieses schwarze Pack hat mit größter Wahrscheinlichkeit Ihre Frau ermordet und irgendwo im Busch verscharrt.«

»Das legen Sie sich doch nur so zurecht, weil es Ihnen so passt! Mein Gott, was sind Sie doch für eine blutrünstige, erbärmliche Kreatur!« Andrew zitterte am ganzen Leib, von Abscheu und Grauen geschüttelt.

»Verschwinden Sie, wenn Sie kein Blut sehen können, Mister Chandler!«, zischte Danesfield. »Meine Aufgabe ist hiermit erledigt, und ich weiß, dass meine Vorgesetzten sowie auch alle einsichtigen Farmer mein Handeln mehr als nur billigen werden! Dies ist die einzige Art, wie man mit diesem schwarzen Gesindel umgehen muss. Das wird den anderen, die sich noch in der Gegend herumtreiben sollten, eine Lehre sein und sie hoffentlich dazu bringen, sich unserer Kolonie fern zu halten! Einen guten Tag, Mister Chandler!«

»Möge Gott Sie dafür strafen, wenn es schon kein irdisches Gericht tut!«, rief Andrew ihm voller Abscheu nach.

Der Lieutenant wandte sich mit einem verächtlichen Lachen um. »Es waren gottverdammte Götzenanbeter, Sie Einfaltspinsel!«

Gilmore kam zu Andrew geritten, die Flinte quer über dem Sattel und das Gesicht wie im Blutrausch gerötet. »Machen Sie nicht so einen Aufstand um diese Schwarzen«, sagte er mit belegter Stimme. »Ich habe genau gesehen, wie sie zu ihren Speeren gegriffen haben.«

»Gehen Sie mir aus den Augen, Mister Gilmore!«, keuchte Andrew.

»Tut mir Leid für Sie, Andrew. Es war wohl, wie der Lieutenant gesagt hat.«

Andrew spuckte vor ihm aus und riss sein Pferd herum.

Corporal Haines holte ihn zwischen den Bäumen ein. »Warten Sie, Mister Chandler!«

»Wie viele haben Sie erschossen?«, fragte Andrew kalt.

Jethro Haines senkte den Blick. »Ich bin Soldat, Mister Chandler. Befehl ist Befehl. Der Lieutenant hätte mich vor ein Kriegsgericht gestellt, wenn ich mich geweigert hätte, auf die Wilden zu schießen.«

»Es waren auch Frauen und Kinder darunter!«

»Es ging so verflucht schnell. Außerdem macht das für Leute wie den Lieutenant keinen Unterschied. Ich glaube, es war von Anfang an sein Ziel, eine solche Sippe aufzustöbern und abzuschlachten. Er ist als Schwarzenhasser bekannt und soll schon auf Van Diemens Land an zahlreichen derartigen ›Säuberungsaktionen‹ beteiligt gewesen sein.«

»Das war kein Hausputz, Corporal, sondern ein skrupelloses Gemetzel, ein Massaker, für das es keine Rechtfertigung gibt!«

Der Corporal strich sich nervös über das Kinn. »Ich gebe zu, das war eine hässliche Sache, und ich bin wahrlich nicht stolz darauf. Aber so ist es nun mal, wenn man den Soldatenrock trägt.«

»O nein, so muss es nicht sein, Corporal!«, widersprach Andrew heftig. »Der Befehl eines Vorgesetzten kann nie und nimmer ein offensichtliches Verbrechen rechtfertigen!«

»Meine Kameraden und ich sehen das anders.«

»Ja, dementsprechend sieht es in unserer Welt ja auch aus! Mord und Totschlag im Namen des Christentums und des glorreichen Vaterlandes.«

»Hören Sie, was geschehen ist, ist geschehen. Und ich bin nicht gekommen, um mich mit Ihnen zu streiten. Ich wollte Ihnen helfen und einen Rat geben.«

»So?«

»Wie ich Sie einschätze, werden Sie nicht eher ruhen, bis Sie Ihre Frau gefunden haben, nicht wahr?«

»Ja«, bestätigte Andrew knapp und abweisend.

»Wenn die Eingeborenen sie wirklich getötet und im Busch verscharrt haben, wird ein Weißer sie niemals finden. Das kann dann nur ein eingeborener Tracker, und der beste von ihnen soll dieser Baralong sein.«

Gegen seinen Willen horchte Andrew auf. »Baralong?«

»Ja, ein Schwarzer. Sie finden ihn in Sydney. Aber es wird nicht leicht sein, sich seiner Dienste zu versichern.«

»Und warum nicht?«

»Weil er im Gefängnis sitzt, wie ich gehört habe. Fragen Sie mich nicht, warum und wie lange er noch in Kerkerhaft bleiben muss. Er soll sich an einem Offizier vergriffen haben. Gut möglich, dass sie ihn mittlerweile sogar schon gehängt haben. Aber einen Versuch ist es ja wert, und wenn er noch lebt, gelingt es Ihnen ja vielleicht, seine Entlassung zu erwirken.«

»Danke«, sagte Andrew und es kostete ihn Mühe, dieses Wort über die Lippen zu bringen. Denn an den Händen von Corporal Haines klebte ebenso Blut wie an denen von Lieutenant Danesfield und Charles Gilmore.

Und indirekt an meinen, dachte Andrew, als er sich auf den langen und trostlosen Heimweg nach *Yulara* machte. Denn er fühlte sich mitschuldig an dem Massaker, obwohl er keinen konkreten Grund dafür zu nennen wusste.

Die Sonne brannte auf sein Gesicht, über das Tränen rannen. Er weinte um die Toten und weil er nicht wusste, ob auch Abby zu ihnen zählte.

Baralong.

War ein schwarzer Fährtenleser seine letzte Hoffnung?

Fünftes Kapitel

Sydney.

Brickfield Hill mit seiner Ziegelei und den Windmühlen mit ihren segeltuchbespannten Flügeln auf den umliegenden Anhöhen fiel hinter Andrew zurück. Nun ging sein Blick weit und ungehindert über Sydney, das unbestrittene Zentrum der jungen Kolonie, und die weite Bucht hinweg.

Andrews letzter Besuch in Sydney lag schon über ein Jahr zurück. Im Gegensatz zu seinem Bruder hatte er dem Leben in der Stadt mit ihrer Enge und ameisenhaften Betriebsamkeit nie etwas abgewinnen können. Doch sogar er musste eingestehen, dass Sydney einen einzigartigen Anblick bot. Der erste Gouverneur der Kolonie, der mit den ersten Soldaten und Sträflingen vor fast einundzwanzig Jahren hier an Land gegangen war, hätte keinen landschaftlich schöneren Ort finden können, um die am weitesten von England gelegene britische Kolonie zu gründen.

Der keilförmige Hafen von Sydney Cove und die sich daran anschließende riesige Bucht, deren Wasser tiefblau leuchtete und sich von dem verwaschenen Porzellanblau des sonnengleißenden Himmels abhob, galten sogar bei Seeleuten, die schon alle Meere befahren hatten, als die schönsten und sichersten Ankerplätze der Welt. Vier Schiffe, drei Handelsfahrer und ein Walfänger, lagen im Hafen an den Piers, und weit draußen auf der Bucht schnitt ein stolzer Dreimaster unter voller Besegelung und mit schäumender Bugwelle durch die klaren Fluten.

Andrews Blick folgte dem Schiff. Matrosen enterten die Takelage auf und turnten über die Rahen. Wohin ihre Reise sie wohl führen mochte . . .

Seine Gedanken kehrten kurz zu seiner Familie und zu *Yulara* zurück. Nur eine einzige, von schrecklichen Alpträumen erfüllte Nacht hatte es ihn auf der Farm gehalten. Das Massaker an den Eingeborenen hatte ihn erschüttert und würde ihn wohl noch lange verfolgen. In seinem Kummer erschien ihm dieses Blutbad wie ein Symbol für die Hoffnungslosigkeit, die immer stärker in ihm wurde und es ihm immer schwerer machte, einen Funken Glauben an Abbys Überleben in seinem Innersten zu bewahren.

Sein Vater und Melvin hatten versucht ihm sein Schuldgefühl, indirekt für das Gemetzel mitverantwortlich zu sein, auszureden. Doch es war ihnen nicht so recht gelungen, wie es ihnen auch nicht gelungen war, ihn davon abzuhalten, nach Sydney zu reiten und nach diesem Baralong zu suchen.

»Es sind nun zehn Tage verstrichen, mein Sohn. Wir haben alles getan, was in unserer Macht stand«, hatte sein Vater zu ihm gesagt und ihm erzählt, dass er der Warnung von Lieutenant Danesfield zum Trotz zusammen mit Melvin und drei Farmarbeitern selbst tagelang vergeblich nach einer Spur von Abby gesucht hatte. »So schwer es dir und uns auch fallen mag, aber wir müssen wohl damit beginnen, unseren Frieden mit dem bitteren Schicksal zu machen.«

»Nein, dazu bin ich noch nicht bereit, Vater«, hatte Andrew ihm geantwortet. »Und noch habe ich nicht alles getan, was ich tun kann. Ich muss Abby finden!« Dass Melvin bereit gewesen war, ihn nach Sydney zu begleiten, obwohl auch er keine Hoffnung mehr sah, hatte er seinem Bruder hoch angerechnet. Er hatte es jedoch vorgezogen, allein zur Küste zu reiten, schon um Melvin nicht in Gefahr zu bringen.

Andrew dachte kurz daran, dass sein Vater von zwei Sträflingen erfahren hatte, die nördlich von Toongabbee entflohen waren und möglicherweise für den Überfall verantwortlich sein konnten. Aber wer die schreckliche Tat am Saunder's Creek auf sich geladen hatte, war jetzt nur noch von untergeordneter Bedeutung.

»Reiten wir in die Stadt und sehen wir, was wir erreichen können«, sagte Andrew.

Längst gehörte die Zeit der Vergangenheit an, da Sydney nichts weiter als eine wenig einladende Ansammlung von einfachen Zelten, Lehmhütten und einigen wenigen Holzbaracken gewesen war. Sydney hatte längst den Pioniercharakter der ersten Jahre abgelegt und sich in eine Kleinstadt verwandelt. Wenn die Straßen auch noch ungepflastert und daher im Sommer staubig und zur Regenzeit schlammig und die Sträflingskolonnen überall gegenwärtig waren, so hatte die Siedlung doch den Eindruck einer provisorischen Niederlassung mit zweifelhafter Zukunft verloren.

Sydney hatte sich rund um die keilförmige, hügelige Bucht ausgebreitet und wuchs stetig. Der Zustrom der freien Siedler und Kaufleute, die in Australien ihr Glück suchten, hatte in den letzten Jahren enorm zugenommen. Es kamen auch längst nicht mehr nur die Mittellosen und in der alten Heimat Gescheiterten. Dies schlug sich in den zahlreichen Werkstätten, Kontoren, Lagerhäusern, Geschäften und Wohnhäusern nieder, die nun nicht mehr wie früher aus geflochtenen Zweigen und Lehm innerhalb weniger Tage errichtet wurden, sondern als solide, dauerhafte Gebäude aus Holz oder aus Sandstein und Ziegel. Die vielen stattlichen Privathäuser auf dem sanft ansteigenden Ostufer, dem besten Wohnviertel der Stadt, gaben ein deutliches Zeugnis vom wirtschaftlichen Aufschwung ab – wie auch die zahlreichen Lagerschuppen, Kornspeicher, Kontore und Werften entlang der Hafenanlagen.

Doch wie jede Stadt, so hatte auch Sydney sein hässliches Gesicht, und das fand man in den Sträflingsunterkünften sowie auf dem felsigen Westufer. Hier erstreckten sich die berüchtigten *Rocks*. Tagsüber herrschte in diesem Gewirr aus übelsten Rumtavernen, Spielhöllen und Opiumhöhlen eine trügerische Ruhe. Doch nachts, im Licht von Fackeln und Laternen, erwachten die Rocks zu einem wilden lärmenden Leben. Dass die Festung des verhassten New South Wales Corps, das Fort Phillip, direkt über diesem Viertel thronte, hatte Symbolcharakter. Denn die korrupten Soldaten förderten jede Art von Laster, das in irgendeinem Zusammenhang mit Rum stand und ihnen Gewinn brachte.

Andrew begab sich zuerst zum *Southern Cross,* das zu den seriösen Gasthöfen der Stadt zählte und am Ostufer der Bucht lag. Er reservierte ein Zimmer und übergab den Rappen Nestor dem Stallknecht. Samantha hatte er auf *Yulara* gelassen, denn sie hatte Ruhe nötig gehabt. Dann machte er sich auf den Weg zum Fort, in dem sich auch das Gefängnis befand.

Der mürrische Gefängniswärter bestätigte, einen Eingeborenen namens Baralong in einem der Kerker zu haben, verweigerte aber darüber hinaus jede weitere Auskunft.

»Ohne Passierschein kommt mir keiner herein, Mister. Schon gar nicht zu diesem verkommenen Wilden. Bei mir hat alles seine Ordnung«, erklärte der fettwanstige Kerkermeister und pulte sich dabei Essensreste aus den Zähnen.

»Und wer kann mir solch einen Passierschein ausstellen?«

Für diese Frage erntete Andrew einen gering schätzigen Blick, als hätte er wissen wollen, ob auch am nächsten Morgen die Sonne wieder im Osten aufgehen würde.

»Natürlich nur die Kommandantur, Mister!«

Trotz der Unfreundlichkeit, mit der er behandelt worden war, bedankte sich Andrew und suchte die Kommandantur auf. Seinem Versuch, zu Major Grimes vorgelassen zu werden, dem das Fort und das Gefängnis unterstanden, war jedoch kein Erfolg beschieden.

Der Sergeant, der im Vorzimmer des Majors saß, hörte sich Andrews Anliegen zwar mit sichtlichem Mitgefühl an und versprach, sein Bestes zu versuchen. Doch als er wenige Minuten später aus dem Zimmer des Kommandanten zurückkam, verriet seine bedauernde Miene schon, dass er nichts hatte erreichen können.

»Tut mir Leid, Mister Chandler, aber er ist nicht bereit, Sie vorzulassen«, teilte er Andrew mit. »Ich möchte ja nicht unhöflich sein, aber mir scheint, dass einige Angehörige Ihrer Familie beim Major nicht gerade in einem guten Ruf stehen.«

Andrew hatte das insgeheim schon befürchtet und seine Miene verriet Ratlosigkeit.

»Es gibt aber eine andere Möglichkeit, an den Major heranzutreten«, sagte der Sergeant hilfsbereit nach kurzem Zögern und mit gedämpfter Stimme.

»Und die wäre?«

»Major Grimes ist verwitwet und nimmt sein Abendessen gewöhnlich im *Royal Tradesmen Inn* ein. Sie finden es unten am Hafen gleich gegenüber von der *Grosvenor's Wharf*. Der Major ist gutem Essen und altem Port sehr zugetan, und nach einer üppigen Mahlzeit und an einem anderen Ort ist der Major einem Gespräch mit Ihnen vielleicht eher zugetan als hier im Fort. Zumindest dürfte es einen Versuch wert sein, nicht wahr?«

Andrew pflichtete dem Sergeanten bei, dankte ihm für seine Freundlichkeit und seinen hilfreichen Rat und verließ die Festung. Sein Weg führte ihn zunächst in die St.-Phillips-Kirche, wo er seinen tiefen Schmerz, aber auch seine Hoffnung in ein langes Gebet legte.

Anschließend streifte er ziellos und von starker Unruhe getrieben durch die Stadt. Die Zeit des Wartens wurde ihm lang. Schon lange vor der Essenszeit begab er sich in den Gasthof am Hafen. Er setzte sich an einen der Tische nahe dem Eingang, wo er das Kommen und Gehen der Gäste gut im Auge behalten konnte. Mit einem großzügigen Trinkgeld erkaufte er sich das Wohlwollen der Bedienung, einer jungen, rothaarigen Frau mit müden Gesichtszügen namens Becky. Von ihr erfuhr er, dass für Major Grimes stets der hintere Ecktisch reserviert sei und er den Offizier gar nicht übersehen könne.

»Halten Sie nur Ausschau nach einem Walross an Land«, flüsterte sie ihm augenzwinkernd zu.

Andrew erkannte den Major in der Tat auf den ersten Blick, und er fand, dass das mit dem Walross wirklich eine treffende Kurzbeschreibung gewesen war. Major Grimes war von massiger, dickleibiger Gestalt. Sein kahler Kopf glänzte wie eine polierte Kugel aus rotbraunem Marmor. Sein Gesicht war so rosig und pausbäckig wie das eines überaus wohlgenährten Babys. Ein buschiger Walrossbart verbarg fast völlig seinen Mund.

Es kostete Andrew größte Beherrschung, ihn nicht sofort anzusprechen, sondern sich in Geduld zu üben und zu warten, bis der Kommandant gegessen hatte, und er war ein Mann, der eindeutig eine große Schwäche für gutes und reichhaltiges Essen hatte.

Endlich hatte Major Grimes die Nachspeise bewältigt, eine große Schale Pudding mit Pflaumenkompott, und griff nun nach einem lauten Rülpser zu Pfeife und Tabaksbeutel.

Andrew gab Becky einen Wink, und wie er es mit ihr abgesprochen hatte, brachte sie ihm nun eine Karaffe vom besten Port, den der *Royal Tradesmen Inn* seinen Gästen zu bieten hatte.

Major Grimes zeigte eine freudig überraschte Miene. »Wie dieses, Becky?«

»Eine Aufmerksamkeit von diesem jungen Gentleman, Major«, sagte Becky und wies auf Andrew. »Er lässt fragen, ob er Ihnen für einen Augenblick Gesellschaft leisten darf.«

Der Offizier schaute zu Andrew hinüber, zögerte kurz und sagte dann: »Ich kenne ihn zwar nicht, aber eine bessere Visitenkarte als diesen Port kann ich mir nicht vorstellen. Schick ihn zu mir herüber.«

Augenblicke später stand Andrew vor Major Grimes, der ihm mit der Pfeife in der Hand bedeutete sich zu setzen. »Sie scheinen meine Schwächen zu kennen, junger Mann. Das sollte mich argwöhnisch machen. Also, heraus damit, welchem Anliegen verdanke ich diesen edlen Tropfen?«

»Mein Name ist Andrew ... Andrew Chandler.«

Der Major sah ihn verblüfft an und sein Gesicht nahm einen abweisenden Ausdruck an. »Sehr raffiniert, Mister Chandler, aber so tragisch Ihr persönliches Schicksal und das Ihrer Frau auch sein mag ...«

Hastig fiel Andrew ihm ins Wort. »Sir, ich bitte Sie inständig sich zumindest anzuhören, was ich zu sagen habe. Danach steht es Ihnen frei, mich von Ihrem Tisch zu weisen.«

»Das steht mir auch jetzt frei!«

»Aber es wäre nicht sehr klug, mich wegzuschicken, ohne zu wissen, was ich Ihnen anzubieten habe.«

»Was können Sie mir schon anzubieten haben«, grollte Major Grimes.

Andrew zog einen kleinen Lederbeutel hervor, der mit Münzen prall gefüllt war, und legte ihn vor sich auf den Tisch. Er ging davon aus, dass der Major so korrupt war wie alle anderen Offiziere des Corps. Die neuen Machthaber hätten ihn wohl auch sonst nicht auf seinem Posten belassen. Aber darauf wollte er sich nicht verlassen und so hatte er sich noch einen zweiten Köder überlegt.

»Ich entstamme einer wohlhabenden und auch in England sehr angesehenen Familie«, sagte er schnell. »Ich bin bereit, mich in jeder nur denkbaren Weise für Ihr Entgegenkommen erkenntlich zu zeigen.«

Major Grimes nagte an einem Ende seines Walrossbartes. »Mit dem Ansehen der Chandlers von *Yulara* steht es bei uns Offizieren dafür umso schlechter bestellt!«

»Ich weiß, Sir. Mein Bruder hat Ihren Zorn erregt, und da unsere Familie sich schützend vor ihn gestellt hat, gehören nun alle Chandlers von *Yulara* nicht gerade zu den Lieblingen des Offizierscorps.«

»Gelinde ausgedrückt«, warf der Major bissig ein.

»Aber dennoch können wir *Ihnen* sehr nützlich sein!«

»Ich kann mir meinen Port noch gut selber kaufen, Mister Chandler.«

»Aber nicht die Fürsprache meines Vaters und die wird mit Gold nicht aufzuwiegen sein, wenn der König eine Untersuchung über die Amtsenthebung von Gouverneur Bligh einsetzt und die Offiziere des New South Wales Corps möglicherweise vor ein Kriegsgericht stellen lässt!«, hielt Andrew ihm vor.

»Wollen Sie mir drohen, Mann?«, zischte der Major.

»Nein, Sir«, erwiderte Andrew ganz ruhig. »Ich möchte mit Ihnen ein Geschäft auf Gegenseitigkeit abschließen. Denn ich halte Sie nicht für so dumm, dass Sie sich nicht

Gedanken über Ihre Zukunft machen. Eines Tages wird es hier einen neuen Gouverneur geben, und genauso sicher ist es, dass einige Offiziere die Untersuchung kaum unbeschadet überstehen werden. Aber wer dann einen Fürsprecher hat, der nicht nur unter den Siedlern am Hawkesbury, sondern auch in England Ansehen genießt, der braucht sich darüber wohl kein großes Kopfzerbrechen zu machen.«

Die gereizte Miene des Offiziers verwandelte sich in Nachdenklichkeit. Er nahm einen ordentlichen Schluck Port und zuckte dann mit den Achseln. »Ich habe schon immer eine Schwäche für junge Burschen gehabt, die wissen, was sie wollen und wie sie es bewerkstelligen können. Und ein Geschäft, bei dem beide Seiten auf ihre Kosten kommen, gefällt mir. Ich habe eine ausgeprägte Ader für Fairness und Gerechtigkeit, müssen Sie wissen.«

Andrew versagte sich dazu wohlweislich einen Kommentar und nickte nur mit ausdrucksloser Miene.

»Also, reden wir darüber, Mister Chandler. Was genau bieten Sie und was wollen Sie?«

»Ich biete Ihnen die Fürsprache meiner Familie und diesen Beitrag zu Ihren . . . Kosten«, sagte Andrew und schob ihm den Geldbeutel zu. Die Goldmünzen entsprachen in etwa dem halben Jahressold eines Majors.

Major Grimes öffnete den Beutel und seine Augen blitzten gierig auf, als er die Guineen funkeln sah. »Mhm, damit lässt sich einiges bewegen.«

»Ich will Baralong, den schwarzen Tracker.«

»Ich kann Ihnen eine Abteilung Soldaten zur Verfügung stellen«, bot der Major an ohne den Blick von den Goldmünzen zu nehmen.

»Nein, ich will den Schwarzen!«

»Baralong ist ein verkommenes Subjekt. Er hat früher

mal ordentliche Arbeit geleistet, aber das war lange vor meiner Zeit, und ich bin schon acht Jahre in der Kolonie. Baralong taugt nichts mehr. Sie vergeuden nur Ihre Zeit mit diesem schwarzen Abschaum. Außerdem sitzt er ja im Kerker, wie Sie wissen.«

»Und wofür?«

»Er hat Lieutenant Brent im Suff die Uniform vollgekotzt und wollte ihm auch noch die Stiefel stehlen. Er ist mit fünf Dutzend Peitschenhieben und zwei Jahren Kerker noch billig davongekommen. Wir hätten ihm dafür auch den Strick um den Hals legen können, aber wir haben Gnade vor Recht ergehen lassen.«

Andrew dachte mit Schaudern daran, dass nach englischem Recht noch immer auf über hundertzwanzig Delikten die Todesstrafe stand. Es war grausam, mit welch einer Härte vergleichsweise harmlose Taten bestraft wurden. Schon für den Wäschediebstahl auf der Bleiche oder Taschendiebstahl mit einer Beute von mehr als einem Shilling drohte der Galgen. Und zwei Jahre Kerker waren auch keine Milde – nicht für einen Aborigine. Es war bekannt, dass noch kein Schwarzer länger als ein paar Monate Gefängnis überlebt hatte.

»Niemandem ist damit gedient, dass der Eingeborene im Kerker verrottet, Major«, sagte Andrew. »Dagegen kann er, wenn er freigelassen wird, mir und Ihnen dienen. Und Sie verfügen zweifellos über die Macht, das zu veranlassen.«

Der Major überlegte, während er dem Port zusprach und dann seine Pfeife in Brand setzte. Schließlich sagte er: »Nun ja, das ließe sich wohl einrichten, denn das Schicksal dieser schwarzen, dreckigen Haut kümmert in der Tat niemanden. Vorausgesetzt natürlich, jemand kommt für den Schaden auf, den Lieutenant Brent durch ihn erlitten hat.«

»Ich werde dafür aufkommen, Major.«

Damit war ihr Handel perfekt. Der fettleibige Offizier strich das zusätzliche Geld für eine neue Uniformjacke ein und forderte Andrew auf, am nächsten Morgen ins Fort zu kommen. Erst zum Schluss warnte er ihn: »Dieser Baralong ist ein Trunkenbold, aber auch in nüchternem Zustand, was selten genug geschieht, ist er ein seltsamer Kauz. Machen Sie mich nicht dafür verantwortlich, wenn er störrisch ist und von Ihnen nichts wissen will. Das ist jetzt Ihre Sache und geht mich nichts mehr an!«

Andrew ließ sich davon nicht beunruhigen. Wenn er einen Mann wie Major Grimes dazu bekehren konnte, sich mit ihm auf ein Geschäft einzulassen, dann würde er ja wohl auch noch einen versoffenen Schwarzen aus dem Kerker locken können!

»Erzählen Sie mir, was Sie über diesen Baralong wissen«, bat er ihn.

Der Major sah ihn verdutzt an. »Mein Gott, wer interessiert sich schon für einen gottlosen Schwarzen, Mister Chandler? Ich weiß nur, dass er sich schon gute zehn, fünfzehn Jahre in Sydney herumtreibt und uns gelegentlich als Fährtenleser gedient hat. Deshalb spricht er auch so ausgezeichnet unsere Sprache, das muss man dem Schwarzen lassen. Er soll vor meiner Zeit auch mal in den Diensten eines spleenigen Forschungsreisenden gestanden haben, der die Küste erkunden wollte, aber es ist mir nie in den Sinn gekommen, ihn nach solchen Sachen zu fragen. Ich weiß nur, dass er dem Eorastamm angehören soll, der früher hier mal gelebt hat, und dass er manchmal monatelang verschwunden ist, um dann plötzlich wieder aufzutauchen und jeden um Tabak und Rum anzuschnorren. Wie gesagt, er ist ein verkommenes Subjekt, aber Sie sind es ja, der sich mit ihm herumschlagen muss.« Er erhob sich schwerfällig und wankte, vom Port leicht angeschlagen, in den heißen Abend hinaus.

Andrew verbrachte ein Großteil der Nacht damit, an Abby zu denken und sich mit verzehrendem Schmerz nach ihr zu sehnen. Im Morgengrauen fragte er sich in einem Anflug von Resignation, ob er sich nicht doch lächerlich machte, dass er den kümmerlichen Rest seiner Hoffnungen an einen dem Suff verfallenen Schwarzen namens Baralong hängte.

Sechstes Kapitel

Es war später Vormittag. Unter freiem Himmel hatte die Sonne die Kraft eines Brennspiegels. In den Kerker des Eingeborenen Baralong fiel jedoch nicht ein einziger Sonnenstrahl. Der Wärter, der Andrew in die Zelle führte, hatte draußen im Gang eine rußende Pechfackel in eine der Eisenhalterungen an der Wand gesteckt. Zugluft ließ die Flamme unruhig hin und her tanzen.

»Er gehört ganz Ihnen, Mister«, sagte der Wärter mit unverhohlener Geringschätzung. »Sehen Sie zu, dass Sie ihn herauskriegen. Mache drei Kreuzzeichen, wenn dieser stinkende Bastard endlich weg ist. Sogar die Ratten meiden ihn!« Damit ging er.

Der Gestank in der fensterlosen Kerkerzelle war infernalisch. Kot, Urin, verschimmeltes Stroh und fauliges Wasser vermischten sich zu einem entsetzlichen Geruch. Andrew fürchtete, sich übergeben zu müssen, und rettete sich vor dem Gestank, indem er darauf achtete, nur noch durch den Mund zu atmen.

Der Kerker maß etwa vier Schritte im Quadrat. Es gab weder eine Pritsche noch einen Hocker. Baralong kauerte in einer Ecke, neben sich eine verbeulte Blechschüssel und einen ebenso verformten Blechbecher. Er trug einen uralten Seemannsrock, an dem alle Knöpfe fehlten und der zahlreiche Löcher aufwies. Zerrissen war auch die graue Hose aus Segeltuch, die ihm nur bis zu den Knien reichte und viel zu groß war. Ein schwarzer Dreispitz, dessen oberer Teil fehlte und dichtes krauses Haar von merkwürdiger, gelbbrauner Farbe zeigte, saß auf seinem Kopf. Ein dichter, verfilzter Bart, der schon fast völlig ergraut war, umwucherte sein von tiefen Furchen durchzogenes Gesicht. Über einer kurzen, breiten Nase lagen zwei erstaunlich klare Augen.

Und diese Augen waren das Einzige, was sich bewegte, als Andrew in den Kerker trat. Sie richteten sich auf ihn, ohne dass ihr Ausdruck irgendeine Gefühlsregung verriet, und blieben an ihm haften.

Ein eigenartiges Gefühl befiel Andrew. »Mein Name ist Andrew Chandler und du bist Baralong, nicht wahr?«

Der Schwarze sah ihn unverwandt an, zeigte jedoch nicht die geringste Reaktion.

Andrew trat näher auf ihn zu. »Ich bin hier, um dich aus diesem Kerker zu holen. Ich habe mit dem Major gesprochen. Deine Strafe wird dir erlassen, wenn du mir hilfst.«

Der Blick des Schwarzen blieb so starr wie sein Mund geschlossen. Er hätte ebenso gut aus Stein gehauen sein können. Nicht einmal seine Lider bewegten sich.

Andrew hockte sich ihm gegenüber in das verrottete Stroh. »Ich brauche dich als Fährtenleser. Meine Frau Abby ist im Busch verschollen. Bisher hat sie niemand finden können. Doch ich habe gehört, dass keiner so gut Spuren lesen kann wie du. Ich brauche deine Hilfe.«

Kein Blinzeln, keine Antwort.

»Verstehst du, was ich sage?«, fragte Andrew eindringlich, obwohl die Frage überflüssig war. Denn von Major Grimes wusste er ja, dass Baralong ihre Sprache sehr gut verstand.

»Ich hole dich aus diesem schändlichen Loch heraus. Du bist jetzt erst vier Wochen hier, doch deine Kerkerzeit beträgt zwei Jahre. Weißt du, was das heißt? Du wirst diese zwei Jahre nie und nimmer überleben.«

Noch immer keine Reaktion.

Andrew zwang sich zur Ruhe und begann nun, ihm ganz langsam zu erzählen, was seiner Frau und Greg Halston zugestoßen, wie erfolglos die Suche nach Abby bisher verlaufen und wie verzweifelt er war.

Fast eine geschlagene Stunde redete er auf den Schwarzen ein, doch dieser blieb reglos und stellte sich taub, was Andrew an den Rand seiner Selbstbeherrschung brachte. Er bekämpfte jedoch das Verlangen, ihn bei den Schultern zu packen, ihn zu rütteln und anzuschreien.

Schließlich wusste er sich keinen Rat mehr. Er erhob sich. »Warum willst du lieber hier sterben, als frei zu sein und mir zu helfen?«

Baralong starrte ihn stumm an.

»Du bist meine letzte Hoffnung gewesen«, sagte Andrew maßlos enttäuscht und wandte sich zum Gehen.

»Nebel und flüssiger Geist.«

Andrew fuhr unter der Stimme des Eingeborenen wie elektrisiert herum. »Was hast du gesagt?«, fragte er aufgeregt und konnte es kaum glauben, dass Baralong nun endlich sein Schweigen gebrochen hatte.

Der Eingeborene zog ein handlanges Stück Eisenrohr vom Umfang eines Gewehrlaufes aus der Jackentasche seines Seemannsrocks, setzte es kurz an den Mund und sog dadurch die Luft ein. »Blauen Nebel!«, sagte er mit kehliger Stimme.

Andrew begriff nun. »Du willst Tabak?«

»Und flüssigen Geist!«, verlangte der Eingeborene.

»Rum?«, vergewisserte sich Andrew.

Baralong nickte. »Blauen Nebel und flüssigen Geist!«, wiederholte er seine Forderung.

Andrew lachte erleichtert auf. »Tabak und Rum, einverstanden. Das sollst du bekommen, so viel du möchtest, wenn du mir nur hilfst, Abby zu finden.« Und aus Freude streckte er ihm die Hand hin.

Baralong sah einen Augenblick auf die Hand, als wüsste er nicht, was er damit anfangen sollte. Dann ergriff er sie mit seiner Rechten, während er mit seiner Linken Andrews Arm abtastete. Offenbar spürte er die Muskeln, die Andrew beim Händedruck anspannte, und so etwas wie ein anerkennendes Lächeln huschte über sein Gesicht.

Der Wärter begleitete sie mit angewiderter Miene vor das Tor. »Sehen Sie bloß zu, dass Sie dem Wilden ein Bad verpassen, sonst prügelt man Sie noch aus der Stadt. Er stinkt wie die Pestilenz!« Und zu Baralong gewandt sagte er abfällig: »Beim nächsten Mal werden sie dir 'n Strick um deinen dreckigen Hals legen!«

»Lassen Sie ihn in Ruhe!«, fuhr Andrew den Wärter wütend an.

»Sind wohl 'n verdammter Missionar und Schwarzenfreund, was?«, blaffte der Wärter zurück und knallte das Tor hinter ihm zu.

Einen Moment war Andrew unschlüssig, wie es nun weitergehen sollte. »Ich besorge Proviant, Tabak und Rum und ein Pferd für dich. Wir reiten heute noch los.«

»Ich brauche keinen Proviant und auch kein Pferd«, antwortete Baralong. »Ich gehe.«

»Das geht nicht«, wandte Andrew ein. »Zu Fuß kommen wir viel zu langsam voran.«

»Zu Fuß«, beharrte Baralong. »Spuren finden sich am Boden, nicht in der Luft.«

»Aber die Fährte beginnt doch viel weiter im Westen!«, versuchte Andrew ihn zur Einsicht zu bringen.

Vergeblich. Baralong weigerte sich standhaft ein Pferd zu besteigen. »Du kannst reiten, *Gubba*. Ich gehe.«

»Mein Name ist Andrew Chandler, Baralong.«

»Ich gehe, Gubba Andrew.«

Andrew warf ihm einen gereizten Blick zu. »Kannst du mir mal sagen, was das Gubba bedeuten soll?«

»Gubba ist der Geist der Toten.«

»Vor dir steht aber kein Toter, Baralong. Ich bin überaus lebendig und ich mag es nicht, wenn du mich Gubba nennst!«

Baralong zuckte gleichmäßig mit den Schultern. »Alles hat seinen Namen. Gubba ist unser Name für euch Weißgesichter – so wie wir uns auch nicht Eingeborene oder Aborigines nennen, sondern Yapa. Es gab einmal eine Zeit, da glaubten wir Yapa, ihr kommt aus dem Totenreich jenseits der See. Damals war der Stamm der Eora noch zahlreich«, sagte er mit einem reichen Wortschatz, der ein deutlicher Hinweis darauf war, wie viele Jahre er schon mit der Sprache der Kolonisten vertraut war.

Bevor Andrew noch etwas erwidern konnte, fuhr Baralong, das Thema abrupt wechselnd, fort: »Ich gehe zu meiner Hütte. Wenn die Sonne über dem Kirchturm steht, warte ich dort auf dem Hügel auf Gubba Andrew.« Er deutete auf die Hügelkette, die sich im Süden der Stadt mit ihren Windmühlen auf den Kuppen erhob und über die die Landstraße ins Landesinnere nach Parramatta führte. »Dann will ich meinen blauen Nebel und flüssigen Geist.«

Andrew schätzte, dass der Eingeborene mit dem Sonnenstand die Mittagsstunde meinte, wenn der Glutball seinen höchsten Punkt am Himmel erreicht hatte. Bei dem Gedanken, ihn jetzt quasi laufen zu lassen und darauf zu vertrauen, dass er auch wirklich kommen würde, befiel ihn ein mulmiges Gefühl. Doch dann sagte er sich, dass Baralong, wenn er denn sein Wort brechen wollte, später im Busch tausend Gelegenheiten hatte, sich abzusetzen. Ihm blieb gar keine andere Wahl, als ihm zu vertrauen.

»Also gut«, sagte er deshalb.

Wortlos wandte sich Baralong um und entfernte sich barfüßig in Richtung Cockle Bay, die auf der anderen Seite des Forts lag.

Andrew sah Baralong nach, wie er in seiner zerrissenen Kleidung und mit dem oben offenen Dreispitz den staubigen Weg hochging – eine ebenso lächerliche wie traurige Gestalt. Ein Aborigine, ein Yapa, der seinen Stamm aufgegeben oder verloren hatte, vor vielen Jahren den trügerischen Verlockungen der Zivilisation erlegen war und trotz all seiner hilfreichen Dienste in der Welt der Weißgesichter nur Verachtung und Demütigung erfuhr.

Siebtes Kapitel

Baralong wartete schon unterhalb von Brickfield Hill auf einer Hügelkuppe, als Andrew mit einem schwer beladenen Packpferd aus der Stadt kam. In einer eigentümlichen und für die Ureinwohner so typischen Wartehaltung stand der Eingeborene neben einem niedrigen Strauch. Sein ganzes Körpergewicht ruhte auf dem linken Bein. Das rechte hatte er angezogen, und indem er die rechte Fußsohle gegen sein linkes Knie presste, bildete das angewinkelte Bein mit dem linken Oberschenkel eine Art spitzes Dreieck. Sein hölzerner Speer, den er in der linken Hand hielt, ragte über seinen Kopf hinaus. Neben ihm am Boden lagen eine abgewetzte Felltasche und ein zugespitzter Grabstock, der etwa einen Yard lang war.

Als Andrew ihn dort reglos wie aus dunklem Ton gebrannt auf nur einem Bein stehen sah, fragte er sich verwundert, wie ein Mensch es in dieser scheinbar unnatürlichen Haltung bloß so lange aushalten konnte. Baralong wankte ja nicht um einen Inch! Wenn er nicht diese lächerlichen Fetzen getragen hätte, hätte er in dieser sonderbaren Stellung dort auf der Hügelkuppe ein beeindruckendes, statuenhaftes Bild abgegeben. So jedoch wirkte er einfach nur sonderbar.

»Wo ist der flüssige Geist?«, war das Erste, was Baralong wissen wollte, als Andrew ihn erreicht hatte.

»Dort, auf dem Packpferd.«

Baralong bestand darauf, den Rum zu probieren. Andrew musste eine der dickbauchigen Korbflaschen losbinden und ihm einen Becher voll eingießen.

Baralong kippte den Rum auf einen Zug hinunter, rollte

die Augen und nickte. »Gut, starker Traum«, sagte er zufrieden. »Und jetzt blauen Nebel.«

Andrew gab ihm einen mit Tabak gefüllten Beutel und sah mit einer Mischung aus Ungeduld und Faszination zu, wie der Schwarze sein Eisenrohr damit füllte, sich zu Boden kniete und aus seiner Tasche aus Opossumfell einen Feuerquirl hervorholte, um Feuer zu machen.

Diesen kurzen, harten Holzstab nahm er zwischen die Handflächen und drehte ihn mit unglaublicher Schnelligkeit im Loch eines weicheren Holzstückes. Das dabei entstehende Mehl begann zu qualmen, und mit Hilfe von etwas trockenem Gras hatte er im Handumdrehen eine Flamme entfacht. Damit setzt er den Tabak in Brand. Tief sog er den Rauch ein.

Es war Andrew ein Rätsel, wie man Tabak in einem Stück

Eisenrohr rauchen konnte, das doch unter der Glut schnell heiß werden und am Mund und in der Hand wehtun musste. Aber wenn er es recht überlegte, war ihm so vieles, was die Welt der Aborigines betraf, ein Buch mit sieben Siegeln. Und wenn Baralong damit glücklich war, sollte es ihm recht sein.

»Können wir jetzt allmählich aufbrechen?«, fragte Andrew, als er meinte, dass sein schwarzer Fährtenleser sich allzu genüsslich seinem tabakgefüllten Eisenrohr widmete und völlig vergessen zu haben schien, wofür er ihn angeheuert hatte und wie weit der Weg nach Saunder's Creek war.

Gelassen blickte Baralong zu ihm hoch. »Wer hält dich, Gubba Andrew?«, fragte er. »Reite nur voraus. Ich hole dich schon ein.«

Andrew spürte instinktiv, dass es sinnlos war, sich zu streiten oder ihm gar Befehle erteilen zu wollen. Baralong besaß offenbar ein anderes Zeitgefühl und tat die Dinge so, wie er es für richtig hielt. Damit musste er sich wohl oder übel abfinden.

»Wie du willst«, sagte er deshalb, packte die Verbindungsleine des Packpferdes fester und machte sich auf den Weg nach Nordwesten.

Andrew sah sich mehrmals nach seinem Fährtenleser um, doch Baralong machte keine Anstalten, sich zu erheben und ihm zu folgen. Schließlich verwehrte das wellige Land einen weiteren Blick auf die am Boden hockende Gestalt, und Andrew blieb allein die Hoffnung, dass der Schwarze als Tracker wirklich so gut war, wie der Corporal gesagt hatte, und dass er ihn spätestens am Abend einholen würde, wenn er sein Nachtlager im Busch aufschlug.

Zu seiner Überraschung sah er Baralong jedoch schon wenige Stunden später seiner Spur folgen, als er den Pferden wegen der brütenden Hitze eine geruhsamere Gangart zubilligen musste. Der Abstand betrug mehrere Meilen, doch am späten Nachmittag hatte Baralong, der in einem für Andrew unverständlich ausdauernden Trab gefallen war, ihn wieder eingeholt, ohne dass er Anzeichen von besonderer Erschöpfung erkennen ließ. Stumm lief der Schwarze neben ihm her.

Als die Dämmerung einsetzte und Andrew zwischen zwei sichelförmigen Hügeln das Lager für die Nacht aufschlagen wollte, brach Baralong sein stundenlanges Schweigen.

»Nein, nicht hier, Gubba Andrew!«

»Und warum nicht?«, wollte Andrew erstaunt wissen. »Der Platz ist doch ideal.«

Baralong schüttelte heftig den Kopf. »Der Ort ist tabu. Hier hat der Waran-Ahn in der *tschukurpa* große Dinge vollbracht und seinen Geist hinterlassen. Ein Gubba würde ihn entweihen«, erklärte er.

»Tschukurpa?«, fragte Andrew. »Was ist das?«

»Das ist die Traumzeit, als die Ahnen die Welt erschaffen haben. Wir werden hinter den Hügeln lagern«, bestimmte Baralong.

Andrew hatte gelegentlich gehört, dass die Aborigines für die Schöpfungsgeschichte den Begriff Traumzeit verwandten. Was genau es damit auf sich hatte, wusste er jedoch nicht, und im Augenblick interessierte es ihn auch wenig. Der lange Ritt hatte ihn ermüdet, und er sehnte sich nach einem heißen Tee und einem *damper*, einem in heißer Asche gebackenen Fladenbrot.

Beim Essen sprach Baralong intensiv dem Rum zu, und Andrew sorgte sich, dass er bis zur Besinnungslosigkeit trinken und am nächsten Morgen nicht in der Lage sein würde, den Marsch fortzusetzen.

»Meinst du nicht, dass du langsam genug hast?«

»Flüssiger Geist ist gut für die Träume, Gubba Andrew«, erwiderte der Schwarze.

»So, wie du den Rum in dich hineinkippst, wirst du reichlich wilde Träume haben und morgen nicht bei Sonnenaufgang auf die Beine kommen.«

»Wir haben andere Träume als ihr Weißgesichter«, entgegnete Baralong. »Im Traum können wir in die Vergangenheit blicken und Kontakt zu den Urwesen, den Ahnen, aus der Schöpfungszeit aufnehmen.«

»Von Hellseherei habe ich schon mal gehört«, sagte Andrew spöttisch. »Aber dass jemand zurück in die Schöpfungszeit sehen kann, ist mir neu.«

»Das kommt, weil du keinem Totem zugehörig bist, Gubba Andrew, und daher auch keinen Traum träumen kannst«, lautete die verwirrende Antwort des Eingeborenen. »Ich bin der Hüter des Emu-Traums... der Letzte meines Stammes.«

Emu-Traum! Andrew konnte sich etwas Besseres vorstellen, als von Emus zu träumen und der Hüter eines solchen Traumes zu sein. Und er war nicht daran interessiert, weiter darüber zu reden.

»Man hat mir gesagt, dass du schon sehr lange für uns Weißgesichter als Fährtenleser arbeitest«, brachte Andrew das Gespräch auf ein anderes Thema.

Baralong nickte. »Seit die ersten Weißgesichter aus dem Totenreich jenseits der See kamen und dort an Land gingen, wo heute Sydney steht.«

Andrew war erstaunt. »Wenn du damit die Landung der ersten Flotte im Jahre 1788 meinst, dann sind das ja schon zwanzig Jahre!«

»So wird es wohl sein«, bestätigte er.

»Und warum hast du dich von deinem Stamm getrennt

und bist in die Dienste der Armee getreten?«, wollte Andrew wissen.

Baralong sah ihn mit einem Blick an, aus dem plötzlich unendliche Trauer und Schmerz sprachen. »Ich habe mich nicht von meinem Stamm getrennt. Dies hier war das Land, das unsere Ahnen uns Yapa übergeben haben, damit wir die Träume hüten und die Welt erhalten. Ihr habt uns alles genommen, und wenn wir etwas von euch genommen haben, habt ihr uns vertrieben und getötet. Ich bin der Letzte meiner Sippe.«

Andrew wehrte sich gegen das Schuldgefühl, das die Worte des Schwarzen in ihm auslösten. »Ich bin erst in dieses Land gekommen, als es die Siedlungen an der Küste und im Landesinneren schon längst gab«, verteidigte er sich unaufgefordert und ärgerte sich im nächsten Moment darüber. »Gut, wir Briten haben uns hier breit gemacht. Aber warum seit ihr denn nicht an einen anderen Ort gezogen? Dieses Land ist doch so riesig und fast menschenleer! Es ist Platz für alle da.«

Baralong blickte ihn über das heruntergebrannte Feuer hinweg an. »Für euch Weißgesichter vielleicht, weil ihr nicht auf dem Traumpfaden wandelt und nicht Hüter der Träume seid. Wir aber haben von Moora-Moora, dem großen Geist und Schöpfer aller Dinge, von Geburt ein bestimmtes Gebiet zugewiesen bekommen. Und nur wer in diesem Gebiet geboren und mit den heiligen Orten, Traumpfaden und Zeremonien vertraut ist, kann in diesem Landstrich leben. Wer nicht das geheime Wissen von den Taten der Urwesen kennt und die von ihnen geforderten Rituale auf den Traumpfaden nicht fortführt, kann auf Dauer nicht überleben.«

Andrew runzelte die Stirn. Sein Interesse war nun doch

geweckt. »Was sind das für Traumpfade, von denen du dauernd redest?«

»Das sind die Wege, die unsere Ahnen, die Schöpfer der Welt, in der Traumzeit zurückgelegt haben, und die heiligen Stätten, die sie dabei in der Urzeit geschaffen haben«, antwortete Baralong mit schon schwerer Zunge.

»Und jedes Stammgebiet hat unterschiedliche, geheime Traumpfade, auf denen eure Schöpfer gewandelt sind, die nur dieser eine Stamm kennt?«, folgerte Andrew.

Baralong nickte. »Die Traumpfade binden uns auf ewig an das Land unserer Geburt und unseres Stammes. Und es dauert viele Jahre, so dass man schon zu den Alten gehört, bis man alle Geheimnisse, Gesänge und heiligen Orte kennt. Deshalb würden auch niemals die Sippen vom Stamm der Yirrkala in das Stammesgebiet der Awabakal eindringen. Denn sie wüssten ja gar nicht, wo sich die geheimen Traumpfade befinden und wären daher ständig in Gefahr. Deshalb hielten wir euch auch zuerst für unsere widergekehrten Ahnen, denn nur die Schöpfer der Welt würden so unbekümmert herumlaufen und das komplizierte Netz der Traumpfade ignorieren – so dachten wir damals, bis wir es besser wussten.«

Andrew machte ein verblüfftes Gesicht, als ihm die Konsequenz einer solch intensiven religiösen Bindung an ein Stammesgebiet aufging. »Aber das bedeutet dann ja, dass ihr Kriege zwischen den einzelnen Stämmen nicht kennt, ist das richtig?«

»Wozu auch? In unserer Welt kann man Land weder verkaufen noch erobern, weil die Eora mit dem Land der Yirrkala ohne das geheime Wissen um die Traumpfade der Urwesen nichts anfangen können und sich bei jedem Schritt ängstigen würden«, bestätigte Baralong. »Und wie könnten sie auch ihre eigenen Traumpfade verlassen, die zum Überleben so wichtig sind wie Wasser oder das Mehl der Graskörner?«

Andrew war in einer Welt aufgewachsen, in dem seit unzähligen Generationen blutige Kriege von oftmals jahrelanger Dauer aus nichtigem Anlass und zur Ausdehnung des eigenen Reiches für ganz selbstverständlich, ja fast für gottgegeben erachtet wurden, denn stets gab die Kirche ihren Segen dazu – und zwar auf beiden Seiten. Die Kreuzzüge mit ihrem abscheulichen Blutvergießen waren dabei ein düsteres Kapitel für sich. Und nun wurde er mit der Geisteshaltung eines sogenannten »primitiven Naturvolkes« konfrontiert, dem Eroberungsfeldzüge aus religiösen Gründen völlig fremd waren. Konnte man dann überhaupt noch von »primitiv« sprechen? War es denn nicht unvergleichlich primitiver, aus Machtstreben, Gewinnsucht und religiösem Dünkel über andere Völker herzufallen? Die Folgerung, die sich ihm zwangsläufig aufdrängte, war wenig schmeichelhaft – für die Gesellschaft, die er kannte, und auch für ihn persönlich.

Andrew hätte gern mehr darüber erfahren, doch Baralong sackte urplötzlich auf die Seite und die Korbflasche entglitt seinen Händen. Der flüssige Geist, wie er den Rum nannte, hatte ihn schlagartig übermannt.

In tiefer Nachdenklichkeit saß Andrew am Feuer und schaute auf Baralong, der laut schnarchend im Gras lag. Als die Soldaten die Aborigines niedergemetzelt hatten, hatte ihn das Blutbad mit Abscheu und Entsetzen erfüllt und er hatte sich geschämt. Doch jetzt dämmerte ihm zum ersten Mal, was sie, die Weißgesichter, dem Volk der Aborigines schon seit gut zwei Jahrzehnten antaten, ohne einen Gedanken daran zu verschwenden, was diese angeblichen Wilden dachten und empfanden – und wie sehr sie unter der Eroberung ihres Landes voll göttlicher Traumpfade litten.

Achtes Kapitel

Sie brauchten zweieinhalb Tage bis zum Saunder's Creek. Andrew empfand den Ritt bei der Hitze als Strapaze, und desto unverständlicher war es ihm, dass Baralong, der die Strecke doch zu Fuß zurücklegte, keine übermäßige Erschöpfung zeigte. Dabei kippte er den Rum abends wie Wasser in sich hinein. Morgens erwachte er zwar mit einem schweren Kater und brach erst lange nach Andrew auf, doch im Laufe des Tages holte er ihn jedes Mal wieder ein.

Unverständlich war ihm auch, dass Baralong am ausgetrockneten Flussbett keine Mühe hatte, die Spur des Fuhrwerkes aufzunehmen. Am Abend des dritten Tages gelangten sie, ohne dass Andrew es ahnte, zu der Stelle, wo Abby und Greg Halston ihren Fluchtversuch unternommen hatten.

Es war Baralong, der im letzten Licht des weichenden Tages Stiefelspuren fand, die sich von den Eindrücken der Wagenräder entfernten, sowie getrocknetes Blut auf den Blättern und Zweigen eines großen Dickichts. Andrew konnte noch nicht einmal die Spuren des Fuhrwerks erkennen, von den winzigen braunen Flecken ganz zu schweigen.

»Das kann das Blut von Greg Halston sein, mit dem Abby unterwegs war«, sagte Andrew.

Baralong widersprach ihm. »Nein, die großen Stiefelspuren dort drüben stammen von einem Mann und sie führen nach Südosten. Die anderen Spuren, die bedeutend kleiner

sind und von deiner Frau sein müssen, wie auch das Blut,
führen in eine andere Richtung, nämlich nach Nordwesten.«

Andrew krampfte sich das Herz zusammen. »Ich kann
einfach nicht glauben, dass Abby tot ist«, murmelte er.

»Sie lebt, so lange du ihren Namen aussprichst«, antwortete Baralong rätselhaft, der dem Rum an diesem Abend
nicht so heftig zusprach wie an den beiden vorangegange-
nen.

Andrew war einerseits davon überzeugt, dass Baralong
Abbys Spur gefunden hatte. Andererseits hoffte er jedoch
auch, dass er sich getäuscht hatte, denn er fürchtete sich vor
dem, was der nächste Tag womöglich an grausiger Wahrheit
offenbaren konnte.

Den Sattel unter dem Kopf lag er auf seiner Decke und
blickte mit Tränen in den Augen zu den Sternen hoch, die
am Nachthimmel funkelten. Abby durfte noch nicht tot
sein! Ihr gemeinsames Leben hatte doch gerade erst ange-
fangen. Es konnte nicht sein, dass ihnen nur eine solch
kurze Zeitspanne des Glücks vergönnt gewesen sein sollte!

Er fiel in einen unruhigen Schlaf, aus dem er wenige
Stunden später wieder erwachte. Um ihn herum war tiefe
Nacht. Die Glut des Feuers lag unter einer dicken Schicht
Asche verborgen.

Verwirrt richtete sich Andrew auf. Er hatte das unbe-
stimmte Gefühl, dass ihn ein Geräusch aus dem Schlaf
geholt hatte, das sein Unterbewusstsein mit den gewohnten
Lauten einer Nacht im Busch nicht in Einklang hatte bringen können.

Als sein Blick Baralong suchte, der sich auf der anderen
Seite des Feuers niedergelegt hatte, fand er die Stelle verlassen vor. Hatte der Eingeborene vielleicht Tabak und Rum an

sich genommen und im Schutze der Nacht das Weite gesucht?

Kaum war Andrew dieser Gedanke durch den Kopf gegangen, da schämte er sich schon für diese bösartige Unterstellung. Baralong hatte ihm in den Tagen, die sie gemeinsam durch den Busch zogen, nicht einmal auch nur den geringsten Anlass gegeben, ihm nicht zu trauen. Ganz im Gegenteil, sein Respekt vor ihm war mit jedem Tag gewachsen.

Aber wo war Baralong?

Andrew erhob sich und ging zu den Pferden hinüber, die unter einer Akazie angebunden standen. In dem Augenblick bemerkte er den Feuerschein. Er kam von jenseits der nächsten Hügelgruppe, die sich eine gute halbe Meile von ihrem Lagerplatz als tiefschwarze Silhouette vor dem Nachthimmel abzeichnete.

Was hatte dieses Feuer zu bedeuten?

Beunruhigt griff Andrew zu seinem Gewehr und machte sich auf den Weg, um herauszufinden, was es mit diesem Feuerschein auf sich hatte. Er hielt sich nicht zum ersten Mal allein im Busch auf, doch die besonderen Umstände dieser Suche waren nicht dazu angetan, ihn mit Gelassenheit und Selbstsicherheit zu erfüllen.

Da er nicht wusste, wer das Feuer entzündet hatte und was ihn erwartete, lief er in geduckter Haltung auf die Hügel zu und nutzte jede natürliche Deckung. Als er bis auf etwa hundert Yards herangekommen war, hörte er den Gesang. Es war eine einzelne Stimme, die in einer fremden Sprache eine eigentümliche Melodie sang. Es war bei aller Fremdartigkeit ein irgendwie feierlicher Gesang, der durch die Nacht zu ihm drang.

Baralong?

Vorsichtig erklomm Andrew den vor ihm liegenden Hügel. Er erreichte die Kuppe, gelangte zu einem Gebüsch, bog die Zweige auseinander – und blickte mit großer Verwunderung auf die Szene, die sich ihm nun darbot.

Auf der anderen Seite des Hügels ragten mehrere abgerundete Felsbrocken von bis zu Manneshöhe aus dem Boden und davor brannte ein Feuer. Andrew brauchte einen Moment, um zu begreifen, dass es sich bei der nackten Gestalt, die dort unten vor dem Feuer tanzte und sang, um Baralong handelte. Der Körper des Eingeborenen war von Kopf bis Fuß mit weißen und roten Streifen sowie Kreisen und anderen geometrischen Mustern bemalt.

Reglos verharrte Andrew im Schutz des Gebüsches, lauschte dem merkwürdigen Gesang und sah seinem Fährtenleser beim Tanz im Feuerschein zu. Nach allem, was er von Baralong erfahren hatte, nahm er an, dass es sich bei dieser kleinen Felsgruppe um einen den Aborigines heiligen Ort handelte, der zu den Traumpfaden der Urwesen gehörte, und dass er, Andrew, Zeuge einer religiösen Zeremonie wurde.

Einige Minuten lang lauschte er dem an- und abschwellenden Gesang und verfolgte voller Neugier und Faszination den gestenreichen Tanz Baralongs. Plötzlich aber kam ihm der Gedanke, dass es nicht richtig war, dass er hinter dem Strauch lag und seinen Führer ohne dessen Wissen bei der Ausübung seiner Religion beobachtete. Ihn befiel das unangenehme Gefühl, dass er sich damit eines Vertrauensbruchs schuldig machte.

Leise zog er sich zurück. Als er wieder bei ihrem Lagerplatz war und sich auf seiner Decke ausgestreckt hatte, ging ihm vieles durch den Kopf. Er dachte auch über Baralong nach. Als er ihn in Sydney als seinen Tracker verpflichtet hatte, hatte er nur an dessen Nützlichkeit im Busch gedacht und sich keine Gedanken über ihn als Mensch gemacht. Was dieser Aborigine dachte und fühlte, ja seine ganze Welt hatte ihn nicht im Geringsten interessiert. Es war ja so einfach gewesen, von seinesgleichen als »Primitive« und »Wilde« zu denken, denen man nicht die geringste Rücksichtnahme schuldete. Das erleichterte es, sich auch nicht mit Gewissensbissen zu belasten, weil man ihnen das Land stahl und sie unbarmherzig tötete, wo sie den Weißen im Wege standen, als wären sie Ungeziefer, das man ungestraft ausrotten durfte.

Baralong war ein Mensch wie er. Er hatte seinen tiefen Glauben, dem er sein Leben aufrichtiger und friedliebender unterwarf als wohl die Mehrzahl der Christen. Und ihm waren dieselben Empfindungen gegeben wie jedem Weißen: Liebe und Schmerz, Trauer und Freude. Und mit Sicherheit wusste er, als Letzter seiner Sippe, was Verzweiflung und Einsamkeit waren.

Andrew dachte lange darüber nach und fragte sich, wie es nur möglich war, dass Weiße wie Charles Gilmore und Lieutenant Danesfield eine solche Grausamkeit und Menschenverachtung an den Tag legen konnten. Dabei standen Danesfield und Gilmore nur stellvertretend für die überwiegende Mehrzahl der anderen Weißen und Christen in der Welt, und auch er, Andrew Chandler, sowie seine Familie, die sie sich doch für aufgeschlossene und dem Recht verpflichtete Bürger hielten, hatten noch so manches mit ihnen gemein. Sie alle nannten sich gebildet, kultiviert und zivilisiert. Doch war das nicht nur eine eitle Selbsttäuschung?

Andrew konnte lange nicht einschlafen und wartete auf Baralongs Rückkehr. Er verspürte das Bedürfnis, mit ihm zu reden. Doch Baralong kam nicht und schließlich schlief er ein.

Als Andrew am Morgen erwachte, stocherte Baralong gerade in der Glut und entfachte das Feuer. Er trug wieder seine schäbige Kleidung, die ihn so lächerlich aussehen ließ. Und die Bemalung hatte er sich inzwischen vom Körper gewaschen.

Was er in der Nacht beobachtet hatte und ihm selbstquälerisch durch den Kopf gegangen war, schien im Licht des neuen Tages und angesichts von Baralongs lächerlicher Aufmachung zu verblassen. Und das Bedürfnis, mit ihm darüber zu reden, hatte sich fast ganz verflüchtigt. Was hätte er auch zu ihm sagen sollen?

»Ich mache uns Tee und Damper«, sagte Andrew und wich Baralongs ruhigem Blick aus. Irgendwie fühlte er sich schäbig.

Neuntes Kapitel

Den verwischten Spuren vermochte Baralong noch über eine Meile zu folgen. Bei einem Eurahbaum, dessen herabhängende Zweige mit rosafarbenen, glockenförmigen und braun gefleckten Blüten übersät waren, verlor er die Spur.

Mit finsterer Miene ging Baralong das Gelände rund um dem Baum ab und zog dabei immer weitere Kreise. Auf Andrews ungeduldige Fragen reagierte er mit merkwürdig ausweichenden Antworten.

»Ich brauche Zeit«, sagte er brummig und schien regelrecht nervös zu sein, was Andrew bisher bei ihm noch nie bemerkt hatte. Es gab offenbar etwas, was ihn verstörte, worüber er aber nicht reden wollte – zumindest noch nicht.

»Und gib mir Nebel und flüssigen Geist!«

Andrew hatte keine Lust, untätig herumzusitzen. *Flanagan's Station* lag bloß noch eine gute Reitstunde entfernt, und er beschloss, dem Kramladen von Liam Flanagan einen Besuch abzustatten, in der Hoffnung, dort irgendetwas zu erfahren, was ihm weiterhelfen konnte.

»Ich hoffe, dass du Abbys Spur wiedergefunden hast, wenn ich zurück bin!«, rief Andrew seinem eingeborenen Führer zu.

Baralong warf ihm bloß einen finsteren Blick zu.

Flanagan's Station war ein lang gestreckter Lehmbau mit Jutesäcken vor den Fenstern und rissigen Wänden, der im Schatten von zwei mächtigen, uralten Eukalyptusbäumen stand. Liam Flanagan, ein bulliger Ire mit kantigem Schädel und Pranken wie Bärentatzen, galt als sein bester Kunde, was den Konsum von Branntwein betraf, und nicht gerade als umgänglicher Zeitgenosse. Dem Umstand, dass es in diesem Gebiet weit und breit keine Konkurrenz gab und sein Laden nahe einer Furt lag, verdankte er, dass er dennoch sein Auskommen fand.

Das Glück war an diesem Tag auf Andrews Seite. Denn wenn Liam Flanagan sich nicht schon früh am Morgen die ersten Becher Branntwein eingeschenkt hätte, wäre er kaum so gesprächig gewesen – und dann hätte Andrew weder von dem Viehhirten erfahren, der vor über zwei Wochen im Schlaf überfallen und seiner Kleidung beraubt worden war, noch von dem Fremden, der mit einem Fuhrwerk vorgefahren war und eine enorme Menge Proviant und Rum gekauft hatte.

Andrew horchte schon auf, als Liam Flanagan von dem

Viehhirten und dem derben Spaß erzählte, den sich angeblich seine Kameraden mit ihm erlaubt hatten.

»Natürlich hat das keiner von ihnen zugegeben«, sagte der Krämer mit einem spöttischen Grinsen. »Aber ich kenne Morgans Männer. Das ist eine ganz rauhe Bande.«

Als Andrew dann von dem Fremden mit dem Fuhrwerk erfuhr, der für eine erhebliche Summe Geldes Lebensmittel und Rum sowie Pulver, Blei, Decken und anderes gekauft hatte, da keimte ein Verdacht in ihm auf.

»So einen guten Kunden habe ich schon das ganze Jahr nicht mehr gehabt«, schwärmte der Ire. »Und statt anschreiben zu lassen, wie die meisten anderen meiner Stammkunden, hat er mit barer Münze bezahlt! Dabei sah er gar nicht aus, als hätte er auch nur einen Penny in der Tasche seiner zerlumpten Kleidung.«

»Können Sie sich noch an das Fuhrwerk und die Pferde erinnern?«, fragte Andrew aufgeregt.

»Sicher, der Wagen war ein klobiges Gefährt, aber er hatte ein hübsches Paar Braune vorgespannt. Eins der Pferde ist mir noch gut in Erinnerung geblieben. Es hatte eine sichelförmige Blesse.«

Andrew hegte nun keinen Zweifel mehr, dass es sich dabei um Halstons Wagen und Pferde gehandelt hatte. »Hat er Ihnen gesagt, wohin er wollte?«

»Ja, weiter nach Norden, um dort Ausschau nach gutem Land für eine Farm zu halten. Aber über die Furt ist er nicht, das habe ich gesehen. Sagen Sie, glauben Sie etwa, dass dieser Bursche etwas mit dem Verschwinden Ihrer Frau zu tun hat?«

»Da bin ich mir ganz sicher«, antwortete Andrew, schrieb eine kurze Nachricht an seinen Vater, die Liam Flanagan dem nächsten Reiter, der über den Fluss kam und in Richtung *Yulara* wollte, mitgeben sollte, und beeilte sich zu Baralong zurückzukehren.

Auf dem Weg zu ihm hatte er Zeit genug, sich zu überlegen, wie die einzelnen Informationen zusammenpassten, und sich eine Theorie zurechtzulegen, die dem wirklichen Geschehen sehr nahe gelangte.

»Es muss ein entlaufener Sträfling gewesen sein, vielleicht waren es die beiden, die in Toongabbee entflohen sind«, sagte er aufgeregt zu Baralong und verdrängte die unwillkürlich aufkommende Erinnerung an das Massaker, das die Soldaten unter den Aborigines angerichtet hatten. »Wer sonst als ein Sträfling kann Interesse an der verschlissenen Kleidung eines einfachen Viehhirten haben? Und wenn es Sträflinge in Sträflingskleidung waren, die den Überfall begangen haben, dann macht Halstons wirres Gerede von den gestreiften Männern auch Sinn. Es waren zwei Braune, die Halstons Wagen gezogen haben, und eines der Pferde hatte eine Blesse! Es kann gar keinen Zweifel geben! Halston konnte dem Sträfling oder den Sträflingen entkommen, aber Abby offenbar nicht. Wahrscheinlich haben sie Abby als Geisel mitgenommen. Was die Spuren und das Blut betrifft, so musst du dich geirrt haben.«

Baralong hatte ihm aufmerksam zugehört und sein finsteres Gesicht hatte sich im Laufe von Andrews Bericht sichtlich entspannt. Doch nun schüttelte er den Kopf.

»Alles kann so sein, wie du gesagt hast, Gubba Andrew, nur nicht das mit deiner Frau«, sagte er. »Ich habe mich nicht geirrt. Die Spuren, denen wir gefolgt sind, gehören zu einem Frauenschuh.«

»Aber du hast doch gesagt, dass du die Spur hier verloren hast«, wandte Andrew ein.

Wieder schüttelte der Eingeborene den Kopf. »Nicht

wirklich. Ich . . . ich habe neue Spuren gefunden, nicht von Weißgesichtern.«

Andrew hätte nicht überraschter sein können. »Willst du damit sagen, dass Leute von deinem Volk sie gefunden haben?«

»Ich kenne nicht die Sippe, aber so ist es«, bestätigte Baralong und fügte dann nach kurzem Zögern hinzu: »Und sie haben sie mitgenommen.«

»Was?«, fragte Andrew verstört und sah zum ersten Mal, dass Baralong seinem Blick nervös auswich.

Der Eingeborene griff verlegen in seinen zotteligen Bart. »Ja, ich verstehe es selber nicht. Das ist nicht unsere Art, aber die neuen Spuren lassen gar keine andere Deutung zu.«

»Welche *neuen* Spuren?«, fragte Andrew knapp, der solch eine Möglichkeit nicht einmal im Traum erwogen hätte.

Baralong erhob sich und führte ihn fünfzig Schritte jenseits des Eurahbaumes an eine Stelle, wo verbrannte Erde und Aschereste auf ein Kochfeuer hinwiesen, das hier vor einiger Zeit entzündet worden war.

»Hier, das sind die Schleifspuren von einem *coolamon*«, sagte Baralong und deutete auf Eindrücke, die um einen Busch herumführten und sich einige Schritte weiter im Gras verloren.

»Was ist ein Coolamon?«

»Eine hölzerne Schale«, erklärte der Eingeborene. »Wir verwenden sie als Kindertragen und Behälter für alle möglichen Dinge. Dies hier ist aber ein besonders großer *coolamon*, groß genug, um einem Erwachsenen von nicht zu kräftiger Gestalt als Trage zu dienen.«

»Aber woher willst du wissen, dass sie darin meine Frau mitgenommen haben?«

»Das schließe ich aus der Tiefe der Eindrücke. Ich habe auch das ganze Gebiet abgesucht. Die alten Spuren brechen an diesem Lagerplatz meiner Leute ab und nirgends ist ein Leichnam oder ein Grab zu finden. Wer immer sich bis zu diesem heiligen Baum geschleppt hat, ist nicht mit eigener Kraft von diesem Ort verschwunden, sondern auf dem *coolamon* transportiert worden.«

Andrew wusste nicht, ob ihn diese unerwartete Wendung freuen oder ängstigen sollte. »Weshalb sollten Eingeborene eine verletzte weiße Frau mitnehmen?«

»Ich weiß es nicht«, sagte Baralong ebenso ratlos. »Ich weiß nur, dass es geschehen ist.«

Andrew zwang sich nüchterne Überlegungen fruchtloser Spekulation vorzuziehen. Baralong war der erfahrene Tracker. Auf sein Wort musste er sich verlassen. Und was auch immer der Grund gewesen sein mochte, warum die Aborigines Abby mitgenommen hatten, es nährte seine Hoffnung, dass sie noch am Leben war. Nichts sonst war im Augenblick wichtiger als das. »Und wohin führen die Spuren?«

»Nach Westen.« Baralong wies zu den Bergzügen der Blue Mountains hinüber.

»Also, nichts wie weiter!«, drängte Andrew und war auf eine Art ganz froh, dass die Wahrscheinlichkeit nun dagegen sprach, dass der oder die Sträflinge Abby als Geisel genommen oder gar getötet und irgendwo verscharrt hatten.

Drei Stunden später hob Baralong, der vorweggegangen war, um die im hohen Gras immer wieder abbrechende Spur nicht zu verlieren, jäh seinen Speer und bedeutete Andrew, anzuhalten.

»Steig vom Pferd, Gubba Andrew!«

»Was ist?«, fragte dieser verwundert, denn er sah vor sich nichts weiter als Buschland, das von zahllosen Dickichten durchzogen war. Und wenn ihnen eine Gefahr drohte, warum sollte er dann vom Pferd steigen?

»Eine Sippe der Wonnarua. Dort, bei den Akaziensträuchern. Hier kreuzen sich die Traumpfade der Awabakal mit denen der Wonnarua.«

Andrew sah angestrengt in die Richtung, in die Baralong deutete, und bemerkte nun auch die drei Gestalten, die im Schatten der mannshohen Akaziensträucher standen. Bis auf einen Hüftgurt waren sie nackt und ihre Bewaffnung bestand aus langen Speeren und Bumerangs.

»Haben wir etwas von ihnen zu befürchten?«, fragte Andrew beunruhigt, während er langsam vom Pferd stieg. Er war versucht, zum Gewehr zu greifen, ließ es dann jedoch bleiben.

»Nicht, wenn wir uns so verhalten, wie es bei uns Sitte ist.«

»Ich denke, bei euch gibt es keine Kriege«, hielt Andrew ihm spöttisch vor.

»Das heißt aber nicht, dass wir uns nicht wehren, wenn wir uns bedroht fühlen.«

»Wie können sie sich von dir bedroht fühlen?«

Baralong warf ihm einen schmerzlichen Blick zu. »Sie fühlen sich nicht von mir bedroht, doch ich bin ihnen fremd, wenn auch auf eine andere Weise als du. Ich lebe schon zu lange unter euch Weißgesichtern und habe zu viel von dem verloren, was ich einmal war. Ich gehöre nicht mehr zu ihnen, wie ich auch nicht zu euch gehöre.«

Mit dieser Antwort offenbarte Baralong ihm für einen kurzen Moment die ganz persönliche Qual und innere Zerrissenheit eines Menschen, der seine vertraute Welt verloren hatte und in der neuen keine Wurzeln schlagen konnte, ja nie schlagen würde, wie sehr er sich auch bemühen mochte.

»Komm, wir müssen ihnen entgegengehen. Und lass die Pferde hier zurück«, sagte Baralong.

Andrew band die Zügel der Pferde an den Ast des nächsten Busches und plötzlich raste sein Herz. »Sind sie es, die Abby gefunden und mit sich genommen haben?«

»Ich weiß es nicht, doch ich glaube nicht. Dafür sind die Spuren viel zu alt und dies kein Ort, wo sich eine Sippe länger als ein paar Tage aufhält.«

Verhaltenen Schrittes gingen sie den drei Aborigines entgegen, die nun aus dem Schatten der Akazien traten. Es waren alte Männer. Über das Gesicht, die Arme, den Brustkorb sowie die Ober- und Unterschenkel waren sie mit Quer- und Längsstreifen bemalt, die von der Farbe her einen starken Kontrast zu ihrer dunklen Haut bildeten.

»Es sind die drei Ältesten ihrer Sippe. Ihr Weißgesichter würdet sie Häuptlinge nennen. Bleib ruhig und zeig ein unbeteiligtes Gesicht«, sagte Baralong leise.

»Ich bin die Ruhe in Person«, murmelte Andrew selbstironisch, denn das genaue Gegenteil war der Fall.

Ein vierter Eingeborener tauchte hinter den drei Männern auf. Auch er trug eine kunstvolle Körperbemalung und gehörte zu den Alten der Sippe. Er hielt frische, grüne Zweige in der Hand.

»Das ist ihr *wirrinun*.«

»Ihr was?«, fragte Andrew.

»Ihr Medizinmann.«

Sie waren bis auf zwanzig Schritte an die Eingeborenen der Wonnarua-Sippe herangekommen. Baralong legte nun seinen Speer zu Boden. Die drei Männer folgten seinem

Beispiel, nahmen die Zweige, die ihnen der Stammeszauberer reichte, und gingen damit auf sie zu.

Andrew bemerkte nun noch mindestens ein halbes Dutzend Gestalten, die sich hinter dem Medizinmann im Schutz der Büsche hielten, Speer bei Fuß, und aufmerksam verfolgten, was dort vor ihren Augen geschah.

Baralong sagte etwas in der Sprache der Eingeborenen und die drei Männer antworteten ihm. Dann erhoben sie ihre Zweige, strichen ihnen unter fremdartigem Gemurmel über Brust und Rücken und gaben die Zweige wieder an den *wirrinun* zurück. Dieser rannte damit in fast schon panischer Eile hinter die Büsche.

»Was hat das zu bedeuten?«, wollte Andrew wissen, dem die ganze Situation unheimlich war. Er war sich noch nie so wehrlos und ausgeliefert vorgekommen.

»Mit dem Bestreichen haben sie die Ausstrahlungen böser Geister, die in uns sein können, unwirksam gemacht. Jetzt werden die Äste unter einem Haufen heilkräftiger Kräuter vergraben, damit die Kraft der bösen Geister keinen Schaden anrichten kann«, teilte Baralong ihm mit.

Nach dieser Zeremonie führten die drei Häuptlinge und der Medizinmann sie zu ihrem Lager, das sich jenseits der Akazien befand. Andrew sah, dass die Sippe aus etwa zweieinhalb Dutzend Erwachsenen sowie einigen Kindern und Heranwachsenden bestand. Sie hatten wohl gerade erst ihr Lager aufgeschlagen, denn die Kochfeuer waren noch nicht entzündet und erst einer jener primitiven Windschirme aus Zweigen, Rinde und Gras errichtet.

Mit den drei Ältesten und dem Medizinmann hockten sie sich in den spärlichen Schatten des Windschirmes.

»Frag sie nach Abby!« Andrew vermochte seine Ungeduld kaum unter Kontrolle zu halten.

Baralong bedachte ihn mit einem zur Ruhe mahnenden Blick. »Ich habe nicht vergessen, warum ich bei dir bin, Gubba Andrew. Doch bevor man ein Opossum über dem Feuer braten und sein Fleisch verzehren kann, muss man es zuerst einmal ausnehmen und häuten, und das braucht seine Zeit.«

Andrew unterdrückte ein gequältes Aufseufzen und schickte sich in das Unabwendbare.

Das Palaver dauerte und dauerte. Die Nachmittagssonne warf immer längere Schatten und die Frauen entzündeten die Kochfeuer.

Gute anderthalb Stunden waren vergangen, als Baralong sich endlich Andrew zuwandte und sagte: »Es ist so, wie ich es vermutet habe. Eine Sippe vom Stamm der Katajuri hat deine Frau gefunden.«

»Sie lebt also?«, stieß Andrew erregt hervor.

»Das konnten sie mir nicht beantworten. Sie selbst haben keinen Kontakt mit der Sippe gehabt, aber sie haben von einer anderen Gruppe, der sie vor einer Woche begegnet sind, von der Weißgesichtigen gehört«, berichtete Baralong. »Es war von einer schweren Verwundung, einer Schussverletzung die Rede.«

Andrews Freude erhielt augenblicklich einen Dämpfer. »Also stimmt es, dass entlaufene Sträflinge Halston und Abby überfallen haben!«

Baralong nickte. »Ja, darauf deutet wohl alles hin.«

»Wohin haben die Katajuri meine Frau gebracht?«

»Auch darauf konnten sie mir keine genaue Antwort geben. Es heißt, sie sind nach Westen gezogen«, sagte Baralong und folgte dem Beispiel der vier Wonnarua, die sich erhoben. Das Palaver war beendet und sie konnten zu den Pferden zurückkehren.

»Aber sie müssen doch ein Ziel haben«, sagte Andrew ungeduldig, als sie wenig später das Lager der Sippe verließen. »Bei euch richtet sich doch alles nach diesen Traumpfaden, nicht wahr?«

»Das ist richtig«, bestätigte Baralong. »Wir folgen auf unseren Wanderungen den Wegen, die unsere Ahnen in der Traumzeit genommen und uns hinterlassen haben.«

»Und diesen Traumpfaden folgt ihr in einem immer wiederkehrenden Rhythmus, richtig?«

»So ist es.«

»Dann brauchen wir doch bloß den Traumpfaden der Katajuri zu folgen!«

»Das werden wir auch.«

»Und wohin führt der Traumpfad der Katajuri?«, fragte Andrew gespannt.

»Über die Berge, die ihr Blue Mountains nennt.«

Andrew sah ihn ungläubig an. »Das kann nicht dein Ernst sein! Die Blue Mountains gelten als unüberwindlich. Schon viele haben versucht einen Weg über diese zerklüftete Bergkette zu finden, doch noch immer sind sie gescheitert und unverrichteter Dinge zurückgekehrt.«

Baralong lächelte. »Ja, ihr Weißgesichter. Aber die Berge sind nicht unüberwindlich, Gubba Andrew. Sie sind es nie gewesen. Seit der Traumzeit überqueren täglich Wolken und Vögel die Berge – und auch uns Yapa haben die Ahnen viele Wege über die Berge hinterlassen.«

»Hast du die Blue Mountains denn schon einmal überquert?«, wollte Andrew wissen.

»Ich bin dein Tracker und ich werde dich über die Berge führen«, antwortete Baralong schlicht.

Andrew blickte verstört und voller Zweifel zur Bergkette hinüber, die sich im Abendlicht als dunkle und mächtige

Barriere in den Himmel erhob. Es erschien ihm unvorstellbar, dass die Aborigines Wege über dieses gewaltige und extrem zerklüftete Massiv kannten und dass er mit Baralong etwas schaffen sollte, was bisher noch keinem Weißen gelungen war. Doch für Abby war ihm kein Wagnis zu groß.

Zehntes Kapitel

In scheinbar endlosen Serpentinen führte Baralong ihn den Berg hoch. Der Pfad, der sich als solcher nur dem Eingeborenen erschloss, wand sich durch Wälder aus Kasuarinen, Mulla-Mulla-Büschen mit ihren lavendelblauen Blüten sowie grünen Emusträuchern. Immer wieder gelangten sie an gefährlich schmale Stellen, wo das Gelände jäh in Schwindel erregende Abgründe abfiel.

Andrew rang nach Atem und hatte mehr als einmal Mühe, die Pferde, die er am Zügel hinter sich herführte, zum Weitergehen zu bewegen. Er selbst war nicht weniger erschöpft. Zwei Tage folgte er Baralong nun schon durch das unglaubliche Labyrinth aus zerklüfteten Sandsteinschluchten, paradiesisch grünen Talkesseln und ineinander verschachtelten Bergzügen.

»Lass uns eine Rast einlegen, Baralong!«

»Bis zum Bergsattel ist es nicht mehr weit, Gubba Andrew. Da können wir dann rasten«, antwortete der Eingeborene ohne sich umzublicken oder in seinem beständigen Schritt innezuhalten.

»Nicht mehr weit!«, maulte Andrew abgekämpft. »Den Spruch habe ich allmählich zur Genüge gehört.«

»Willst du nun über die Berge oder nicht?«

Andrew ersparte sich eine Antwort und ging weiter. Seit er nicht mehr im Sattel saß, sondern Stunde um Stunde auf- und absteigen musste, vermochte er die Ausdauer seines Trackers erst richtig zu würdigen. Baralong schien das Wort Müdigkeit nicht zu kennen. Mit dem Gleichmaß einer Maschine ging er die Berge an, führte ihn über Felsgrate und stieg in die stillen Täler hinunter.

Sie brauchten noch eine Stunde, um den Bergsattel zu erreichen, der angeblich gleich hinter der nächsten Ecke lag. Andrew war erschöpft und in Schweiß gebadet, während Baralong nicht einmal einen leicht beschleunigten Atem zeigte.

Andrew band die Pferde an den nächsten Baum und sank dann auf einen Felsen. Wohin er auch schaute, überall traf sein Blick auf bewaldete Bergzüge. In ihrer zerklüfteten Gestalt nahmen sie sich wie Palisaden aus, die ein Riese wahllos ineinander und hintereinander geschoben hatte. Das Bewusstsein, sich nach zwei Tagesmärschen von Sonnenaufgang bis Sonnenuntergang mitten in den Blue Mountains zu befinden und allein wohl nie wieder aus diesem gewaltigen Irrgarten herauszukommen, hatte etwas Beklemmendes. Schon nach dem ersten Tag hatte er es aufgegeben, sich die zerschlungenen Wege merken zu wollen, auf denen Baralong ihn durch dieses unglaubliche Labyrinth aus sich verzweigenden Schluchten und Bergzügen führte.

Andrew erfüllte jedoch nicht nur Furcht, die er ins Unterbewusstsein zu verdrängen suchte, sondern auch ungläubiges Staunen über die urtümliche Schönheit, die sich ihm in dieser von Weißen noch nicht erforschten Welt der Blue Mountains offenbarte.

Noch nie in seinem Leben hatte er derartige Wälder aus

palmenähnlichen Gewächsen, Schilfen und unzähligen Farnarten gesehen, die mehr als mannshoch in den Tälern wuchsen und ihnen den Charakter eines urzeitlichen Dschungels gaben. Nichts erinnerte hier an die Trockenheit, die das Land östlich der Berge heimsuchte. Es gab einen geradezu verschwenderischen Reichtum an klaren Quellen und Flüssen, die als hohe, silbrig glänzende Wasserfälle in die Tiefe stürzten und sich in kleine Seen ergossen.

Blind endende Schluchten, dämmrige Spalten mit glitschigem Felsboden und tiefe jadegrüne Täler, in die nur wenige Stunden am Tag Licht fiel und wo das Moos auch noch während der Mittagszeit seinen Morgentau nicht zu verlieren schien, wechselten sich ab mit nackten Sandsteinterrassen, schroffen Klippen und gezackten Höhenzügen, die von Eukalypten, Kasuarinen und anderen Baumarten so dicht bewachsen waren, dass die Wälder so undurchdringlich wie eine grüne Mauer erschienen.

So üppig und wild wuchernd die Vegetation war, so groß war auch der Reichtum an Tieren und Vögeln, die die Täler und Bergzüge der Blue Mountains bevölkerten. Schlangen und Echsen huschten durch das Meer der Farne, Beuteltiere ergriffen vor ihnen die Flucht, und bunt schillernde Vögel, wie Andrew sie noch nie zuvor in einer solchen Fülle und Vielfalt gesehen hatte, waren allgegenwärtig.

Als Andrew da auf dem Felsen saß und seinen Blick über diese fremdartige Welt schweifen ließ, verwunderte es ihn gar nicht, dass bisher noch kein Weißer einen passierbaren Weg über die Blue Mountains gefunden hatte. Und es erschien ihm unwirklich, dass er sich auf dieses Wagnis eingelassen hatte und nun im Begriffe stand, die Berge tatsächlich zu überqueren – so wie es Abby vor ihm getan hatte, sofern Baralong mit seiner Vermutung Recht hatte.

201

Abby.

Andrew seufzte. Seit er erfahren hatte, dass die Katajuri seine verwundete Frau gefunden und mit auf ihren Weg über die Berge genommen hatten, lebte er in einem Wechselbad aus Freude und Angst.

»Wir müssen weiter«, holte Baralong ihn aus seinen Gedanken. »Es wird ein Unwetter geben, und bevor es losbricht, sollten wir unten im Tal sein.«

»Ein Unwetter?«, fragte Andrew verständnislos.

Baralong wies nach Osten. »Es wird Regen geben.«

Andrew suchte den Horizont nach dunklen Wolken ab, konnte jedoch nichts entdecken, was auf ein heraufziehendes Unwetter hindeuten konnte. »Regen täte dem Land gut. Aber mir ist es ein Rätsel, wo du heraufziehende Regenwolken sehen willst.«

»Sie kommen, Gubba Andrew, doch sie werden ihre Wassermassen nicht über der Kolonie abladen, sondern hier über den Bergen«, antwortete Baralong unerschütterlich und erhob sich. »Gehen wir.«

Sie machten sich auf den langen und mühsamen Abstieg ins Tal, das sie zwei Stunden vor Einbruch der Nacht erreichten und das von einem Meer von Farnen bedeckt war. Als Lagerplatz wählte Baralong eine Stelle an einem Hang aus, wo ein Felsvorsprung Schutz bot.

Andrew hatte Baralong auf dem Abstieg wegen seiner Regenprophezeiung mehrfach verspottet. Doch der Spott verging ihm. Denn kaum hatten sie Feuerholz gesammelt und ein Feuer entzündet, als sich der Himmel fast schlagartig verdunkelte. Mit Urgewalt brach das Unwetter los. Blitze zuckten aus den schwarzen Wolken. Es war, als schleudere ein zorniger Gott grell leuchtende Lanzen auf die Bergrücken. Und dann kam der Regen.

Es schüttete wie aus Kübeln. Die Welt verschwand hinter einem dunklen Vorhang herabströmenden Regens, der die ganze Nacht hindurch nur wenig an Heftigkeit verlor. Als der neue Tag anbrach, regnete es noch immer, wenn auch nicht mehr mit der sintflutartigen Kraft der ersten Stunden.

»Wir werden die Pferde hier im Tal zurücklassen«, sagte Baralong.

»Unmöglich!«, widersprach Andrew.

»Wir müssen noch einige Berge überwinden und nach dem schweren Regen werden viele Stellen mit den Tieren schwer zu passieren sein. Sie werden uns mehr behindern als nutzen, Gubba Andrew. Die Pferde müssen zurückbleiben. Sie finden hier ausreichend Wasser und Futter.«

»Das kommt gar nicht in Frage! Weißt du überhaupt, was ein Pferd wie Dellie oder Nestor wert ist? Natürlich nicht! Ich lasse sie doch nicht in dieser dschungelartigen Wildnis zurück, wo ich sie vielleicht niemals wiederfinde!«, weigerte sich Andrew. »Außerdem brauchen wir sie, denn wer sonst sollte das Gepäck über die Berge tragen?«

»Alles, was ich brauche, passt in diesen Beutel und halte ich in einer Hand«, antwortete Baralong, hing sich den Beutel aus Opossumfell über die Schulter und griff zu seinem Speer.

»Du bist ja auch ein Eingeborener, ein Yapa«, sagte Andrew verdrossen, den es nicht wunderte, dass Baralong kein Interesse mehr an der Mitnahme der Pferde zeigte. Ihr Rumvorrat war seit vorletzter Nacht aufgebraucht und den restlichen Tabak hatte er in seinem räudigen Fellbeutel. »Ich lasse Dellie und Nestor jedenfalls nicht zurück.« Sollte er denn die Suche nach Abby zu Fuß fortsetzen, wenn sie die Blue Mountains überwunden hatten und wieder in offenes Gelände kamen? Nein, er dachte gar nicht daran, auf die Schnelligkeit seiner Pferde zu verzichten.

»Wie du willst«, gab Baralong scheinbar gleichgültig nach und wartete geduldig, bis Andrew den Proviantsack auf Dellies Rücken festgezurrt hatte und marschbereit war.

Schon bei trockenem Wetter war der Weg über die Blue Mountains eine gefahrvolle und strapazenreiche Unternehmung. Nach dem schweren Regen wurde die Aufgabe, die vor ihnen lag, noch bedeutend anstrengender und riskanter.

Andrew kamen schon bald die ersten Zweifel, ob ihm nicht vielleicht doch ein Fehler unterlaufen war, als er Baralongs Einwände einfach ignoriert und auf die Mitnahme der Pferde bestanden hatte. Der Boden war an vielen Stellen aufgeweicht und glitschig. Auf verhältnismäßig ebenem Gelände hätte dieser Umstand allein Auswirkungen auf ihr Marschtempo gehabt. Hier in den zerklüfteten Bergen aber, wo sie immer wieder steile Hänge bewältigen mussten und dabei häufig die Gefahr des Wegrutschens bestand, bedeutete der regengetränkte Boden eine erhöhte Gefahr.

Und die Pferde witterten diese Gefahr, wie ihr nervöses Schnauben sowie ihr Bocken und Zurückweichen mehr als deutlich verrieten. Als wäre der Marsch nicht auch so schon anstrengend genug, musste Andrew nun zusätzlich noch viel Kraft und Überredungskunst aufbringen, um Dellie und Nestor immer wieder zu beruhigen und sie zu zwingen, ihm am Zügel über abschüssige Geländestrecken zu folgen.

Mehr als einmal sagte ihm seine Vernunft nach kritischen Situationen, dass es wirklich ratsamer war, die

Pferde zurückzulassen und den Marsch mit leichtem Gepäck fortzusetzen. Aber sein Stolz verbot es ihm, seine Fehleinschätzung vom Morgen zuzugeben und die Konsequenzen daraus zu ziehen. Er vertraute darauf, dass alles gut gehen würde.

Seine Hoffnung erfüllte sich nicht.

Die Katastrophe, die Andrew um Haaresbreite den Tod gebracht hätte, ereignete sich am frühen Nachmittag. Sie hatten den langen und kräftezehrenden Aufstieg zu einem Bergrücken bewältigt und den Abstieg begonnen.

Es ging gar nicht übermäßig steil bergab und die Büsche, die überall auf dem Hang wuchsen, verwehrten den klaren Blick auf jene Schluchten, die sich aus dem Tal wie Keile in diese Seite des Berges bohrten.

»Was ist?«, fragte Andrew mit keuchendem Atem, als Baralong unerwartet stehen blieb.

»Gefährliches Gelände«, antwortete der Eingeborene und wies auf die tiefen Abflussrinnen, die der stundenlange, heftige Regen aus der Erde gewaschen hatte und durch die noch immer das Regenwasser in kleinen Bächen talabwärts floss. »Warte hier. Ich schaue mir den Weg erst einmal an. Notfalls müssen wir umkehren und einen Bogen schlagen.«

Baralong ging los.

Andrew wurde schon nach wenigen Augenblicken ungeduldig. Der Regen hatte ihn längst bis auf die Haut durchnässt und er wollte weiter. Er verstand nicht, dass Baralong ausgerechnet diesen Hang so argwöhnisch beäugte, hatten sie doch in den vergangenen Stunden viel steileres Gelände als dieses hier problemlos überwunden.

In der Annahme, dass Baralong sich mal wieder von irgendeinem Aberglauben zu übertriebener Vorsicht leiten ließ, wickelte er sich die Zügel von Nestor, der durch ein kurzes Seil mit dem Packpferd Dellie verbunden war, um das Handgelenk und begann nun auch den Abstieg – ohne Baralongs Zeichen abzuwarten.

»Nur ruhig, meine Besten!«, rief Andrew Nestor und Dellie über die Schulter zu, als sie nervös schnaubten und ihm nur sehr widerwillig folgen wollten. »Hier findet ihr doch guten Tritt. Wir haben es ja gar nicht mehr...«

Er kam nicht mehr dazu, den Satz zu beenden. Plötzlich war ihm, als spielten ihm sein Gleichgewichtssinn und auch seine Augen einen bösen Streich. Die Landschaft um ihn herum begann sich zu bewegen, aber nicht im gewohnten Verhältnis zu seinen Schritten.

Baralongs gellender Warnschrei kam in dem Moment, als Andrew sich mit Entsetzen bewusst wurde, dass sich der Boden unter ihm bewegte. Zu Tode erschrocken riss er den Kopf herum und schrie auf, als er begriff, dass er sich auf einer Art Erdscholle von etwa fünfzehn, zwanzig Schritt Durchmesser befand, die sich vom Hang losgelöst hatte und nun abwärts rutschte – mit ihm und den Pferden. Die schweren Regengüsse mussten den Hang teilweise unterspült haben und er hatte zusammen mit dem Gewicht der Pferde den letzten Ausschlag zu einem Erdrutsch gegeben!

Was geschah, ereignete sich innerhalb weniger Sekunden, die nicht viel Zeit für lange Überlegungen ließen. So langsam sich die Erdscholle anfangs auch bewegt hatte, so erschreckend schnell nahm sie nun Geschwindigkeit auf. Sie schien über einen Untergrund aus Schmierseife zu schliddern – direkt auf eine Abbruchkante zu, hinter der ein Abgrund von mehreren hundert Fuß Tiefe gähnte.

Andrew wurde zu Boden gerissen. Auch Dellie und Nestor verloren den Halt und stürzten unter schrillem, angsterfülltem Wiehern. Das Seil, das Dellie und Nestor verband, riss wie ein Bindfaden unter einem Bleigewicht, als das Packpferd sich überschlug.

Von panischer Todesangst erfüllt, schrie Andrew auf, als es ihm nicht gelang, sich von dem Zügel zu befreien, den er sich um das rechte Handgelenk gewickelt hatte. Er spannte sich unter dem Gewicht von Nestor, der wild um sich schlug und vergeblich versuchte wieder auf die Beine zu kommen. Nestor hielt ihn auf der Erdscholle und drohte ihn mit in den Abgrund zu reißen, der immer näher rückte.

Baralong rettete ihm durch seine Geistesgegenwart und Courage das Leben. Andrew lag mit dem Gesicht am Boden und sah nur einen Schatten heranfliegen. Im nächsten Moment durchtrennte ein Messer die todbringende Verbindung zu Nestor, und Baralong riss ihn hoch.

»Lauf!«, schrie der Eingeborene.

Andrew rannte los, sprang von der unter ihm wegziehenden Erdscholle auf festen Grund und krallte sich mit beiden Händen in das nasse, steinige Erdreich. Als er einen Blick zurückwarf, sah er noch, wie die Erdscholle, gleich einem riesigen grünen Teppich, mit Nestor über die Abbruchkante in die Tiefe stürzte. Die Todesschreie der beiden Pferde gingen ihm durch Mark und Bein. Augenblicke später hörte man einen dumpfen Aufprall, der vom Boden der tiefen Schlucht nach oben dröhnte.

Dann trat eine schreckliche Stille ein.

Am ganzen Leib zitternd lag Andrew in der aufgerissenen Erde. Er wagte sich nicht zu bewegen. Die Erkenntnis, dem Tod im allerletzten Moment entronnen zu sein, überfiel ihn wie ein Schwächegefühl, und er glaubte sich erbrechen zu müssen.

Als er endlich die Kraft fand, sich vorsichtig aufzurichten, sah er in das Gesicht von Baralong. Dessen Miene war weder Ärger noch grimmige Genugtuung abzulesen.

»Du . . . du hast mir das Leben gerettet«, stieß Andrew, noch ganz unter dem Schock des Erlebten, verstört hervor. »Das war Rettung in höchster Not! Danke, Baralong.«

Dieser rückte seinen ramponierten Dreispitz zurecht und fuhr sich über den Bart. »Sagte ich nicht, das Gelände ist gefährlich?«, fragte er ruhig. »Und habe ich dir ein Zeichen gegeben, dass der Weg sicher ist und du mir folgen kannst?«

Andrew machte ein zerknirschtes Gesicht. »Es war dumm von mir, deinem Rat nicht zu folgen, Baralong. Du hast Recht gehabt. Es tut mir Leid.«

Baralong zuckte gleichmäßig mit den Achseln. »Du bist nun mal ein Weißgesicht.«

»Und was heißt das?«

»Wann schenkt ein Weißgesicht einem Yapa schon Glauben?«

Andrew fühlte sich beschämt. »Was soll nun bloß werden?«, fragte er bedrückt. »Wir haben alles verloren, nicht nur die Pferde und unseren Proviant, sondern auch mein Gewehr und all die andere Ausrüstung.«

»Du hast viel verloren, was einem Weißgesicht wohl wichtig ist«, antwortete Baralong gelassen. »Aber nichts davon ist wichtig gewesen für unsere Suche nach deiner Frau. Wer gehen kann, braucht keine Krücke, Gubba Andrew. Alles, was wir brauchen, trage ich bei mir. Und wenn wir auch das noch verlieren sollten, ist nichts verloren, was ein Yapa nicht rasch wieder ersetzen kann. Dafür haben unsere Ahnen in der Traumzeit gesorgt. Die Natur bietet alles, was wir brauchen. Man muss nur verstehen, die Gaben zu finden und zu nutzen, die sie zu bieten hat.«

Andrew erinnerte sich auf einmal jener Fabel, die ihm

sein Vater vor vielen Jahren erzählt hatte. Er wusste nicht mehr, was der Anlass dafür gewesen war, doch an die Fabel vermochte er sich noch ganz genau zu erinnern:

Es war einmal ein Vogel, der lag auf dem Rücken und hatte beide Beine starr gegen den Himmel ausgestreckt. Da kam ein anderer Vogel vorbei, sah seinen Artgenossen in dieser merkwürdigen Stellung und wollte verwundert wissen, was das zu bedeuten habe. »Ich trage den Himmel mit meinen Beinen«, lautete die Antwort des auf dem Rücken liegenden Vogels. »Wenn ich mich von der Stelle rühre, stürzt der Himmel über uns zusammen.«

Kaum hatte er das gesagt, da wehte der Wind ein Blatt von einem nahen Baum, und es segelte mit einem leisen Rascheln zu Boden. Darüber erschrak der Vogel, der den Himmel zu tragen meinte, derart, dass er sich herumdrehte und eiligst davonflog. Der Himmel aber wankte nicht um eine Haaresbreite, sondern blieb auch weiterhin an seinem Ort...

»Lass uns gehen, Gubba Andrew. Wir haben noch einen langen Weg vor uns«, sagte Baralong, stieß seinen Speer Halt suchend in das Erdreich und bot Andrew seinen Arm als Stütze.

Andrew ergriff den Arm seines Trackers und in strömendem Regen kletterten sie schräg den Hang hoch. Von der grenzenlosen Überlegenheit des zivilisierten Weißen, die er einst als so selbstverständlich hingenommen hatte wie den Wechsel von Tag und Nacht, war bei Andrew nichts mehr übrig, als sie ihren Marsch über die Berge fortsetzten. Sein Schicksal und indirekt auch das von Abby lag nun ganz allein in Baralongs Händen.

Elftes Kapitel

Funken sprangen wie winzige, glühende Derwische aus dem heruntergebrannten Lagerfeuer und tanzten für Sekunden in der klaren Nacht, als Baralong den Ast, an dem er seinen Tabak entzündet hatte, wieder in die Glut warf. Eine Wolke würzigen Rauches wehte zu Andrew hinüber, der satt auf einem flachen Stein saß, den er nahe ans Feuer gewuchtet hatte. Die Gräten der Fische, die sie auf dünne Zweige gespießt und über dem Feuer geröstet hatten, waren bereits zu Asche verbrannt. Er hatte schon lange kein Essen mehr so sehr genossen wie diese Bratfische. Und als er daran dachte, wie sehr er sich vor wenigen Stunden noch darüber gesorgt hatte, womit er seinen Hunger am Abend bloß stillen sollte, konnte er sich eines Lächelns nicht erwehren. Wie wenig Vertrauen er doch in Baralong gesetzt hatte!

Sie hatten das Tal, das mit seiner üppigen und vielfältigen Vegetation einem verwunschenen Garten Eden glich, am Nachmittag erreicht. Baralong hatte ihn nach kurzem Marsch zu einem kleinen See geführt, der gut hundertfünfzig Schritte in der Länge maß und mehrere kleine Ausbuchtungen aufwies.

»Heute werden wir Fisch essen«, sagte Baralong nach einem kurzen, prüfenden Blick auf das stille Gewässer, dessen Ufer teilweise von Schilf bestanden waren.

»Wo siehst du hier Fische?«, fragte Andrew, erschöpft und nach den Erlebnissen des Tages auch psychisch ausgelaugt.

»Da!« Baralong wies aufs Wasser, und als Andrew nun näher hinschaute, sah auch er die dunklen Schatten, die unter der Wasseroberfläche dahinglitten.

»Und wie angeln wir sie?«

»Mit den Händen, mit dem Speer und mit Baumrinde«, antwortete der schwarze Fährtenleser mit leichter Belustigung und schleuderte seinen Speer. Als er ihn aus dem Wasser zog, zappelte ein fast armlanger Fisch, der einem Barsch ähnelte, an seiner Spitze.

Andrew war über diese Geschicklichkeit und Treffsicherheit verblüfft. Baralong beließ es jedoch nicht bei dieser Demonstration seiner Fähigkeiten. Er begab sich ins flache Wasser und scheuchte einige der Fische in einen flaschenhalsartigen Arm des Sees, ließ sich von Andrew Zweige und mehrere Steine reichen, mit denen er diesen schmalen Seitenarm durch ein provisorisches Wehr vom Rest des Sees trennte. Dann nahm er sein Steinmesser, ging zu einem Baum und schälte mehrere lange Streifen Borke vom Stamm. Diese warf er zu den Fischen ins Wasser.

»Und was jetzt?«, wollte Andrew wissen.

»Jetzt warten wir und sammeln erst einmal trockenes Unterholz für unser Feuer«, erwiderte Baralong.

Sie sammelten Holz und mit Hilfe seines Feuerquirls entfachte Baralong ein Feuer. Als die Flammen munter das Holz verzehrten, kehrten sie zum Seitenarm zurück, wo die Barriere aus Zweigen und Steinen den Fischen die Rückkehr verschlossen hatte.

Andrew glaubte, seinen Augen nicht trauen zu dürfen, als er ein gutes Dutzend Fische mit den Bäuchen nach oben auf dem Wasser treiben sah.

»Die Borke des Baumes enthält einen giftigen Stoff, der die Fische betäubt«, erklärte Baralong. »Ich glaube, der Fang reicht, um unseren Hunger zu stillen.«

Und ob er ihren Hunger gestillt hatte! Die gebratenen Fische waren zudem köstlich gewesen.

Ein merkwürdig friedvolles Gefühl überkam Andrew, als er da mit Baralong am Feuer saß, der genüsslich an seinem mit Tabak vollgestopften Eisenrohr sog. Die Regenwolken hatten sich schon vor Stunden verzogen und über ihnen leuchtete das Kreuz des Südens am klaren Nachthimmel.

»Du hast einmal gesagt, dass ein jeder eines Stammes Hüter eines Traumes, eines Traumpfades ist«, brach Andrew das Schweigen.

Baralong nickte. »So haben es uns die Ahnen aus der Traumzeit aufgetragen.«

»Wenn du aber der Letzte deiner Sippe bist, was geschieht dann mit deinen Traumpfaden, wenn du einmal nicht mehr bist?«

»Es wird meine letzte Aufgabe sein, das Wissen um diese Traumpfade einem benachbarten Stamm zu übergeben«, lautete Baralongs Antwort und Trauer schwang in seinen Worten mit. »Ich werde die Ältesten des Wonnarua-Stammes in unser geheimes Wissen einweihen und sie werden nach meinem Tod die Traumpfade meiner ausgestorbenen Sippe übernehmen, an ihre Leute weitergeben und dafür sorgen, dass die Träume und damit die Schöpfung erhalten bleiben.«

»Was genau ist diese Traumzeit überhaupt, die du schon so oft erwähnt hast?«

»In der Traumzeit wurde die Welt erschaffen.«

»Kannst du mir davon erzählen?«, bat Andrew.

Baralong blickte nachdenklich zu ihm hinüber, als überlege er die Ernsthaftigkeit, die hinter dieser Bitte steckte. Dann nickte er bedächtig.

»Gut, ich will dir den Sternentraum erzählen, von der Zeit, als das Volk unserer Ahnen in Raum und Zeit die Ebenen, Berge und Wüsten durchquerte und uns ihre

Traumpfade hinterließ, bevor unsere Ahnen sich in Sterne verwandelten«, sagte er, blies Rauch durch seine Nase und begann von jener urzeitlichen Epoche der Welt zu erzählen, die von den Aborigines Traumzeit genannt wurde.

Den Erzählungen Baralongs nach begann alles, als die Erde flach war und ein riesiges Windsegel vom Himmel flatterte. Es legte sich über das Land und wurde zu Hügeln, Ebenen und Bergen. Zur selben Zeit stürzte etwas Gewaltiges, das größer und heller als ein Komet war, auf die Erde und ließ alles Licht verlöschen. Finstere Nacht brach über die Welt herein. Und dieser Nacht entstieg das Volk der geweihten Männer, die auch Heroen und Urwesen genannt wurden.

Die Sonne kehrte nun wieder zurück und warf ihr Licht über die neu erwachte Welt, in der die Kinder der Sterne zu tanzen begannen. Sie hüpften, warfen Arme und Beine hin und her und schlugen sich auf die Schenkel. Da wuchsen Zweige an ihren Füßen und wurden zu riesigen Ruten und Gewächsen, die hoch über ihren Köpfen rauschten. Am Himmel sahen sie andere Sternenvölker, die schon ihre Spuren auf einem Pfad hinterlassen hatten. Es waren der Orion und seine Töchter, die Plejaden, so der Name, den die Weißgesichter später diesen Sternen geben sollten. Sie hatten den unbesiegbaren Traum hinterlassen, der sich auf Erden unendlich oft mit den Töchtern des Orion vermählt hatte und ihnen befahl, die Töchter, die sie ihm schenkten, zu töten.

Die Baummänner des Sternentraumes hatten dagegen weder Frauen noch Töchter. Singend streiften sie durch das Land, und mit den Worten, mit denen sie ihre Vergangenheit und die Zukunft besangen, sanken Geistsamen in die Erde. Auf diese Weise säten sie Bilder aus, die sich in

Eukalyptusbäume und Flüsse oder in Kindergeister verwandelten.

Sie schlugen ihr Lager an einem Hügel auf, der vom Himmel gefallen war, und träumten von der Reise in ferne Gebiete, in die sie sich aufmachen wollten. In ihren Träumen begegneten sie den Frauen des Grabstocktraumes, dem unverheirateten Volk der Tänzerinnen. Auch sie durchwanderten die Erde, streuten Kindergeisterbilder und ließen überall dort, wo sie Stöcke pflanzten, Akazien wachsen.

Eines Tages, als die Männer des Sternentraumes auf die Jagd gegangen waren, fanden die Frauen bei ihrer Rückkehr eine Schnur und ein Band aus gesponnenen Haaren. Ein Heroe des Warantraumes hatte sie aus den Haaren gemacht, die er den Männen abgeschnitten hatte. Diese neuen Dinge verlockten die Grabstockfrauen, und um sie zu besitzen, waren die Frauen bereit, ihr Wissen zu enthüllen. Sie gaben sich den Männern hin und überließen ihnen die Vorrechte der Speerjagd und der geheimen Weihezeremonien.

In jener Zeit gab es keine Heiratsregeln, und so gerieten die Frauen bald in Streit, wie sie die Männer aufteilen sollten. Manche wollten sie gemeinsam besitzen, andere setzten sich jedoch mit ihrer Vorstellung durch, dass jede den ihren bekäme. So zogen denn Männer und Frauen paarweise ein Stück Weges, bis sie zu den Orten kamen, wo die Kindergeister in Büschen und Bäumen warteten, und die Frauen gebaren Mädchen und Jungen. Da tanzten und sangen sie und dabei entstanden die tiefen Mulden und Höhlen auf der Erde.

Die Kinder wuchsen heran. Mit den von Waran erhaltenen Bändern geschmückt, tanzten die Mütter die Speer- und Schildzeremonie, damit ihre Söhne zu Männern wurden und Frauen bekamen und von diesen wieder eigene Söhne und Töchter. Dann streckten sie die Arme gen Osten und zogen weiter. Sie durchquerten eine Welt aus Wüsten, Ebenen und Bergen und verschwanden dann singend unter der Erde. Die Macht der Stimme der Nacht, der gelbe Ocker, der Grabstock, der Waran, der unbesiegbare Traum und alle anderen Urwesen atmeten nicht mehr. Ihre Kraft erlosch.

Unter der Erde und im Himmel träumten die Wesen aus Raum und Zeit der Träume weiter. Sie träumten das Leben der Männer und Frauen mit der schwarzen Haut, die seit Jahrtausenden über die von den Traumwesen geschaffene Welt zogen. Mit den Namen, die sie den von ihnen gestalteten heiligen Stätten gegeben hatten, hinterließen die sagenhaften Ahnen den Menschen ein umfassendes und höchst kompliziertes Gesetz aus Tänzen, Gesängen und Malereien. Seit dieser Zeit sangen und tanzten die Yapa, die Aborigines, und bemalten ihre Körper mit heiligen Bildern.

Die Kindergeister, gesät vom Traum der Sternenmänner und des Grabstocks, vom Traum des Warans, vom unbesiegbaren Traum und allen anderen Träumen, wohnten noch immer an den Wasserstellen, bei den Felsen und in den Bäumen. Sie fingen die Frauen, die sich ihnen näherten, und drangen in sie ein, um Mädchen und Knaben auf die Welt zu bringen, damit diese wie ihre Ahnen zu Hütern des Bodens und der Traumpfade wurden, Generation um Generation. Denn nur so ließ sich die Welt bewahren, die in der Traumzeit erschaffen worden war und in der an den heiligen Stellen noch immer die schöpferische Kraft der Traumwesen lebte . . .

Als Baralong geendet hatte, war Andrew von den Absurditäten und schwer vorstellbaren Urwesen aus dieser Welt, die *geträumt* worden war und durch *Träume* weiterhin am Leben erhalten wurde, ebenso verwirrt wie fasziniert. Was er gehört hatte, machte keinen Sinn, entbehrte jeder Logik und war in höchstem Maße wirr. Doch dann sagte er sich: Seit wann hatte die göttliche Schöpfung, in welcher Religion auch immer, etwas mit menschlicher Logik zu tun?

»Wenn ich dich richtig verstanden habe«, sagte Andrew nach einer Weile, »dann verkörpert ihr Yapa den Namen, Gesang und Traum eines bestimmten Traumwesens, den ihr durch eure Zeremonien am Leben erhaltet.«

»Wir sind das Gedächtnis der Erde und damit ihre Hüter. Die Traumwesen haben jedem von uns einen Teil vom Gedächtnis der Erde verliehen«, erklärte Baralong feierlich. »Wenn wir Menschen dieses Gedächtnis, das Vermächtnis unserer Ahnen, ignorieren oder vergessen, dann zerstören wir die Welt, die uns erschaffen hat und in der wir leben.«

Wir sind das Gedächtnis der Erde und ihre Hüter! Diesen aufwühlenden Gedanken, dem die Aborigines ihr ganzes Leben unterordneten, nahm Andrew mit in den Schlaf, als er sich auf seinem Nachtlager aus Moos und Grasbüscheln ausstreckte.

Zwölftes Kapitel

Zwei Tage später überquerten sie den letzten, westlichsten Bergzug der Blue Mountains.

Sie waren sehr früh an diesem Morgen aufgebrochen, nachdem sie sich die Reste des gebratenen Beuteltiers geteilt hatten, das Baralong am Abend zuvor erlegt hatte. Im Vergleich zu den hohen und wild zerklüfteten Höhenzügen, die hinter ihnen lagen, erschien Andrew dieser letzte Anstieg hoch auf den Bergrücken wie ein forscher Spaziergang. Der

Morgennebel hing in den Tälern und nahm sich im Licht der Dämmerung wie milchige Seen aus.

Der schwere Regen vor zwei Tagen hatte die Spuren der Katajuri weggewaschen, und damit war bei Andrew die Angst zurückgekehrt, dass Abby ihre Verletzung vielleicht nicht überlebt hatte. Er sorgte sich auch, ob es Baralong noch einmal gelingen würde, die Fährte der Sippe, die seine Frau verschleppt hatte, wieder aufzunehmen.

Doch von Verschleppung wollte Baralong nichts wissen. »Kein Yapa verschleppt ein Weißgesicht, und schon gar keine Frau«, versicherte er ihm. »Dafür ist die Sorge zu groß, dass ein Gubba die Geister auf den eigenen Traumpfaden verstimmen und Unglück über die Sippe bringen könnte.«

»Aber dennoch haben sie Abby mitgenommen, wie wir wissen«, entgegnete Andrew, dessen Gedanken sich in einem beklemmenden Teufelskreis aus Hoffnung und Angst bewegten.

»Sie müssen dafür einen wichtigen Grund gehabt haben.«

»Weil sie verwundet gewesen ist?«

Baralong schüttelte den Kopf. »Das allein hätte nicht gereicht. Es muss noch etwas anderes gewesen sein, doch frage mich nicht, was sie dazu veranlasst hat. Ich weiß es nicht, aber wir werden es erfahren, wenn die Zeit dafür gekommen ist.«

Eine gute Stunde später stießen sie in einem Waldstück auf eine Art Höhle. Hier fand Baralong Spuren eines Feuers, Knochenreste und gut erhaltene Abdrücke von einem besonders großen und schweren *coolamon*, die exakt mit denen identisch waren, denen sie bis zum Regen gefolgt waren.

»Hier hat deine Frau also noch gelebt«, folgerte Baralong. »Und wenn sie mit ihrer Verwundung schon so viele Tage durchgehalten hat, dann spricht einiges dafür, dass sie auch am Leben sein wird, wenn wir auf sie stoßen.«

Das war Balsam für Andrews gequälte Seele und stärkte seine Zuversicht. Er schritt gleich viel leichter aus. Welch eine seelische Erleichterung es doch war, dass Baralong wieder auf die Fährte der Katajuri gestoßen war und alles darauf hindeutete, dass Gott seine schützende Hand über Abby hielt!

Sie kamen aus dem Wald. Ein letzter Hang, der erklommen werden musste, dann hatten sie den Bergrücken erreicht – und vor ihren Augen lag im Licht der frühen Morgensonne das fremde Land, das sich westlich der Blue Mountains erstreckte.

Ich habe die Blue Mountains überquert! Wie viele Weiße haben vor mir dieses Land zu Gesicht bekommen? Vielleicht sind Abby und ich wirklich die ersten. Zumindest ist noch niemand zurückgekehrt und hat davon berichtet. Aber es ist auch nicht wichtig. Wir haben es geschafft. Wir haben es geschafft!

Andächtig schaute Andrew hinaus auf das sanft gewellte Hügelland, das von silbrigem und bläulichem Salzkrautgebüsch wie von einem Vlies überzogen wurde und sich in diesem sanften Gleichmaß wie ein Meer bis an den fernen Horizont dehnte. Ob Süden, Westen oder Norden, nirgendwo hinderten aufragende Bergzüge den Blick in die scheinbar grenzenlose Weite. Andrew bemerkte überall große Grasflächen und silbergrüne Baumgruppen. Die Landschaft hatte Ähnlichkeit mit dem Buschland der Kolonie, sah jedoch bedeutend fruchtbarer und verlockender aus.

»Was für ein wunderbares Land!«

»Ja, aber für ein Weißgesicht ist es auch ein sehr gefährliches Land«, sagte Baralong.

Das dämpfte Andrews fast euphorische Stimmung. »Gefährlich? Auf mich wirkt es vielmehr friedvoll und einladend«, erwiderte er.

»Diese Landschaft ist sanft und doch so heimtückisch für Weißgesichter und birgt eine ganz besondere Gefahr für euch – nämlich, dass nichts geschieht. Dass die Weite still und leer bleibt. Das frisst ein Loch in die Überheblichkeit der Weißen«, erklärte Baralong mehr versonnen als belehrend, als erinnere er sich an entsprechende Begebenheiten. »Da geht oder reitet der weiße Mann auf eine Baumgruppe oder einen Hügel zu und denkt: ›Da wird Schatten sein. Da kann ich mich ausruhen und dort wird auch Wasser nicht weit sein.‹ So denkt der weiße Mann. Aber wenn er dann an diesen Ort kommt, ist da nichts – weder Schatten noch sonst etwas, das zum Ausruhen einlädt. Der Wind bewegt die Blätter an den Ästen und das Gras bewegt sich, aber nirgends ein Tümpel oder eine Quelle. Und dabei hat es doch vor kurzem erst geregnet! Also geht oder reitet der weiße Mann weiter, denn bei der nächsten Baumgruppe muss ja die Quelle auf ihn warten, wie er meint. Doch auch da ist nichts und so zieht er weiter, Stunde um Stunde, und die Landschaft sieht überall gleich aus, freundlich und hell und einladend, aber auch gleichgültig und für euch Weiße gesichtslos. Das ist ihre Grausamkeit. Kein Tier lässt sich blicken, weder auf der Erde noch in der Luft, und auch kein Mensch. Das Land erscheint dem weißen Mann so leer wie der Himmel.

So zieht er weiter und weiter, und der Brotbeutel wird leer und aus dem Wasserschlauch rinnt bald der letzte Tropfen in den durstigen Mund. Und nun ist die Katastrophe nicht mehr weit. Denn was weiß ein Gubba schon davon, welches Kraut und welche Wurzeln genießbar sind und wo man Wasser unter dem Sand finden kann? Wir Yapa wissen, dass keine Vergeudung und kein Missgriff, keine Nachlässigkeit und keine Schwäche ungestraft bleiben, denn das haben uns unsere Ahnen aus der Traumzeit gelehrt. Sie führen uns auf den Traumpfaden auch im ödesten Land zu Wasser und Nahrung, und darum ist uns das Land heilig. Doch dem weißen Mann ist nichts heilig. Ihr baut Häuser auf den Schlafstätten unserer träumenden Ahnen, ihr fällt heilige Bäume und wollt alles besitzen. Doch kein Yapa und kein Weißer kann sich das Land untertan machen, auch wenn sich das mancher einbildet. Letztlich macht sich immer noch das Land den Menschen untertan. Und deshalb bringen Hochmut und Unwissen in diesem wunderschönen, einladenden Land jedem Weißen unweigerlich den Tod.«

Schweigend stand Andrew neben ihm. Er spürte die tiefe und traurige Wahrheit, die in Baralongs Worten zum Ausdruck kam. Und doch, dieses fremde und von Weißen noch nicht erforschte Land übte eine erregende Faszination auf ihn aus. Ob es Abby auch so erging?

Abby!

Andrew suchte in der weiten Landschaft nach einem Zeichen von Leben. Wo hatten die Katajuri Abby hingebracht? Wie lange mussten sie der Sippe noch folgen, um endlich auf sie zu stoßen?

Wo bist du, Abby? Spürst du, dass ich dir folge?

Andrews Blick verlor sich in der endlosen Weite, die tatsächlich so leer wie der Himmel wirkte.

DRITTES BUCH
TRAUMZEIT

Erstes Kapitel

Traum und Wirklichkeit verschmolzen zu einem wogenden Strom von Gedanken und Empfindungen, zu einem Fluss ohne Anfang und Ende, der von unzähligen Quellen gespeist wurde und keinem Ziel entgegenstrebte, sondern sich mal hierhin und mal dorthin bewegte.

Die Wiege.

Sie war wieder ein Kind, das in dem sonnendurchfluteten Zimmer ihres Elternhauses in der Wiege lag. Ihre Nanny sang sie in den Schlaf, während sie die Wiege sanft hin und her pendeln ließ.

Aber nein, sie saß auf der Schaukel im Garten hinter dem Haus. Auf und ab schwang die Schaukel mit ihr, höher und höher. Sie wollte dem Himmel entgegenfliegen, der voller Vögel und Stimmen war, und die Baumkronen tanzten mit ihr in einem munteren Rhythmus.

Ein Schiff trug sie über das Meer. Es ritt über die mächtigen Wogen. Wie ein Korken tanzte es auf und ab, schoss hinunter in tiefe Wellentäler, erkletterte im nächsten Moment die schäumende Spitze der nächsten Woge und streckte den Bug dem Himmel entgegen. Segel blähten sich und der Wind sang in der Takelage.

Das Bild zersprang. Ein Kaleidoskop von Farben stürzte auf sie ein, ging in eine Explosion von grellem Licht über und wurde zu einem schwarzen Meer, das sie hinab in die Tiefe zog, in der nicht einmal mehr eine Ahnung von Licht existierte.

Andrew!

Andrew?

Wer schrie da?

Wo war sie?

Die Schwärze riss auf wie Morgennebel im Sonnenlicht. Gestalten wie Wesen aus dem Schattenreich tauchten um sie herum auf. Hände griffen nach ihr.

War sie wieder im Kerker von Newgate? Wollte man ihr das letzte warme Kleidungsstück nehmen? Ohne ihren warmen Umhang würde sie den Winter in diesem eisigen, stinkenden Loch niemals überleben.

Doch warum brannte auf einmal die Erde unter ihr?

Und wieder der Schmerz. Wie flüssiges Feuer schoss er durch ihren Körper.

Ekelhafte Gerüche stiegen ihr in die Nase. Trinken, ja, trinken. Wohlige Wärme. Die Wellen des Schmerzes zogen sich zurück. Sie lag wieder in der Wiege.

Ja, schaukel mich, Nanny.

Schweben. Leicht wie eine Feder. Losgelöst vom eigenen Körper. Schweben durch die Nacht. Ohne Angst und ohne Schmerzen.

Feuer in der Dunkelheit.

Gesänge.

Ein tiefes Brummen unter klaren Sternen.

Dingos!

Nein, nicht! Tut mir nichts!

Grässliche Fratzen umkreisten sie. Abscheuliche Wesen. Gesichter mit roten, weißen und gelben Bemalungen beugten sich zu ihr hinunter. Ein durchdringender Geruch stach ihr in die Nase.

Andrew, hilf mir!

Warum nur war ihr so kalt?

Sie haben mich angeschossen, aber ich darf nicht aufge-

*ben. Ich muss weiter. Sie dürfen mich nicht finden! Wo ist
Greg Halston? Zehn Schritte. Immer nur bis zehn zählen. O
Gott, stehe mir bei! Dieser Schmerz, dieser wahnsinnige
Schmerz. Noch einen Schritt. Andrew. Andrew. Andrew.*

Nicht mehr gehen. Nur noch wiegen.

Ein Bett aus Moos.

Schlafen.

Nur noch schlafen.

Kein Schmerz. Keine Angst. Eine Nacht so weich wie
Samt.

Ja, wiege mich, Nanny, wiege mich in den Schlaf.

Stille. Dunkel. Frieden.

Zweites Kapitel

Das schmerzhafte Pochen in ihrer rechten Schulter war
das Erste, was Abby bewusst wahrnahm, als sie erwachte. Benommen lag sie da und hatte Mühe, Klarheit in
ihre Gedanken zu bekommen. Körper und Geist schienen
von einer seltsamen Trägheit befallen zu sein. Ihr war, als
stände sie unter der betäubenden Wirkung von Laudanum.
Aber was hatte es bloß mit dem Schmerz in ihrer Schulter
auf sich? Hatte sie sich im Schlaf verlegen oder hatte sie sich
bei der Farmarbeit...

Abby führte den Gedanken nicht zu Ende, denn in diesem
Moment setzte ihr Gedächtnis schlagartig ein. Die Erinnerungen stürzten wie eine Flut auf sie ein.

Die Fahrt mit Greg Halston nach *Dunbar.* Der Überfall
am Saunder's Creek durch die beiden Sträflinge. Ihr Fluchtversuch am Abend. Der Schuss. Ihr Versteck im Dickicht,

und dann ihr verzweifelter Versuch, trotz der schweren Verletzung im Schutz der Nacht möglichst weit weg vom Lager der Sträflinge zu fliehen.

Wie weit war sie gelangt, bis sie bewusstlos zusammengebrochen war? Und wie lange hatte sie hier besinnungslos gelegen?

Abby tastete nach ihrer Wunde – und fuhr erschrocken zusammen, als ihre Finger auf eine Art von Verband stießen, der um ihre Schulter und Brust gewickelt war. Sie konnte sich nicht daran erinnern, dass sie die Wunde verbunden hätte. Zudem bestand der Verband nicht aus Stoff, sondern die Streifen fühlten sich wie Fell an.

Fell?

In dem Augenblick setzte der Gesang ein.

Erschrocken fuhr Abby hoch. Dabei stieß sie mit dem Kopf gegen etwas, das raschelte und nachgab. Der stechende Schmerz, der dabei durch ihre Schulter fuhr, wurde von ihrer Verstörung ins Unterbewusstsein verdrängt.

Sie bemerkte nun, dass sie sich unter einer Art Unterstand aus Zweigen und Gras befand. Lichtschein drang durch das enge Flechtwerk, und sie sah schemenhafte Umrisse, die sich im Rhythmus der seltsamen Gesänge bewegten. Jetzt fielen auch hölzern klingende Trommeln und andere Musikinstrumente ein, die sie noch nie gehört hatte.

Angst packte sie.

Wo war sie?

Wer waren diese Menschen?

Abby kroch vorsichtig unter dem schrägen Unterstand hervor und spähte um die Ecke. Und was sie sah, ließ ihr das Blut in den Adern gefrieren.

Aborigines!

Über ein Dutzend Eingeborene, nackt wie Gott sie geschaffen hatte und von Kopf bis Fuß bemalt, vollführten einen wilden Tanz vor dem Feuer. Es waren Männer, die dort hin und her sprangen und dabei lange Speere über den Köpfen schwangen, als wollten sie sich damit jeden Augenblick gegenseitig abstechen. Auf der anderen Seite des Feuers saßen weitere Aborigines, vermutlich die Frauen und Kinder, die den Tanz der Männer mit rhythmischem Klatschen und Gesang begleiteten.

Fassungslos starrte Abby zu ihnen hinüber. Ihre Verstörung war so groß, dass sie einen Moment brauchte, um zu begreifen, dass die Schwarzen sie wohl bewusstlos gefunden und mit diesen Fellstreifen verbunden haben mussten.

Aber was bedeutete das? Konnte sie den Wilden vertrauen?

Abby erinnerte sich plötzlich an die Furcht erregenden Geschichten, die in der Kolonie über die Mordlust und Grausamkeiten der Eingeborenen kursierten. Vieles von dem, was in den vergangenen vier Jahren darüber erzählt worden war, hatte sie stets als Übertreibung empfunden. Dennoch vermochte sie sich nicht von der Furcht zu befreien, dass es ja reichte, wenn auch nur einiges davon wahr war.

Die Ungewissheit, was die Eingeborenen wohl mit ihr vorhaben könnten, war groß genug, um ihre Angst zu schüren. Was sollte sie jetzt bloß tun?

Abby überlegte fieberhaft. Mit ihrer Verletzung war sie kaum weiter als ein, zwei Meilen gekommen. Sie versuchte sich vor ihrem geistigen Auge ein Bild von jenem Teil der Kolonie zu machen, wo sie vor den Sträflingen geflohen war. Dass sie nach Westen geflohen war, daran konnte sie sich noch gut erinnern, denn sie war genau in die Richtung der untergehenden Sonne geflüchtet.

Wo lag die nächste Farm?

Lucknam Station!

Aber konnte sie es mit ihrer Verletzung überhaupt bis dorthin schaffen?

Behutsam richtete sich Abby auf. Sie fühlte sich schwach, aber erstaunlicherweise doch nicht so entkräftet, wie es eigentlich der Fall hätte sein sollen. Und was die Schmerzen in ihrer Schulter anging, so raubten sie ihr nicht die Sinne, sondern ließen sich ertragen.

Abby überlegte nun nicht mehr lange. Das Risiko, bei den Aborigines zu bleiben und ihnen ausgeliefert zu sein, schreckte sie zu sehr.

Langsam kroch sie vom Unterstand und damit auch vom Feuer mit den tanzenden Eingeborenen weg. Der Gesang schwoll an und klang in ihren Ohren wie eine Warnung. Ein Schauer lief ihr über den Rücken.

Nichts wie weg von hier!

Gerade wollte sie sich aufrichten, als sie links vor sich zwei Hunde sah, die im tiefen Schatten eines Busches lagen. Sie hoben nun den Kopf und schauten zu ihr herüber.

Dingos!

Abby erstarrte und ihr Herz raste wie verrückt. Dann erinnerte sie sich daran, dass die Aborigines stets Wildhunde mit sich führten, und sie machte sich selber Mut, indem sie sich sagte, dass diese Dingos an Menschen gewöhnt waren und dass sie von ihnen nichts zu befürchten hatte. Die Hunde hatten sie ja auch nicht angefallen, als sie unter dem Windschirm gelegen hatte.

»Bitte, bleibt liegen und bellt nicht!«, flehte Abby leise und schlich weiter nach rechts, weg von den Hunden, die sie nicht aus den Augen ließen. Doch sie blieben liegen und kläfften auch nicht.

Augenblicke später zwängte sie sich zwischen zwei Sträuchern mit dornigen Ästen hindurch. Nun war sie den aufmerksamen Blicken der Dingos entzogen und vom Feuer aus war sie auch nicht mehr zu sehen. Die Dunkelheit der Nacht umfing sie.

Abby war dankbar, dass Andrew ihr beigebracht hatte, sich nachts anhand der Gestirne zu orientieren, denn sonst hätte sie nicht gewusst, welche Richtung sie einschlagen sollte. Sie schaute zum Kreuz des Südens hoch. Der Nachthimmel war klar und fast wolkenlos, und es fiel ihr nicht schwer, die nordöstliche Richtung, in die sie sich halten musste, zu bestimmen.

Der fremdartige Gesang der Eingeborenen begleitete sie noch sehr lange, und sie hoffte, dass die Schwarzen noch die ganze Nacht hindurch tanzten und sangen. Denn je länger ihnen verborgen blieb, dass sie aus ihrem Lager geflohen war, desto größer wurde ihr Vorsprung – und damit ihre Chance zu entkommen.

Ob die Aborigines ihre Verfolgung aufnehmen würden?

Die Angst, dass dies der Fall sein konnte, trieb sie an und ließ sie die Zähne zusammenbeißen. Denn schon bald gewann das schmerzhafte Pochen in ihrer Schulter an Stärke. Immer wieder war sie versucht sich zu Boden fallen zu lassen und sich eine Rast zu gönnen. Doch sie fürchtete, dann nicht mehr die Kraft zu finden, um wieder aufzustehen und den nächtlichen Marsch fortzusetzen.

Lucknam Station konnte nicht mehr als sechs, sieben Meilen entfernt sein. Und auch wenn sie noch so schwach war und immer langsamer vorankam, diese Strecke musste sie einfach schaffen! Bei Tagesanbruch musste sie die Farm erreicht haben. Sie fand einen trockenen Ast, den sie als Stock benutzte, um sich abstützen zu können.

Immer wieder sah sie zu den Sternen hoch, um sich zu vergewissern, dass sie die richtige Richtung beibehielt. Sie erinnerte sich an Geschichten von Kolonisten, die sich in der Wildnis verirrt hatten und im Kreis gelaufen waren. Das durfte ihr nicht passieren!

Abby dachte an Greg Halston. Sie hoffte inständig, dass ihm die Flucht gelungen war. Sie hatte keinen zweiten Schuss gehört. Vielleicht hatten die Sträflinge weder Pulver noch Blei für einen zweiten gehabt. Wenn Halston ihnen im Schutz der Dunkelheit entkommen war, dann war mit einem Suchkommando und baldiger Hilfe zu rechnen. Sie musste nur durchhalten!

Schmerzen und körperliche Schwäche zehrten jedoch immer mehr an ihrer Willensstärke. Sie versuchte sich in Gedanken an Andrew zu flüchten. Ihr Liebe musste ihr doch die Kraft geben, die Tortur zu ertragen und Lucknam Station zu erreichen!

Für eine Weile gelang ihr das auch. Doch dann schwanden Kraft und Zuversicht, und Verzweiflung stieg wie bittere Galle in ihr auf. Jeder Schritt kostete Überwindung und die Einsamkeit der Nacht und die Angst drückten auf ihre Seele wie eine Tonnenlast.

Tapfer setzte sie sich gegen die verlockende Stimme in ihr zur Wehr, die ihr einredete, sich doch nicht weiter zu quälen und sich einfach in den warmen Sand unter ihren Füßen sinken zu lassen. Sie suchte Zuflucht im Glauben und besann sich der Psalmen. Mit schwacher, zitternder Stimme sang sie die religiösen Lieder, während sie durch die Nacht nach Nordosten taumelte.

»Zu dir rufe ich, Herr, mein Fels. Wende Dich nicht schweigend von mir ab ... Denn wolltest Du schweigen, würde ich denen gleichen, die längst begraben sind ... Hör mein lautes Flehen, wenn ich zu Dir schreie . . . Der Herr ist meine Kraft und mein Schild . . . mein Herz vertraut ihm . . . Mir wurde geholfen. Da jubelte mein Herz, ich will ihm danken mit meinem Lied . . .«

Doch die Schmerzen fielen sie mit wachsender Wut an, und als sie über eine Baumwurzel stolperte und in den Sand stürzte, schien sie das Ende ihrer Kraft erreicht zu haben.

»Nur eine Atempause . . . nur eine kurze Atempause«, keuchte sie. »Nur einmal bis hundert zählen. Dann gehe ich weiter.«

Ihr Zählen wurde am Schluss immer langsamer. Als sie die Hundert erreicht hatte, zwang sie sich jedoch, wieder aufzustehen und den quälenden Marsch fortzusetzen.

So willensstark sie auch war, ihr Körper verlangte in immer kürzeren Abständen nach einer Ruhepause. Dann hockte sie am Boden, gegen einen Stein oder Baumstamm gelehnt, hörte ihr Herz rasen und lauschte in die Nacht. Und wenn die Ruhepausen auch immer länger wurden, so zwang sie sich doch immer wieder auf die Beine.

Die Nacht schien kein Ende nehmen zu wollen. Endlich aber begann die Schwärze einem grauen Licht zu weichen. Das Buschland gewann mit dem zögerlichen Licht des neuen Tages an Kontur, so als stiege es aus einem Meer an die Oberfläche.

Abby befand sich in einem tranceähnlichen Zustand, hervorgerufen von Erschöpfung und Schmerzen. Wie blind taumelte sie durch einen kleinen Hain von Eukalyptusbäumen, als die Sonne aufstieg.

Als die Bäume vor ihr zurückwichen und den Blick wieder auf die wellige Weite der Buschwildnis freigaben, war es richtig hell geworden, und sie sah am fernen Horizont die gezackte Linie der Blue Mountains.

Bestürzung überkam sie.

Sie war die ganze Zeit nach Westen gelaufen!

Im nächsten Moment folgte auf die Bestürzung eisiges Entsetzen, als ihr bewusst wurde, dass die Sonne dort über den Bergen aufstieg. Aber das konnte doch unmöglich sein! Nirgendwo auf der Welt stieg die Sonne im Westen auf! Die Sonne ging hinter den Blue Mountains unter, aber sie ging doch dort niemals auf!

Mit letzter Kraft wankte Abby aus dem Schatten der Bäume, fuhr sich über die schmerzenden Augen und sagte sich, dass sie unter Halluzinationen leiden musste. Die Sonne ging im Osten auf! Immer und ewiglich! Nichts konnte dieses Naturgesetz ändern!

Die Erkenntnis traf sie plötzlich und wie ein brutaler Schlag, der alle Hoffnungen zerstörte.

Die Sonne ging im Osten auf. Nichts hatte sich daran geändert. Aber das bedeutete, dass sie sich westlich der Blue Mountains befand, *auf der anderen Seite!* So unvorstellbar dies auch sein mochte und so sehr sie sich auch dagegen wehren wollte, es gab keine andere Erklärung. Sie war nicht mehr in New South Wales, sondern die Kolonie lag jenseits dieser doch unüberwindlich geltenden Bergkette.

Die Aborigines hatten sie verschleppt! Über die Berge, wo sie niemand suchen und niemand finden würde!

Mit einem gellenden Schrei, mit dem sie ihr grenzenloses Entsetzen und ihre Hoffnungslosigkeit in den neuen Tag hinausschrie, brach Abby zusammen.

Sie versank in eine Taubheit, die zwischen Besinnungslosigkeit und Schlaf lag.

»Was hast du dir bloß dabei gedacht?«

Eine Stimme, die ihr fremd und merkwürdig bekannt zugleich klang, holte Abby aus ihrem Dämmerzustand zurück in die Wirklichkeit. Sie hob den Kopf und blinzelte in das helle Sonnenlicht.

Über ihr ragten vier, fünf nackte Gestalten auf. Schwarze. Frauen. Mit verschlossenen Mienen blickten sie Abby an.

»Tu das bloß nicht noch einmal!«, sagte die Stimme, die Abby so seltsam bekannt vorkam, mit deutlichem Zorn.

Abby wandte den Kopf nach links – und sah in ein von Brandnarben gezeichnetes Gesicht.

Nangala!

Drittes Kapitel

Nangala und die sie begleitenden Frauen brachten Abby ins Lager zurück, ohne sich um ihre schwachen Proteste zu kümmern. Sie trugen sie auf einer primitiven Trage, dessen Kernstück aus einer großen Holzschale bestand. Sie war an zwei lange Äste gebunden, die am oberen Teil ein dichtes Flechtwerk aus einer Art Binsen aufwies und auf dem Abbys Kopf ruhte. Das Fell, das man ihr zusätzlich unter den Kopf geschoben hatte, stank entsetzlich.

»Warum tut ihr das?«, fragte Abby die junge Eingeborenenfrau Nangala, die neben ihr herging. »Warum habt ihr mich über die Berge verschleppt?«

»Wir haben dich nicht verschleppt«, antwortete Nangala mit ärgerlichem Tonfall.»Die Katajuri haben sich deiner angenommen, sonst wärst du gestorben!«

»Katajuri?«

»Eine mit uns Katajunga verwandte Sippe.«

»Du sprichst unsere Sprache und du sprichst sie gut!«

»Ja«, antwortete Nangala knapp.

»Warum hast du dann nicht mit mir gesprochen, als du bei uns auf der Farm warst?«

»Du fragst zu viel. Schweig jetzt!« Nangala wandte sich von ihr ab und übernahm die Spitze der kleinen Kolonne.

Die anderen Eingeborenenfrauen verstanden kein Wort von dem, was Abby zu ihnen sagte, und so gab sie es bald auf, mit ihnen reden und sie zu Antworten auf ihre drängenden Fragen bewegen zu wollen. Sie war entkräftet und verstört, und sie kam zu dem Schluss, dass ihr nichts anderes übrig blieb, als sich in ihr Schicksal zu ergeben. Allein die Tatsache, dass Nangala, der sie auf *Yulara* das Leben gerettet hatte, zu dem Stamm gehörte, dämpfte ihre Angst.

Nach etwa drei Stunden erreichten sie das Lager, und dieser verhältnismäßig kurze Marsch führte Abby nachdrücklich vor Augen, wie gering die Strecke gewesen war, die sie auf ihrer nächtlichen Flucht hinter sich gebracht hatte.

Im Lager der Katajunga schenkte niemand Abbys Rückkehr besondere Aufmerksamkeit. Nicht einmal die Kinder liefen herbei. Es schien, als wäre die Gegenwart einer Weißen im Kreis dieser etwa dreißig Personen umfassenden Sippe nichts Außergewöhnliches und daher auch keiner besonderen Beachtung wert.

Dass man Abby dennoch eine besondere Stellung in ihrer Gesellschaft zumaß, erkannte sie daran, dass der Windschirm, in dessen Schutz die Frauen sie brachten, sich ein gutes Stück abseits von den anderen befand.

Abby war froh, als der Schatten des Unterstandes aus Gras und Zweigen auf sie fiel. Denn mittlerweile brannte die Sonne unbarmherzig vom Himmel.

Die Frauen entfernten sich wortlos, doch Nangala blieb

bei ihr. Und noch bevor Abby eine Frage stellen konnte, sagte sie: »Gleich wird Coonoluk kommen und die Dämonen bekämpfen, die noch in deinem Körper hausen.«

»Wer ist Coonoluk?«

»Er ist der *wirrinun*, der Medizinmann der Katajunga.«

»In mir hausen keine Dämonen, Nangala. Mich hat die Kugel eines Sträflings getroffen!«

»Dann haben die Dämonen sie gelenkt«, beharrte sie. »Jede Krankheit ist ein Zeichen, dass Dämonen am Werk sind. Dort kommt er. Du wirst still sein und seine Zeremonie nicht durch Fragen stören.«

Ein alter Mann mit starker Körperbemalung kam zu ihr, und Nangala zog sich respektvoll zurück. Der Medizinmann hockte sich nicht zu ihr, sondern beugte sich auf eine merkwürdige Art zu ihr hinunter, indem er bei steifen Knien in der Hüfte einknickte und dabei mit dem Oberkörper fast die Erde berührte. Er holte aus einem Fellbeutel zusammengebundene Gräser und Kräuter und eine Kette, die aus Tierknochen bestand. Damit rasselte er über ihrem Kopf, ließ sie über ihrem Körper pendeln und vollführte merkwürdige Gesten. Begleitet wurden diese Handlungen von Beschwörungsformeln, die in einem an- und abschwellenden Singsang über seine Lippen kamen.

Abby wagte nicht sich zu rühren. Und immer wieder hielt sie den Atem an und zwang sich, nicht wegzuzucken, wenn die Knochen über ihr Gesicht strichen und ihre Haut berührten. Endlich legte er Kette und Grasbündel in den Beutel zurück und öffnete den Verband, um einen Blick auf die Wunde zu werfen.

Abby verdrehte die Augen, um selbst einen Blick auf ihre Verletzung zu erhaschen. Sie sah aufgebrochenen Schorf und wundes Fleisch am Ansatz ihrer rechten Brust. Daraus folgerte sie, dass die Kugel, die sie ja von hinten getroffen hatte, ihren Körper durchschlagen hatte und vorn wieder herausgetreten war.

Auf einen Wink des Medizinmannes erschien Nangala wieder im Schatten des Wind- und Sonnenschirmes. Der Schamane redete mit ihr und holte aus dem Fellbeutel eine handgroße, runde Frucht, die wie eine Riesennuss aussah. Sie war innen ausgehöhlt und diente als Gefäß, das er nun Nangala reichte. Dann kehrte er zu den Männern seiner Sippe zurück.

Als Nangala sich zu ihr hockte, sah Abby, dass das Gefäß eine dickflüssige, grünschwarze Flüssigkeit enthielt. Sie hoffte, das nicht trinken zu müssen.

»Was ist das?«, wollte sie wissen.

»Ein Sud aus Heilkräutern. Halte still!«

Ein stechender, brennender Schmerz durchfuhr Abby, als Nangala den Sud auf ihre Wunde tröpfelte und mit einer Art Holzlöffel verstrich. Sie biss die Zähne zusammen, konnte jedoch nicht verhindern, dass ihr Tränen in die Augen traten.

»Ich weiß, es schmerzt, aber es geht bald vorbei«, versicherte Nangala mit nun etwas versöhnlicherem Tonfall, als sie sah, wie sich Abbys Körper unter dem brennenden Schmerz anspannte.

»Erzähl mir, warum die Katajuri mich nicht meinem Schicksal überlassen haben, bitte!«

»Sie haben dich unter einem heiligen Baum gefunden. Niemand, der nicht unter dem Schutz der Ahnen steht, hätte es gewagt, sich dort in den Schatten zu legen. Aber da du ein Weißgesicht bist, hätten sie sich dennoch nicht weiter um dich gekümmert, wenn du nicht mein Amulett mit der Haut der Goanna-Eidechse um den Hals getragen hättest«, sagte Nangala und berührte den kleinen Stein mit den Federn, den Abby noch immer um den Hals trug. »Da haben sie gewusst, dass du unter dem Schutz der Katajunga und des Goanna-Eidechsen-Traums stehst.«

»Eidechsentraum?« Abby sah sie verständnislos an, während der Schmerz langsam abebbte.

»Ja, der Eidechsen- und Fledermaustraum sind für uns Katajunga die wichtigsten Träume, die uns unsere Ahnen in der Traumzeit hinterlassen haben.«

Abby konnte mit diesen Träumen, von denen Nangala sprach, wenig anfangen. Zu einer anderen Zeit hätte sie nachgefragt, doch im Augenblick bewegten sie ganz andere Sorgen.

»Und diese mit euch verwandte Sippe hat mich über die

Berge gebracht?«, fragte sie, und obwohl die Tatsachen für sich sprachen, vermochte sie noch immer nicht recht zu glauben, dass sie sich westlich der Blue Mountains befand.

Nangala nickte. »Sie kennen unsere Traumpfade und wussten, an welchen *billabongs,* welchen Wasserstellen wir unser Lager aufschlagen. Seit vier Tagen bist du bei uns.«

»Und wann haben mich die Katajuri gefunden?«

»Sechs Tage, bevor sich die Traumpfade der Katajuri mit denen der Katajunga gekreuzt haben.«

Abby erschrak. »Dann sind ja schon zehn Tage vergangen!«, stieß sie hervor. »Und ich habe an nichts eine Erinnerung!«

»Du warst sehr krank.«

»O Gott, Andrew wird vor Sorge um mich nicht mehr ein noch aus wissen. Bestimmt haben mein Mann und seine Familie schon nach mir gesucht. Und da sie mich nicht gefunden haben, werden sie mich für tot halten!«, stieß Abby entsetzt hervor.

»Du wirst leben«, sagte Nangala schlicht.

»Ihr müsst mich so schnell wie möglich wieder zurück über die Berge bringen!«, verlangte Abby.

»Ja, wenn die Zeit dafür gekommen ist.«

»Was willst du damit sagen?«

»Dass wir dich erst nach der *corroborree* bei Tiheri Maamu Kuran zurückbringen können.«

»Ich verstehe kein Wort«, sagte Abby verstört.

Nangala lächelte nachsichtig. »Eine *corroborree* ist eine Zeremonie, mit Tänzen und Darstellungen und Gesang«, erklärte sie. »Und Tiheri Maamu Kuran bedeutet in eurer Sprache so viel wie ›Ort, so heilig, dass man seinen Namen nicht einmal in den Mund nehmen darf‹. Und dort, an diesem Ort, feiern wir Katajunga das Frühjahrsvollmondfest, das Fledermaus- und Eidechsenfest. Es ist die wichtigste *corroborree* auf unseren Traumpfaden. Erst danach können wir dich zu deinem Volk der Weißgesichter zurückbringen.«

»Und wann wird das sein?«, fragte Abby beklommen.

»In ein, zwei Wochen, aber so genau weiß das nur der Rat der Stammesältesten.«

Bestürzt sah Abby sie an. »Ein, zwei Wochen?... Ja, aber... das... das ist ganz unmöglich!«, stieß sie hervor. »Andrew wird sich zu Tode grämen! Ihr müsst mich eher zurückbringen!«.

Nangala schüttelte den Kopf. »Nein, das ist erst nach dem *corroborree* möglich.«

»Aber ihr habt mich verschleppt! Niemand hat mich gefragt, ob ich zu euch über die Berge wollte!«, sagte Abby zornig. »Es ist eure Pflicht, mich zu meinen Leuten zurückzubringen!«

Nangalas Gesicht nahm einen verschlossenen Ausdruck an. »Wäre es dir lieber, die Katajuri hätten dich unter dem Baum liegen und sterben lassen?«

»Nein«, antwortete Abby, »aber...«

»Dann finde dich auch damit ab, dass du erst nach dem *corroborree* den Rückweg antreten kannst!«, beschied Nangala sie, erhob sich und ließ sie allein.

Ohnmächtiger Zorn, in den sich auch ein wenig Angst mischte, tobte in Abby. Sie wusste in ihrem Innersten, dass es ungerecht war, Nangala und ihrer Sippe Vorwürfe zu machen, und dass sie vielmehr Grund hatte, ihnen dankbar zu sein. Doch sie war zu aufgewühlt und fühlte sich so einsam und hilflos, dass ihr die Tränen kamen. Andrew würde schon ihren Tod betrauern und diese Vorstellung war ihr unerträglich.

Aus der Krone einer jungen Akazie unweit ihres Windschirmes kam das laute Geschnatter eines Vogels. Es war ein Kokaburra, dessen Stimme eine erstaunliche Ähnlichkeit mit menschlichem Gelächter hatte. Aus diesem Grunde nannten die Kolonisten ihn auch Lachvogel.

Abby hatte das Gefühl, als gelte das Gelächter ihr. Dieser Kokaburra machte sich über ihre Verzweiflung lustig! Das hatte ihr zu allem Unglück noch gefehlt.

Sie beugte sich vor, sah zum Baum hoch und äffte den Vogel nach. »Was gibt es da zu lachen? Mach dich bloß nicht über mich lustig!«, rief sie ihm erbost zu.

Augenblicklich wurde es still im Lager. Frauen, Männer und Kinder erstarrten. Bestürzung, ja fast Angst trat auf ihre Gesichter. Dann setzten die Stimmen wieder ein, aber ihr Ton war gedämpft und sehr aufgeregt, und der Medizinmann wühlte hastig in seinem Beutel.

Abby bekam eine Gänsehaut. Sie wusste nicht, was sie getan hatte. Doch es war ganz offensichtlich, dass ihr Tun die gesamte Sippe in einen Zustand angsterfüllter Verstörung versetzt hatte.

Nangala kam angelaufen. »Tu das nie wieder!«, herrschte sie Abby an.

»Mein Gott, was habe ich denn getan?«

»Du hast den Kokaburra nachgemacht!«

»Ja, aber...«

Nangala fiel ihr mit düsterer Miene ins Wort. »Damit hast du meine Sippe in Angst und Schrecken versetzt, denn für sie hast du mit dem Nachahmen möglicherweise ein großes Unglück heraufbeschworen!«

Abby erhielt von ihr jedoch keine Erklärung, welcher Art das Unglück sein würde. Sie wusste auch nicht, was sie getan hatte, fühlte sich aber dennoch schuldbewusst.

Eine Lähmung schien die Eingeborenen erfasst zu haben, die Stunde um Stunde anhielt. Das Lachen im Lager war verstummt, und soweit Abby es beurteilen konnte, wurden nur noch die allernotwendigsten Handgriffe getan.

Nangala konnte sie auch nicht fragen, denn sie hielt sich fern von hier. Ein Aborigine-Mädchen, das so alt wie Sarah sein mochte, brachte ihr mehrmals am Tag Wasser und auf einem Stück Baumrinde einen merkwürdigen Brei. Abby wollte ihn erst nicht essen, doch sie hatte Hunger, und mit Erstaunen stellte sie fest, dass dieser Brei recht gut schmeckte.

Als die Dunkelheit einsetzte, begannen die Eingeborenen zu tanzen und zu singen. Dabei hatte der Medizinmann der Sippe ganz eindeutig die Leitung. Er war auch der Einzige, der sich zwischendurch keine Ruhepause gönnte – und diese kultischen Tänze und Gesänge dauerten die ganze Nacht hindurch an, bis zur Morgendämmerung.

Als der neue Tag anbrach und die Sonne hinter den Bergen am Himmel emporstieg, veränderten sich Tanz und Gesang. Eine fast ekstatische Freude befiel die Aborigines, und wenn Abby auch kein einziges Wort verstand, so entnahm sie doch den Gesten und den lachenden Gesichtern, dass der aufsteigende Sonnenball sie von ihrer Angst befreit hatte.

Kurz darauf erschien Nangala bei Abby und setzte sich mit einem schweren Seufzer der Erleichterung zu ihr.

»Es ist noch einmal gut gegangen. Ich hätte es mir denken können. Immerhin bist du ein Weißgesicht und kannst davon ja nichts wissen«, sagte sie zugänglich, als müsste sie sich dafür entschuldigen, dass sie sich so lange von ihr fern gehalten hatte.

»Ich weiß immer noch nicht, warum es ein großer Frevel ist, den Kokaburra nachzuahmen«, sagte Abby.

»Das hat mit einer Geschichte aus der Traumzeit zu tun.«

»Erzählst du sie mir, damit ich weiß, was ich falsch gemacht habe?« Abby sah sie bittend an.

Nangala nickte. »Damals, als die Welt noch ganz jung war, gab es noch keine Sonne, die jeden Tag aufging. Alle Tiere mussten deshalb im schwachen Mondlicht auf Nahrungssuche gehen. In dieser Zeit gerieten eines Tages die Emufrau und die Kranichfrau in einen erbitterten Streit. Sie saßen in ihren Nestern auf ihren Eiern, und eine jede behauptete, dass sie die schönsten Küken haben würde. Die Emufrau war sehr wortgewandt und darüber geriet die Kranichfrau noch mehr in Zorn. Sie flog zum Nest ihrer Rivalin hinüber, stahl eines ihrer Eier und schleuderte es in ihrer Wut gegen den Himmel. Das Ei flog und flog und flog, bis es an einem Stapel von Holzscheiten zerplatzte, die das Himmelsvolk gesammelt hatte. Dabei flammte das Eidotter auf und entfachte ein riesiges Feuer. Sein Licht ließ zum ersten Mal die Welt in ihrer Schönheit erstrahlen. Als das Himmelsvolk die Welt unter sich im Licht sah, beschloss es, dass die Bewohner auf der Erde nun zusätzlich zur Dunkelheit der Nacht auch noch das strahlende Licht des Tages haben sollten.«

»Sehr schön, aber was hast das mit dem Kokaburra zu tun?«, fragte Abby.

»Das kommt jetzt«, antwortete Nangala und fuhr dann fort: »Das Himmelsvolk sammelte deshalb Holz und entzündete es, sobald der Morgenstern erschien. Nur hatte dieser Plan einen Nachteil. Denn wenn Wolken am Himmel waren, konnte man den Stern nicht sehen, und dann zündete auch niemand das Himmelsfeuer an. Nach langer Beratung bat das Himmelsvolk den Vogel Kokaburra wegen seiner kräftigen Stimme, jeden Morgen zu rufen. Wenn das schallende Gelächter dieses Vogels zum ersten Mal am Morgen zu hören ist, gibt das Himmelsfeuer nur wenig Hitze und Licht ab. Doch wenn der riesige Stapel Holz gegen Mittag lichterloh brennt, ist die Hitze am stärksten. Danach beginnt das Feuer herunterzubrennen und bei Sonnenuntergang bleibt nur noch wenig Glut an der Feuerstelle des Himmels übrig, und die reicht gerade noch, um den westlichen Horizont zu färben.

Bei uns Schwarzen ist es streng verboten, den Ruf des Kokaburra nachzuahmen, denn es könnte den Vogel so beleidigen, dass er für immer schweigt. Und dann würden sich wieder ewige Dunkelheit und Nacht über die Erde und ihre Bewohner ausbreiten.«

Abby gefiel die bildreiche Fabel, und sie bedauerte jetzt, Nangalas Sippe unwissentlich in eine solche Angst versetzt zu haben.

Nangala konnte nun darüber lachen. »Wir haben alle fest darauf vertraut, dass der Kokaburra sich niemals von einem Weißgesicht beleidigt fühlen würde, der nichts von der Traumzeit und den Traumpfaden versteht und auch nicht weiß, dass wir uns mit den Tieren der Erde so verwandt fühlen wie ihr mit den Angehörigen eurer Familie.«

Ohne zu ahnen, dass Andrew wenige Tage später dieselbe Frage seinem eingeborenen Führer Baralong stellen würde, fragte Abby nun Nangala nach der Traumzeit und was es mit den Traumpfaden auf sich hätte. Sie erfuhr die Geschichte vom Sternenvolk, den halb menschlichen Ahnen aus der Schöpfungszeit, die während ihrer Wanderungen alles schufen, womit die Ureinwohner tagtäglich zu tun hatten. Nangala erzählte ihr auch, dass die Mythen dieser Traumzeit als absolute Wahrheit und Antwort auf alle Fragen des Lebens angesehen wurden.

»So wie es in der Traumzeit war, so muss es auch heute getan werden, und diesen Regeln der Traumpfade müssen alle gehorchen«, lautete Nangalas Zusammenfassung.

Abby unterhielt sich noch eine ganze Weile mit ihr über die ebenso verwirrende wie faszinierende Welt, die Nangala ihr da eröffnet hatte.

»Aber wie kommt es überhaupt, dass du so gut unsere Sprache sprichst?«, wollte sie dann wissen.

»Ich bin auf der Farm eines Weißgesichtes zur Welt gekommen und habe dort die ersten zwölf Jahre meines Lebens verbracht«, antwortete Nangala.

»Wie das?«

»Meine Mutter war einem alten Mann versprochen und sollte seine Frau werden«, berichtete Nangala. »Das ist bei uns so Sitte. Ein Mann nimmt, wenn er noch jung ist, oft eine ältere Frau zu seiner *lubra*. Später dann, wenn er die Mitte seines Lebens erreicht hat, wählt er sich eine Gleichaltrige aus. Im Alter dann wird ein ganz junges Mädchen seine letzte *lubra*, damit sie für ihn sorgt, wenn er nicht mehr auf die Jagd gehen kann. Oft führt das aber unter den jungen Männern zu bösem Blut. So war es auch bei meiner Mutter und meinem Vater. Meine Mutter wollte nicht die Frau dieses alten Mannes werden, obwohl sie ihm versprochen war. Sie wollte meinen Vater, der gerade die Riten und Mutproben bestanden hatte und im Kreis der jungen Jäger aufgenommen worden war. Deshalb ist sie mit ihm eines Nachts davongelaufen. Das war ein schwerer Verstoß gegen unsere Gesetze, und irgendwie sind sie zu dieser Farm gelangt und bei dem Weißgesicht geblieben. Sie sind zwar nie ganz glücklich gewesen, hatten jedoch Angst, zu ihrer Sippe zurückzukehren. Bis dann meine Mutter starb. Da hat mein Vater all seinen Mut zusammengenommen und ist mit mir zu unserem Volk zurückgekehrt. Nach langen Beratungen hat die Sippe ihn wieder aufgenommen, ihm als Strafe jedoch für drei Jahre ein Schweigegebot auferlegt.«

»Bist du denn froh, wieder bei deinem Volk zu sein?«, fragte Abby nach einer Weile nachdenklichen Schweigens.

Nangala nickte und sagte mit einem Lächeln: »Fische gehen an Land zugrunde und Adler können auf dem Meer nicht landen. Jede Pflanze und jeder Baum braucht seine ganz bestimmte Erde, um zu gedeihen. Meine Erde sind meine Sippe und die Traumpfade, die unsere Ahnen uns hinterlassen haben.«

Viertes Kapitel

Die Katajunga brachen ihr Lager kurz nach Sonnenaufgang ab, eine gute Stunde später als gewöhnlich, wie Abby von Nangala erfuhr. Die Windschirme, *mia* genannt, waren schnell abgebaut und die wenigen Habseligkeiten eingesammelt. Die Eingeborenen setzten ihre Wanderung nach Tiheri Maamu Kuran fort, das noch einige Tagesmärsche entfernt im Nordwesten lag. Und Abby musste sich mit ihrem Schicksal abfinden, die Sippe dorthin begleiten zu müssen.

Abby wurde an diesem Tag noch die meiste Zeit auf dem *coolamon* getragen, bestand jedoch darauf, zwischendurch auch mal eine Strecke zu Fuß zu gehen.

Sie war erstaunt, als sie sah, dass nicht die erwachsenen Männer die Vorhut bildeten, sondern die Kinder. Nangala erklärte ihr, dass jedes Mitglied der Sippe seine festgelegten Pflichten hatte. So war es Aufgabe der Kinder, bei den

Wanderungen voranzugehen, Knollen in der Erde aufzu-spüren und mit kleinen Steinen Kleintiere zu erlegen. Ein jedes Kind besaß ein gutes Dutzend haselnussgroße Steine und entwickelte schon in jungen Jahren eine unglaubliche Treffsicherheit im Werfen. Bemerkte es ein größeres Tier, das mit einem gezielten Wurf nicht zu erlegen war, blieb es reglos stehen und wartete, bis einer der erwachsenen Jäger herankam und mit Bumerang und Speer die Jagd aufnahm.

Ein Teil der Männer löste sich von der Sippe und zog in den Busch hinaus, um Emus, Kängurus oder anderes Wild zu jagen. Doch nicht immer war ihnen trotz ihrer unglaub-lichen Ausdauer Glück beschieden, und dann hing das Über-leben der Gemeinschaft von der Fähigkeit der Kinder und Frauen ab, genügend Grassamen, Larven, Käfer und essbare Knollen zu finden. Es erstaunte Abby und nötigte ihr gro-ßen Respekt ab, als sie hörte, dass alles, was gesammelt und erjagt wurde, unter der Sippe aufgeteilt wurde. So war es nichts Ungewöhnliches, dass einem Jäger, der ein Opossum oder ein Känguru erlegt hatte, selbst nur der geringste Teil seiner Beute blieb.

Abby hätte es gern gesehen, wenn Nangala die ganze Zeit an ihrer Seite geblieben wäre, denn sie war ja die Einzige, mit der sie reden konnte. Doch auch Nangala hatte ihre Aufgabe zu erfüllen, und so fand sie erst gegen Mittag, als sie eine Rast einlegten, wieder Zeit, mit ihr zu reden.

Es war ein ausgesprochen öder Flecken Erde, die sich die Katajunga für ihre Mittagsrast ausgesucht hatten, wie Abby fand.

Doch Nangala sagte: »Hier ist Wasser.«

Ungläubig sah Abby sich um. Sie konnte nichts als sandi-gen Boden entdecken. »Hier soll Wasser sein?«

»Ja, sieh dort!« Nangala wies zu zwei Frauen hinüber, die

am Boden hockten und in die Sandschicht mit Grabstock und einer kleinen *pitchi*, einer hölzernen Sammelmulde, ein etwa unterarmtiefes Loch gruben. Am Boden dieses Loches begann sich Wasser zu sammeln, das nun mit Hilfe von hohlen bambusartigen Röhrchen aus der Mulde gesogen und in Fellschläuche gefüllt wurde.

Abby vermochte kaum zu glauben, was sie da beobachten konnte. »Woran könnt ihr denn bloß erkennen, dass es an dieser Stelle unter der Erde eine Art Quelle gibt?«, wollte sie verwundert wissen.

»Dafür gibt es viele Anzeichen, etwa die Tönung der Erde oder eine bestimmte Art von Pflanzen oder Büschen, die an einer solchen Stelle wachsen.«

Abbys Staunen verwandelte sich mehr und mehr in Respekt und Bewunderung für die hohe Kunst des Überlebens, die die Eingeborenen entwickelt hatten, und für die Selbstverständlichkeit, mit der alles unter ihnen gerecht aufgeteilt wurde. Nangala gab zu, dass mancher zwar weniger beisteuerte, als er seinen Fähigkeiten nach eigentlich in der Lage war, aber das änderte nichts daran, dass auch diese Faulen unter ihnen denselben Anteil an der täglichen Ausbeute erhielten.

Als sie am Abend das Nachtlager aufschlugen, herrschte eine fröhliche Stimmung. Denn einer der Jäger war mit zwei Kängururatten zurückgekehrt. Die beiden kaninchengroßen Tiere wurden in einem Erdofen zubereitet. Dazu gruben die Aborigine-Frauen eine Grube und erhitzten in einem starken Feuer eine Anzahl Steine. Anschließend wurden die Kängururatten mit diesen glutheißen Steinen gefüllt, zum Garen in die Grube gelegt, mit Kräutern bestreut und zum Schluss mit einer dicken Schicht Erde bedeckt.

Indessen machten vier Kinder, die kaum älter als fünf sein konnten, geduldig Jagd auf Ameisen. Sie hatten einen Ameisenweg entdeckt, saßen rechts und links davon im Sand und pickten jede Ameise auf, die des Weges kam. Das Tier wurde zwischen Daumen und Zeigefinger zerdrückt und dann sorgsam zu den anderen auf ein Blatt gelegt. Innerhalb kurzer Zeit hatten sie genug Ameisen erbeutet, um damit einen ordentlichen Schöpflöffel füllen zu können.

»Und wozu sind die gut?«, fragte Abby und dachte mit Unbehagen daran, dass man ihr diese Tierchen vermutlich auch vorsetzen würde.

»Sie geben ein gutes, säuerlich schmeckendes Gewürz ab«, klärte Nangala auf.

Abby war froh, dass es schon dunkel war, als die Känguruatten aus dem Erdofen geholt und das Fleisch, zusammen mit einem Gemisch aus Wurzeln, gerösteten Larven und Ameisenwürze, aufgeteilt wurde. So sah sie nicht genau, was ihr da in der Rindenschale gereicht wurde. Mit Menschenverachtung schlang sie das Essen hinunter, denn die Wurzeln, die man ihr mittags angeboten hatte, hatte sie ausgeschlagen, und so knurrte ihr der Magen. Es war nicht viel im Vergleich zu den üppigen Mahlzeiten, die auf *Yulara* aufgetischt wurden. Dagegen sprach Nangala von einem glücklichen Tag, weil es so viel zu essen gab. Das machte Abby bewusst, wie genügsam die Eingeborenen doch waren.

Nach dem Essen überkam Abby eine große Traurigkeit, als sie an Andrew dachte. Nangala schien das zu spüren und sie auf andere Gedanken bringen zu wollen. Als ein Vogelschwarm im Licht des fast vollen Mondes am Nachthimmel über ihnen hinwegzog, flüsterte sie geheimnisvoll: »Da fliegt Bunjips Rache!«

»Bunjips Rache?«, wiederholte Abby verständnislos.

»Ja, die schwarzen Schwäne, die in hellen Mondnächten ruhelos über den Himmel ziehen«, raunte Nangala.

Abby wollte nun natürlich wissen, wer Bunjip war und was es mit der Rache und den schwarzen Schwänen auf sich hatte. Und Nangala erzählte ihr eine Geschichte, die sich kurz nach der Traumzeit zugetragen haben sollte.

»Es waren einst Jäger unterwegs, die zu einem großen *billabong* kamen. Dort wollten sie Fische angeln. Ihr Anführer Unahanach, der Emujäger, hatte an diesem Tag einen besonderen Einfall. Statt seinen knöchernen Angelhaken mit Würmern zu ködern, spießte er, ohne dass die anderen etwas davon merkten, ein Stück rohes Kängurufleisch auf seinen Haken.

Die Zeit verging, aber kein Fisch biss an. Sorge erfüllte die Männer, denn der Abend war nicht mehr weit, und keiner wollte doch mit leeren Händen ins Lager zurückkehren. Plötzlich jedoch ging ein Ruck durch Unahanachs Angel. Die Rute spannte sich, und da er sie kaum noch halten konnte, sprangen seine Gefährten ihm zu Hilfe. Gemeinsam gelang es ihnen, den Fang an Land zu ziehen. Es war jedoch kein Fisch, sondern ein merkwürdiges Wesen, nicht Hund und nicht Eidechse, und doch von beidem etwas. Es war groß wie ein Riesenkänguru. Es schrie und klagte und schlug wild mit seinem breiten Schwanz um sich.

Während die Jäger noch verstört dastanden und rätselten, was ihnen da an den Haken gegangen war, brodelte auf der anderen Seite des großen Teiches das Wasser, und aus der Tiefe stieg ein gewaltiges Tier empor. Da erkannten Unahanach und seine Gefährten, dass sie das Kind des Bunjip, des schrecklichen Beherrschers aller Seen und Sümpfe, gefangen hatten. Entsetzt von ihrem Tun bedrängten die Jäger ihren Anführer, das Kind wieder in den Teich zurückzuwerfen, da ihnen die Beute zu gefährlich schien, denn noch starrte sie das Ungeheuer von der anderen Seeseite nur drohend an.

Aber Unahanach wollte davon nichts wissen. Er sah sich als großer Jäger, dem auch ein Bunjip nichts anhaben konnte. So zerrte er das zappelnde Junge vollends an Land und antwortete auf das zornige Gebrüll des Untieres nur mit einer drohenden Gebärde seines Speers. Die Unerschrockenheit ihres Anführers machte nun auch den anderen neuen Mut und gemeinsam schleppten sie ihren Fang davon.

Plötzlich erfüllte ein Toben und Rauschen die Luft und erschrocken wandten sich die Jäger um. Hinter ihnen peitschte die Bunjipmutter mit ihrem Schwanz das Wasser zu riesigen Wellen auf, die über die Ufer traten und das Land ringsum überfluteten. Entsetzt hasteten die Jäger ihrem Lager entgegen, das sich auf höherem Gelände befand. Doch das Wasser folgte ihnen und stieg immer höher. Es erreichte das Lager, und um ihrem Verhängnis zu entkommen, kletterten Kinder, Männer und Frauen in die Spitzen der höchsten Bäume.

Unahanach hatte sich mit seiner Frau auf den höchsten der Eukalyptusbäume geflüchtet. Unter ihnen bedeckte ein gewaltiger See das weite Flußtal, aus dem die Kronen der Bäume wie Inseln herausragten. Der Anführer der Jäger fühlte sich schon gerettet, denn das Wasser hörte auf zu steigen. Aber dann bemerkte er mit Entsetzen, dass sein Körper schrumpfte und seine Beine lang und dünn wurden, klauenartige Zehen mit Schwimmhäuten dazwischen bekamen. Als er aufblickte, sah er, dass sich seine Frau in einen Vogel verwandelt hatte. Und nicht nur sie, sondern auch alle anderen seines Stammes waren zu Vögeln geworden. Auch ihm wuchsen nun anstelle der Arme Flügel und seine Schreckensschreie verwandelten sich in ein heiseres Vogelkrächzen. Als er im Mondlicht sein Spiegelbild auf dem Wasser sah, blickte ihm ein schwarzer Schwan mit einem gebogenen, roten Schnabel entgegen. In ihrem Zorn hatte die Bunjipmutter Unahanach und seinen ganzen Stamm in schwarze Schwäne verwandelt.

Seitdem ziehen schwarze Schwäne in mondhellen Nächten durch die Lüfte, und wenn man aufmerksam lauscht, hört man sie miteinander reden. Es heißt, dass sie noch immer ihr Unglück beklagen, das Unahanach über sie gebracht hat, als er das Junge der Bunjipmutter fing und ins Lager schleppte.«

Abby hatte ihr aufmerksam und voller Spannung zugehört, doch danach war sie noch trauriger als vorher. In dieser Nacht träumte sie von schwarzen Schwänen, die über *Yulara* hinwegzogen. Sie selbst war einer dieser Schwäne und sie sah Andrew vor dem hell erleuchteten Haus stehen und zu ihr emporblicken. Doch so laut sie ihm auch zurief, er hörte sie nicht. Und aus irgendeinem Grund war es ihr nicht möglich, sich vom Schwarm zu lösen und zu ihm zu fliegen. Sie musste mit dem Schwarm weiter, und bald war *Yulara* hinter ihr zu einem winzigen Lichtpunkt in dunkler Nacht zusammengeschrumpft. Dann erlosch das Licht ganz, und sie war allein mit den anderen schwarzen Schwänen, die keine Müdigkeit kannten und sie hoch über den Blue Mountains nach Westen führten.

Fünftes Kapitel

Zwei Tage später, als sich Abby schon kräftig genug fühlte, mehrere Stunden dem Marschtempo der Sippe zu folgen, begegneten sie einer anderen Gruppe Aborigines. Sie kam aus Nordosten und tauchte plötzlich auf den Anhöhen einer kleinen Hügelkette auf.

Abby bemerkte, dass unter den Katajunga eine leichte Unruhe entstand. Die Männer, die am Morgen zur Jagd aufgebrochen waren, fanden sich plötzlich wie aus dem Nichts gezaubert wieder bei der Sippe ein. Doch als die Entfernung zwischen den beiden Gruppen weniger als eine Meile betrug, legte sich die Anspannung unter den Katajunga. Die andere Sippe, die aus gut zwanzig Personen bestand, hatte bei einer Baumgruppe gehalten, und keiner aus ihrer Mitte zeigte Anstalten, sich den Katajunga zu nähern.

Abby wandte sich an Nangala. »Was hat das zu bedeuten?«

»Das ist eine Horde der Warkunji. Ihre Traumpfade kreuzen hier die der Katajunga.«

»Seid ihr mit den Warkunji verfeindet?«, wollte Abby wissen, weil beide Abstand zueinander hielten.

»Nein. Die Warkunji halten sich nur an die Gesetze, und die besagen, dass eine Gruppe auf Wanderschaft sich unaufgefordert nicht näher als sechshundert Schritte an ein fremdes Lager heranwagen darf, schon gar nicht, wenn es sich um eine Gruppe aus bewaffneten Männern handelt«, erklärte Nangala.

Abby sah zu den Warkunji hinüber und konnte unter den Bäumen Frauen und Kinder erkennen.

»Und wenn solch eine Gruppe wie die Warkunji mit uns Kontakt aufnehmen möchte, müssen ganz bestimmte Vorsichts- und Höflichkeitszeremonien beachtet werden«, fuhr Nangala fort. »Diese sind sehr umständlich und zeitraubend. Unsere Stammesältesten wollen jedoch keine Unterbrechung unseres Marsches, weil sie rechtzeitig zum Frühjahrsvollmond in Tiheri Maamu Kuran eintreffen wollen. Deshalb haben sie den Warkunji auch keine Zeichen gegeben, die so etwas wie eine Einladung sind, sich uns noch weiter zu nähern.«

»Und deshalb lagern sie jetzt dort drüben?«

Nangala nickte. »Mindestens einen Tag. Denn dort beginnt das Stammesgebiet der Katajunga, und jeder, der die Gebietsgrenze eines anderen Stammes überschreitet, muss durch genau bestimmte Zeremonien und Opfergaben die fremden, mächtigen Geister wohlwollend stimmen.«

Abby war beeindruckt von dem komplizierten Verhaltens- und Höflichkeitskodex der Eingeborenen, und sie wünschte ihre Landsleute in der Kolonie hätten sich mehr Mühe gegeben, das Leben und Denken dieser angeblich so primitiven und wilden Ureinwohner besser zu verstehen. Diesen Vorwurf richtete sie schuldbewusst auch an sich selbst.

Am Abend, als Nangala aus gemahlenen Grassamen wohlschmeckendes Fladenbrot zubereitete, gesellte sich ein stattlicher Mann zu ihrem Kochfeuer. Er trug eine kunstvolle Körperbemalung aus rotem und gelbem Ocker sowie wulstige Ziernarben auf Brust, Schulter und Armen.

»Das ist Jalumaluk, unser *kurdungu*«, raunte Nangala aufgeregt, als er sich ihnen näherte.

»Was ist ein *kurdungu*?«, fragte Abby.

»Später!«

253

Jalumaluk setzte sich zu ihnen und begann sich mit Nangala zu unterhalten. Dabei warf er Abby gelegentlich einen Blick zu.

»Du sollst ihm erzählen, was dir jenseits der Berge zugestoßen ist«, teilte Nangala mit.

»Aber das habe ich dir doch schon alles erzählt.«

»Jalumaluk möchte aber, dass ich ihm deine Worte übersetze. Er will dich sprechen hören und dabei deine Gesten studieren. Also, erzähl noch einmal.«

Abby kam der Aufforderung bereitwillig nach, und da der *kurdungu* offenbar auch an den Gesten eines Weißgesichtes interessiert war, unterstrich sie ihren Bericht dementsprechend gestenreich.

Nangala übersetzte, was Abby ihr erzählte.

»Tja, und dann bin ich wohl bewusstlos geworden und in eine Art Delirium gefallen«, beendete Abby schließlich ihren Bericht.

»Erzähl ihm deine Träume.«

Abby runzelte die Stirn. »Träume?«

»Ja, du wirst doch Träume gehabt haben. Träume sind wichtig für uns. Sie sind so wirklich wie das Feuer und die Grassamen.«

Abby hatte Mühe, sich ihrer Träume zu erinnern, doch sie strengte sich an und vermochte sich einiger Bruchstücke zu erinnern. Sie erzählte auch von dem Traum mit den schwarzen Schwänen, den sie vor zwei Nächten gehabt hatte, und diese Erinnerung schien Jalumaluk ganz besonders zu erfreuen.

»Warum wollte er das alles wissen?«, fragte Abby, als Jalumaluk sich wieder entfernt hatte. »Und was ist ein *kurdungu* überhaupt?«

»Ein Geschichtenerzähler, nein, mehr noch. Ihr würdet

254

ihn in eurer Sprache vielleicht *song-man* nennen, und jede Sippe hat ihren eigenen. Seine Aufgabe ist es, neue Lieder zu erfinden und sich für die *corroborrees* die Darstellung von besonderen Begebenheiten aus Vergangenheit und Gegenwart einfallen zu lassen. Der Medizinmann ist wohl der am meisten gefürchtete Mann in einem Stamm, der beliebteste ist jedoch der *song-man*, wenn er gut ist, und Jalumaluk ist sehr gut.«

Aufmerksam und mit wachsender Verwunderung hörte Abby zu, als Nangala ihr die besondere Rolle und Fähigkeiten eines solchen *song-man* schilderte. Ihren Worten nach bewahrte ein Mann wie Jalumaluk nicht nur jahrhundertealte Mythen in seinen Liedern, sondern verarbeitete auch ganz aktuelle Geschehnisse in den von ihm erfundenen Liedern und Tänzen. Er war quasi ein Multitalent: Texter, Liederkomponist und Regisseur. Denn bei den *corroborree*-Spielen, die in feierliche Zeremonien wie die Messen der Christen und in weltliche, lustige revueartige Spiele unterschieden wurden, gab er seinen Mittänzern und Mitspielern laufend Regieanweisung.

Ein guter *song-man* stand in hohem Ansehen, nicht nur bei den eigenen Leuten, sondern auch bei den benachbarten Stämmen. Es gehörte sogar zu den Pflichten eines jungen *song-man*, dass er nach Abschluss einer vieljährigen Ausbildung bei seinem Lehrmeister eine ausgedehnte Rundreise zu den Stämmen der nahen und weiten Nachbarschaft unternahm. Dabei sollten sie die Sitten, Gebräuche und Mythen der anderen Stämme studieren und sich selbst einen Namen als Tänzer, Sänger und Geschichtenerzähler machen.

Er zog mit der fremden Sippe wochenlang mit, musste sich jedoch strengen Gesetzen unterwerfen. Die Frauen seines Gastgebers waren für ihn tabu. Er musste sich so verhalten, als würde er sie weder sehen, hören noch riechen. Verletzte er dieses Gebot, dann war sein Ruf ruiniert, und er hatte seine Zukunft verspielt. Überstand er diese harte Probezeit jedoch und kehrte er mit vielen neuen Geschichten, Liedern und Tänzen – und einer Menge Klatsch! – zurück, dann besaß er beste Aussichten, eines Tages die Nachfolge seines Lehrmeisters anzutreten.

War er dann der erste *song-man* eines Stammes, konnte man ihn als einen gemachten Mann bezeichnen. So wie ein gefeierter Opernstar oder Theaterregisseur in England, ja ganz Europa von Hof zu Hof zog und Vorstellungen gab, so zog auch der erfahrene *song-man* der Eingeborenen von Stamm zu Stamm. Und er wurde für seine Darbietungen stets reich entlohnt – mit kostbaren Farben, Fellen, Steinklingen oder seltenen Vogelfedern. Als Künstler wurde ihm in jeder Hinsicht ein Sonderstatus eingeräumt. So hatte er auch Anspruch darauf, dass für die Dauer seiner Anwesenheit eine Frau das Lager mit ihm teilte.

Was Abby jedoch ganz besonders beeindruckte, war die Tatsache, dass die Ureinwohner so etwas wie ein Urheberrecht kannten und es auch strikt befolgten, ohne dass dafür Verträge nötig waren. Wann immer ein anderer *song-man* Lieder, Texte oder Tänze eines »Kollegen« wiederholte, wurde vor Beginn der Vorstellung laut und deutlich der Name des fremden Komponisten, Texters und Regisseurs genannt – und für die Aufführung war ein Honorar fällig, auch wenn sich der Urheber viele Tagesreisen entfernt aufhielt. Die »Schutzgebühr« wurde hinterlegt und beim nächsten Besuch des *song-man* nachgezahlt.

Die *song-men* waren, wie Abby feststellte, fahrende Sänger, wie es sie im Mittelalter gegeben hatte, zugleich aber auch so etwas wie Handelsbeauftragte. Denn sie vereinbarten mit den fremden Stämmen Tauschgeschäfte und an welchem Ort diese stattfinden sollten. Zudem übernahmen sie auch noch die Funktion, die die Zeitungen der Weißen hatten – die Weitergabe von Nachrichten, Geschichten und Klatsch aller Art.

Am Schluss sagte Nangala: »Jalumaluk ist ein weit gereister und großer *song-man*. Bestimmt wird er deine Geschichte in die nächste *corroborree* einarbeiten.«

Abby lachte. »Meinst du wirklich?«

Nangala nickte nachdrücklich.

Und sie behielt Recht. Schon am nächsten Abend, als die Sippe sich zu einer *corroborree* versammelte, führte Jalumaluk einen Tanz mit Pantomime auf, der unschwer zu entnehmen war, dass sie Abbys Flucht durch den Busch, ihre Rettung durch die Katajuri, den Weg über die Berge und ihre Ankunft bei den Katajunga schilderte.

Sie schmunzelte, als sie der *corroborree* aus der Entfernung zusah, und fühlte sich fast persönlich geschmeichelt, als Nangala ihr hinterher mitteilte, dass Jalumaluk eine ganz wunderbare Darstellung aus ihrer Geschichte gemacht habe und alle von diesem neuen Beweis seiner großen Kunst begeistert seien.

Als Abby jedoch später auf ihrem harten Nachtlager auf den Schlaf wartete, ging ihr etwas durch den Sinn, was Nangala ihr am Tag zuvor erzählt hatte. Nämlich dass die guten Lieder und Tänze eines *song-man* von Stamm zu Stamm getragen und von Generation zu Generation weitergegeben wurden. Ein Schauder durchlief sie, als sie daran dachte, dass ihre Geschichte vielleicht noch lange nach ihrem Tod an den Feuern der Aborigines erzählt und aufgeführt werden würde.

Sechstes Kapitel

Am sechsten Tag ihrer Wanderung kam der heilige Ort, das Ziel der Katajunga, endlich in Sicht. Wie eine *eerdhir*, eine Fata Morgana, tauchte die Felsgruppe von Tiheri Maamu Kuran in der flirrenden Hitze aus dem weiten, welligen Buschland auf. Für Stunden hatte es den Anschein, als wollten die felsigen Erhebungen, die aus der Ferne einer dicht beieinander ruhenden Herde Kamele ähnelten, nicht näher rücken. Dafür wuchsen die glänzenden Buckel im Licht der untergehenden Sonne dann umso rascher aus dem Boden.

Abby schätzte, dass der höchste der Felsen gut siebzig bis achtzig Yards in den Himmel aufragte. Zwischen den einzelnen Felsen entdeckte sie auf verschiedenen Höhen kleine terrassenartige Flächen, die von Bäumen und Buschwerk bestanden waren. Dass die Aborigines diesen Ort verehrten, verwunderte sie nicht, war doch diese Felsgruppe, die man wohl gut in einer halben Stunde umrunden konnte, im Umkreis von vielen Tagesmärschen die einzig ungewöhnliche Erhebung in einer ansonsten fast ebenen Wildnis aus rotbrauner Erde, struppigen Grasflächen, Dornenbüschen und vereinzelten Baumgruppen.

Die Katajunga schlugen ihr Lager auf der Ostseite auf, wo sich zwei Felsen im oberen Drittel gegenseitig zu stützen schienen, so dass der untere Teil eine Art Höhle bildete, die nun am Abend von tiefen Schatten erfüllt war.

»Das ist der Zugang zum heiligen Ort, wo die *corroborrees* des Frühjahrsvollmonds gefeiert werden«, raunte Nangala ihr zu, als sie den *mia*, den Windschirm, errichteten, den sie miteinander teilten.

Abby erfuhr, dass die Wände im Innern der Felsgruppe mit Malereien bedeckt waren. Der Kult der Aborigines schrieb ihnen vor, diese Felsmalereien regelmäßig mit frischen Farben aus rotem und gelbem Ocker sowie weißen Kalken, ja auch mit Blut zu erneuern. Das Auffrischen der Felsbilder gehörte zum Ritual, symbolisierte den Schöpfungsakt der Ahnen und bewahrte die Stammesmythologie.

»Darf ich mir diese Malereien einmal ansehen?«

Nangala machte ein erschrockenes Gesicht. »Nein, niemals! Uns Frauen ist der Zutritt zu diesen heiligen Stätten verboten. Nur die eingeweihten Männer haben Zugang und dürfen an den Zeremonien der Fledermaus- und Eidechsen-*corroborrees* teilnehmen.«

Abby verzog spöttisch das Gesicht. »Das ist ja bei euch dann auch nicht viel anders als bei uns Weißgesichtern. Bei uns ist den Frauen auch so vieles verboten, was Männer tun. In unseren heiligen Stätten, den Kirchen, dürfen auch nur Männer die Zeremonien ausführen. Und in der Politik haben wir Frauen ebenfalls nichts zu sagen – es sei denn, man ist Königin. Irgendwie ist das nicht fair.«

»Dafür haben wir unsere eigenen *corroborrees*«, tröstete sie Nangala.

»Was ist das überhaupt, dieses Fest der Fledermaus und der Eidechse«, fragte Abby, als sie sah, wie die Männer ihre Körper kunstvoll bemalten und die Farben auf ihren Sakralgegenständen, *tjurunga* genannt, auffrischten. Dabei handelte es sich um längliche, flache Holzbretter und Stäbe mit geheimnisvollen Verzierungen. Zwei Männer hantierten mit langen Holzrohren, die mit farbigen Kreisen bemalt waren. *Didjeridoo* hießen die primitiven Blasinstrumente, die einen dumpfen, näselnden Ton von sich gaben und bei allen *corroborrees* eingesetzt wurden.

»Die Fledermaus und die Eidechse sind die beiden Totems der Katajunga«, erklärte Nangala. Durch sein persönliches Totem identifizierte sich ein Aborigine mit den Schöpfungswesen der Urzeit und durch die vorgeschriebenen Rituale auf den Traumpfaden nahm er Kontakt mit seinen Ahnen auf. Tiere des eigenen Totems durften in der Regel nicht getötet werden. Wenn die Umstände es dennoch verlangten, waren komplizierte Versöhnungsriten vorgeschrieben.

»Und wie kommt es, dass ausgerechnet die Fledermaus und die Eidechse die Ahnen eures Stammes sind?«, wollte Abby wissen, während die Männer nun das Lager verließen und in der Schwärze zwischen den Felsen verschwanden, die den Zugang zum heiligen Innenbereich bildeten.

Nangala begann von der Traumzeit zu erzählen, als Mensch und Tier noch nicht in eigenen Welten lebten, sondern sich verwandeln konnten. In jener mythischen Urzeit lebte der Fledermausmann an einem von Felsen und Bäumen geschützten, fast schon paradiesischen Ort. Er hatte Wasser und Nahrung in Hülle und Fülle. Aber er lebte allein an diesem wunderbaren Platz und mit der Zeit litt er sehr unter der Einsamkeit, die ihm die Tage und die Nächte unerträglich lang werden und ihm das Leben ohne Sinn erscheinen ließ.

Eines Tages beschloss er loszuziehen, um jemanden zu suchen und zu finden, der bereit war, seine paradiesische Heimat mit ihm zu teilen und ihn von der bedrückenden Einsamkeit zu befreien. Als er die große Ebene erreichte, verspürte er Hunger, und so machte er Jagd auf das erste Lebewesen, das ihm begegnete – und wie es der Zufall wollte, war das eine prächtige Goana-Eidechse.

Der Fledermausmann war ein geschickter Jäger, doch diesmal war ihm kein Glück beschieden. Die flinke Eidechse verstand es, ihm immer wieder zu entkommen. Dabei legten beide eine lange Strecke zurück. Schließlich erreichten sie eine Felsgruppe. Dort flüchtete die Eidechse durch ein Labyrinth enger, gewundener Spalten und versteckte sich in einer Höhle. Ihr Vorsprung gab ihr Zeit, sich in ihre Menschengestalt zu verwandeln – und zwar in zwei junge Frauen.

Als der Fledermausmann die Höhle betrat und die beiden schönen Frauen sah, war seine Freude groß, denn auch sie lebten allein und waren der Einsamkeit längst überdrüssig. Gern wollten sie mit dem Fledermausmann zusammenleben, zumal er in Menschengestalt ein stattlicher Krieger war und als guter Jäger reichlich Beute von seinen Jagdzügen zurückbrachte. Auch als Geschichtenerzähler, Sänger und Tänzer machte er großen Eindruck auf die Eidechsenfrauen und sie überredeten ihn, bei ihnen zu bleiben.

Anfangs gefiel ihm das Leben bei ihnen sehr gut. Doch je mehr Zeit verstrich, desto mehr missfiel ihm die Dunkelheit der Höhle und die umgebende Landschaft. Seine Heimat erschien ihm um ein Vielfaches reizvoller und er erzählte ihnen von seinem paradiesischen Ort. Aber sosehr er seinen Ort auch in einem kunstvollen Gesang in den schillerndsten Farben lobte und beschrieb und sosehr er sich bemühte sie zum Aufbruch dorthin zu bewegen, sie sträubten sich doch, ihre Heimat zu verlassen. Sie wollten nichts davon wissen und baten vielmehr ihn eindringlich, doch seine Heimat zu vergessen und die Schönheit ihres Landes zu sehen und sich mit ihnen hier einzurichten.

Da geriet der Fledermausmann in Zorn, packte die beiden Frauen und band sie mit den Haaren an seinen Speer. So zog er sie hinter sich her. Sie wehrten sich nach Kräften und erzwangen zweimal einen Halt. Jedes Mal schlug der Fledermausmann ihnen einen Vorderzahn aus. Beim dritten Mal jedoch versuchten sie sein Herz nicht durch Klagen und Schimpfen zu erweichen, sondern sie sangen ihm ein sehnsuchtsvolles Lied. In diesem Lied priesen sie die Schönheit ihres Landes, das denjenigen, der geduldig ist und sich alle Orte gut einprägt, letzten Endes reich belohnt.

Da wurde der Fledermausmann nachdenklich und erkannte, dass es mehr als nur eine Heimat gab, die ein Loblied verdient hatte, und er beschloss, in der Heimat der Eidechsenfrauen zu bleiben. Er hatte mit ihnen viele Kinder, aus denen dann der Stamm der Katajunga entstand.

»Und seit dieser Zeit tragen die Männer der Katajunga das Totem der Fledermaus, von der sie die Schnelligkeit bei der Jagd verliehen bekommen haben, und die Frauen das der Eidechse, von der sie gelernt haben, so spürsicher wie kein anderer Wasser zu finden«, schloss Nangala ihre Erzählung, die für sie zum lebendigen Erbe ihrer Ahnen gehörte und ihr Denken und Handeln bestimmte.

Der Vollmond stand mittlerweile am Himmel und leuchtete wie ein polierter Silberteller. Nicht eine Wolke, von den Aborigines »Schatten des Wassers« genannt, zog über das sternenklare Firmament.

Von jenseits der Felsen drang nun gedämpft der Gesang der Männer zum Lager, der die ganze Nacht kein Ende nehmen sollte. Unruhig wälzte sich Abby auf ihrem primitiven Lager hin und her und vermochte einfach keinen Schlaf zu finden. Ihre sehnsuchtsvollen Gedanken gingen zu Andrew nach *Yulara*. Sie betete, dass er aus irgendeinem Grund wusste oder fühlte, dass sie nicht tot war und zu ihm zurückkehren würde.

Am nächsten Tag bedrängte sie Nangala, beim Rat der Ältesten Fürsprache für sie zu halten und eine Möglichkeit zu finden, sie möglichst bald in die Kolonie zurückzubringen.

»Meine Familie vermisst mich, Nangala, und ich möchte zu meinem Mann. Ich bin euch und den Katajuri dankbar für alles, was ihr getan habt. Aber mittlerweile sind seit meinem Verschwinden schon drei Wochen vergangen. Eure Stammesführer müssen doch verstehen, dass ich zurück will!«

»Ich werde versuchen, was ich kann«, versprach Nangala, machte ihr aber keine große Hoffnung. »Das Fest der Fledermaus und der Eidechse ist unsere heiligste *corroborree*, und ich habe zu lange bei den Weißgesichtern gelebt, als dass mein Wort im Kreis meiner Leute schon Gewicht hätte. Zwar hat man mir nicht so wie meinem Vater ein Schweigegebot auferlegt, aber auch bei mir wird es noch dauern, bis ich wieder richtig zu ihnen gehöre. Doch ich werde mit ihnen sprechen.«

Als Nangala später am Tag mit dem Beschluss der Ältesten zu Abby zurückkehrte, sagte ihre bedauernde Miene schon, dass sie keinen Erfolg gehabt hatte.

»Sie verstehen, dass du zu deinen Leuten zurück möchtest, Abby. Aber sie sagen, dass du dich gedulden musst, bis die Zeremonien ihr Ende gefunden haben.«

»Und wie lange wird das dauern?«

»Ein, zwei Wochen, wer weiß.«

Abby war den Tränen nahe. Den ganzen Tag zermarterte sie sich den Kopf, was sie bloß tun konnte, damit die Ältesten des Stammes ein Einsehen mit ihr hatten. Sie überlegte in ihrer Verzweiflung sogar, ob sie sich nicht allein auf den Weg machen sollte, verwarf diese Möglichkeit jedoch schnell wieder. Wie sollte sie auf dem langen Marsch die verborgenen Wasserstellen finden? Und dann die Blue

Mountains! Niemals würde es ihr gelingen, die Berge ohne einen kundigen Führer zu überqueren. Sie war den Katajunga auf Gedeih und Verderb ausgeliefert.

Siebtes Kapitel

Abby saß in einem Zustand dumpfer Apathie im Schatten des Windschirmes, der im Abendlicht einen langen Schatten warf. Noch immer lag eine brütende Hitze über dem Land, obwohl die Sonne in wenigen Minuten hinter dem westlichen Horizont abtauchen und die Wildnis der heraufziehenden Nacht überlassen würde.

Die Männer verließen wieder das Lager, um ihre Rituale im heiligen Bereich der Felsen fortzuführen. An diesem Abend bereiteten sich aber auch die Frauen auf eine *corroborree* vor. Teilnahmslos verfolgte Abby von ihrem abgeschiedenen Lagerplatz aus, wie sich die Frauen gegenseitig bemalten. Auch Nangala nahm an der Zeremonie teil.

Der Tanz begann, als die Dunkelheit auch den letzten Schimmer Tageslicht verjagt hatte und der Mond über den Felsen von Tiheri Maamu Kuran stand.

Gesänge stiegen in die warme Nachtluft und die Frauen beschworen im Tanz die Urwesen aus der Traumzeit. Dabei hantierten sie mit glatten Stöcken. Vor Ocker glänzend, an den Enden etwas zugespitzt, wurden sie in einer nur Eingeweihten verständlichen Abfolge von Hand zu Hand weitergegeben, im Rhythmus der Tänze zum Himmel erhoben, gegen den Horizont gerichtet, um dann in den Boden gesteckt, ausgegraben, mit ausgestrecktem Arm gepackt, zwischen den Beinen durchgeführt, geworfen, gefangen, wieder eingepflanzt, mit Schnüren verbunden, nur mit dem Handballen berührt, geschüttelt und mit gefalteten Händen massiert zu werden. Es war, als stellten diese bemalten Pflöcke ebenso Dinge wie Personen dar.

Auf einmal wurde sich Abby bewusst, dass sie sich völlig allein überlassen war. Niemand schenkte ihr auch nur die geringste Aufmerksamkeit, nicht einmal die gezähmten Dingos der Katajunga, die sich der Tiere bei der Jagd und zum Wärmen in kalten Winternächten bedienten. Eine besonders kalte Nacht hieß in ihrer Sprache daher auch »Zweihundenacht«, weil sie zweier Hunde zum Warmhalten bedurfte.

Abby blickte unwillkürlich zu den Felsen hinüber, hinter denen die Männer verschwunden waren, und der Wunsch, einmal zu sehen, um was für einen Ort es sich bei Tiheri Maamu Kuran handelte, und einen Blick von diesem heiligen *corroborree* der Männer zu erhaschen, wurde plötzlich zu einem Verlangen. Die Tatsache, dass der Zutritt zu diesem Platz Frauen untersagt war, erhöhte den Reiz nur noch.

Vorsichtig kroch sie aus dem *pitchi* und bewegte sich langsam vom Lager weg in Richtung Felseneingang. Hier und da gab es Büsche, in deren tiefschwarzen Schatten sie Schutz vor dem milchigen Licht des Mondes fand.

Niemand bemerkte sie und keine Stimme rief sie an, um sie von ihrem verbotenen Vorhaben abzubringen. Wer im Lager geblieben war, wurde von dem *corroborree* der Frauen völlig in Anspruch genommen.

Ob die Männer Wachen bei den Felsen aufgestellt hatten?

Abby schloss diese Möglichkeit mit der nächsten Überlegung aus. Die Aborigines achteten ihre vielfältigen Tabus zu sehr, als dass eine solche Vorsichtsmaßnahme nötig gewesen wäre. Und welcher Mann wollte schon auf die Teilnahme an derart heiligen Zeremonien verzichten, um abseits Wache zu halten?

Dennoch schlug ihr Herz vor Aufregung, als sie den Zugang erreicht hatte, der sich ihr wie eine Höhle mit unergründlicher Dunkelheit auftat.

Der Gang zwischen den beiden Felsen verengte sich schnell auf eine Breite von höchstens drei Schritten. Ihr war, als hätte sie einen Tunnel betreten, der durch ein pechschwarzes Niemandsland in eine fremde Welt führte. Als sie nach oben blickte, sah sie den Nachthimmel nur durch einen winzigen Spalt als einen helleren Streifen Dunkelheit.

Zögernd ging sie weiter. Sie spürte, dass der Boden unter ihr leicht anstieg. Sie tastete nach der Felswand zu ihrer Rechten. Ihre Hand glitt über glattes Gestein. Dann spürte sie kaum merkliche Erhebungen unter ihren Fingerspitzen, und sie hatte den Eindruck, als könnte sie die Umrisse von Zeichnungen auf der Felswand fühlen.

Zwanzig Schritte weiter bog der Gang mit einem recht scharfen Knick nach links. Die Felsen wichen wieder auseinander und ließen mehr Mondlicht in den Durchgang fallen. Nun sah Abby, dass die Wände tatsächlich mit merkwürdigen Malereien bedeckt waren. Mit etwas Phantasie vermochte sie Fledermäuse, Eidechsen, Kängurus und Vögel zu erkennen, ja sogar einige menschliche Gestalten, die offensichtlich Männer auf der Jagd darstellten. Einige dieser Zeichnungen sahen so aus, als hätten die Aborigines auch die Innereien der Tiere aufgemalt.

Ein eigenartiges Gefühl, das an Beklemmung grenzte, überkam Abby, und sie überlegte, ob sie nicht doch besser wieder ins Lager zurückkehren sollte. Da jedoch hörte sie den Gesang der Männer wieder anschwellen und der Verlockung, Zeuge einer geheimen Zeremonie zu werden, vermochte sie einfach nicht zu widerstehen.

Angespannt und mit klopfendem Herzen ging sie weiter. Sie trat aus dem Gang heraus. Vor ihr stieg das Gelände, von vereinzelten Büschen und Bäumen bewachsen und von Felsbuckeln durchzogen, recht steil an. Im Hintergrund ragten die Felsen der Westflanke in den Nachthimmel.

Abby bemerkte einen ausgetretenen Pfad und folgte ihm in geduckter Haltung. Als sie die vielleicht vierzig, fünfzig Fuß aufsteigende Anhöhe erreicht hatte, gelangte sie auf eine kleine, ebene Fläche. Hier wuchsen mehrere Akazienbäume und aus dem sandigen Boden ragten überall bis zu mannshohe Felsbrocken auf.

Der Gesang der Männer und die Begleitmusik, die aus den näselnden Tönen der *didjeridoos*, hölzernen Trommeln und dem Brummen von Schwirrhölzern bestand, schallte klar und laut zu ihr herüber. Und sie sah auch Feuerschein, der irgendwo vor ihr aus der Tiefe zu kommen schien. Der heilige Ort konnte nicht mehr weit sein.

Sie schlich sich weiter vor. Nach etwa dreißig, vierzig Schritten umging sie zwei Felsen, die ihr die Sicht nahmen – und blieb im nächsten Moment abrupt stehen. Das Gelände vor ihr war nun weit einsehbar, da es in einen sanft abfallenden Hang überging. Dieser führte hinunter in einen weiten Kessel, der gut und gern einen Durchmesser von zweihundert Yards hatte und einer Reihe von Eukalyptusbäumen und Sträuchern Leben bot. Am südwestlichen Ende, gleich neben einer steil aufragenden Felswand, glitzerte zwischen Gebüsch etwas, das sich aus der Entfernung wie ein kleines Wasserloch ausnahm.

In diesem von Felsen umschlossenen Kessel befand sich die heilige Stätte der Katajunga – Tiheri Maamu Kuran.

Abby kroch auf Händen und Füßen zu einem dornigen Gebüsch und ging dahinter in Deckung. Von hier aus hatte sie einen ausgezeichneten Blick auf das Geschehen unten im Felskessel, der vom Schein des lodernden Feuers hell erleuchtet war.

Die Männer tanzten in einem Ring heller Steine, von dem Abby annahm, dass er den heiligen Bezirk kennzeichnete. Einer der Eingeborenen schwang an einem langen Riemen ein schmales, flaches Brett über seinem Kopf, ein sogenanntes Schwirrholz. Es erzeugte ein weithin vernehmliches Dröhnen, das, wie Abby von Nangala erfahren hatte, böse Geister und Unberufene von den *corroborrees* abhalten sollte.

Fasziniert schaute Abby hinunter. Die von Kopf bis Fuß bemalten Aborigines fluteten im Rhythmus ihrer Gesänge mit herrlich anzusehenden, geschmeidigen Bewegungen vor und zurück. Plötzlich, wie vom Himmel gefallen, sprang der *wirrinun* in die Mitte der Tänzer. Er stieß einen gellenden, unnatürlich hohen und spitzen Schrei aus, vor dem die anderen Tänzer zurückwichen. Und der Medizinmann stürzte sich mit Vehemenz in eine dramatische Darstellung von Ereignissen der Traumzeit.

Abby hatte noch nie in ihrem Leben eine ähnlich eindringliche, tänzerische Pantomime gesehen. Nach dem, was Nangala ihr über den Fledermausmann und die Eidechsenfrau erzählt hatte, brauchte sie nicht lange, um zu begreifen, dass der Medizinmann dort unten diese Geschichte des Fledermausmannes aufführte: seine Jagd über die leere Savanne, die große Freude an den beiden aus der Eidechse entstehenden Frauen, den Konflikt zwischen Verlangen nach Heimkehr und dem Wunsch zu bleiben – das alles drückte er äußerst bildhaft und glaubwürdig aus.

Abby war von der Vorstellung so hingerissen, dass sie völlig das Gefühl für die Zeit verlor. Sie merkte gar nicht, dass eine Stunde verging und die zweite anbrach. Wie gebannt schaute sie hinunter.

Der Tanz schien sich einem grandiosen Ende zuzuneigen. Denn der Medizinmann stieß wieder markerschütternde, hohe Schreie aus, riss den nächsten Tänzer vom Boden empor und wirbelte mit ihm – endlich, endlich nicht mehr allein in dieser Welt – immer schneller, immer wilder im Kreis herum. Bei jeder Umkreisung des inneren Festplatzes schloss sich ein weiterer Tänzer an, bis schließlich bei immer heftigerem Gerassel der Trommelhölzer, immer verzückterem Gesang sich eine bunte Schlange in Spiralen nun auch durch den äußeren Kreis des Festplatzes wand.

Abby fühlte sich von der rauschhaften Hingabe an Gesang und Tanz mitgerissen, und sie wiegte sich, ohne dass es ihr bewusst wurde, im Takt der Trommelhölzer.

Plötzlich krallte sich eine Hand von hinten in ihr Haar und riss sie vom Strauch nach hinten weg. Ihr Herz schien vor jähem Entsetzen stehen bleiben zu wollen. Der Schrei, der ihrer Kehle entstieg, wurde von einer zweiten Hand erstickt, die sich auf ihren Mund presste.

Todesangst überkam sie, während die stumme, kräftige Gestalt, die sie bei ihrer schändlichen Tat ertappt hatte, vom Hang weg und zwischen die Felsen zerrte, ohne Rücksicht darauf zu nehmen, dass sie sich Arme und Beine an Steinen und Gestrüpp zerkratzte.

Von einer Sekunde auf die andere gaben die kräftigen Hände Abby frei. Heftig atmend rollte sie sich herum und sah zu der Gestalt hoch.

Es war Nangalas Vater, der vor ihr stand. Sein Schweigegebot verbot es ihm, auch nur ein Wort zu sagen. Doch sein zorniger, flammender Blick sprach Bände. Er funkelte sie an, als wollte er sie kraft seines Blickes züchtigen. Dann machte er eine herrische Handbewegung in Richtung Lager.

Ernüchtert und schuldbewusst ging Abby vor ihm her. Was würde nun mit ihr geschehen? Welche Strafe stand auf das Vergehen, dessen sie sich schuldig gemacht hatte? Angst kroch in ihr hoch, und nun warf sie sich vor, dass sie die möglichen Folgen ihres Tuns nicht vorher bedacht hatte. Sie hatte gedacht, dass niemand sie bemerken und sie deshalb auch keinen Schaden anrichten würde. Das hatte sich als Irrtum herausgestellt. Sie war auf frischer Tat ertappt worden und hatte somit die Würde und die Tabus der Katajunga verletzt.

Als sie den Ausgang erreicht hatten, hielt Nangalas Vater sie kurz an der Schulter zurück. Abby hatte erwartet, von einer Menge aufgebrachter Frauen erwartet zu werden. Doch das *corroborree* dauerte noch immer an. Und niemand schaute zu ihnen herüber.

Noch mehr verwunderte es Abby jedoch, als Nangalas Vater mit dem Kopf nach rechts deutete, wo sich ein niedriges Dickicht fast sichelförmig in Richtung Camp erstreckte. Dann machte er mit der flachen Hand eine halbkreisförmige Bewegung, mit der er sie offensichtlich aufforderte, sich im Schutz der Sträucher zu ihrem *pitchi* zurückzuschleichen. Denn er legte noch den Zeigefinger senkrecht auf die Lippen. Dabei war seine Miene jedoch noch immer von Zorn geprägt.

Wollte er sie decken und sein Wissen über das, was sie getan hatte, für sich behalten?

Nangalas Vater versetzte ihr einen Stoß und Abby eilte so schnell und lautlos wie möglich zu ihrem Lagerplatz.

Zwischen Hoffnung und Angst hin und her gerissen,

wartete Abby darauf, dass irgendetwas passierte. Doch kein wütendes Geschrei drang aus den Reihen der Frauen zu ihr. Die Tänze und Gesänge gingen weiter. Und irgendwann fiel sie in einen unruhigen Schlaf.

Es war kurz vor dem Morgengrauen, als Nangala sie unsanft weckte. Abby brauchte nur einen Blick in ihr Gesicht zu werfen, um zu wissen, dass ihr Vater sie über alles unterrichtet hatte. Dass Aborigines keiner Worte bedurften, um komplizierte Vorgänge darzustellen, bewies ihre hohe Kunst der Pantomime.

»Wie konntest du bloß so etwas Verbotenes tun!«, stieß sie gedämpft, aber erregt hervor. Ihr Gesichtsausdruck schwankte zwischen Zorn und Besorgnis. »Du weißt ja gar nicht, was für ein Unglück du damit für dich hättest heraufbeschwören können. Du kannst deinem Gott, den ihr mit eurem Wasser- und Kreuzzauber verehrt, danken, dass mein Vater dich dabei erwischt hat! Er wird für sich behalten, was du diese Nacht getan hast, denn du hast mir damals das Leben gerettet.«

»Es tut mir Leid«, murmelte Abby beschämt. »Ich . . . ich weiß auch nicht, was über mich gekommen ist. Sag ihm, dass ich nichts Böses wollte. Ich fühlte mich nur so entsetzlich allein und verzweifelt. Kannst du denn nicht verstehen, wie schrecklich die ganze Situation für mich ist?«

Nangalas Züge wurden weicher. »Doch, das kann ich«, antwortete sie versöhnlich. »Und vielleicht führt dein verbotener Gang an den heiligen Ort dazu, dass du nun doch noch früher als gedacht nach Hause kommst.«

»Wieso das?«

»Mein Vater hat mir zu verstehen gegeben, dass du nach dem, was du getan hast, nicht länger bei uns bleiben kannst. Er wird alles dransetzen, dass man dich mit einem Führer nach Osten über die Berge bringt. Er wird den Ältesten von einem bösen Traum erzählen, den er gehabt hat und in dem du unsere heiligen Stätten entweiht hast, und diesen Traum werden sie nicht ignorieren können. So werden sie dich wegschicken müssen.«

Abby verbrachte den ganzen Tag in einem Zustand nervöser Erwartung. Sie klammerte sich an die Hoffnung, die Nangala ihr gemacht hatte, fürchtete jedoch gleichzeitig, dass die Ältesten doch noch dagegen entscheiden oder sie ohne Führer aus ihrem Lager verjagen könnten.

Bei Einbruch der Dämmerung überbrachte ihr Nangala die Entscheidung von Medizinmann und Ältestenrat. »Morgen früh verlässt du unser Lager. Sie geben dir Weedanook mit. Er ist einer unserer erfahrensten Führer. Und ich werde euch begleiten. So haben es die Stammesältesten bestimmt.«

Abby brach vor glücklicher Erlösung in Tränen aus und fiel Nangala weinend um den Hals. Nach Hause! Morgen begann ihre Rückkehr nach *Yulara*! Bald würde sie wieder bei Andrew sein!

Achtes Kapitel

Weedanook hasste die Aufgabe, mit der ihn der Ältestenrat betraut hatte, und er machte keinen Hehl daraus. Am Morgen ihres Aufbruchs ließ er Abby durch Nangala ausrichten, wie sie sich auf dem Rückmarsch ihm gegenüber zu verhalten hatte.

»Es ist dir verboten, ihn anzusprechen oder zu berühren. Auch sein Schatten ist tabu. Du darfst ihn nicht einmal mit

deinem Schatten berühren. Verboten ist auch, ihn anzu-
sehen. Niemals darf sich dein Blick mit seinem kreuzen!«,
schärfte Nangala ihr ein.

»Und warum?«, fragte Abby.

»Weil er und seine Frau das so wollen«, antwortete Nangala. »Für mich gelten fast dieselben Verbote, und wir
müssen uns daran halten, wenn wir ihn nicht noch ärgerli-
cher stimmen wollen.«

»Vermutlich macht er mich dafür verantwortlich, dass er
nun den größten Teil des Fledermausfestes verpasst«, mutmaßte Abby.

Nangala machte ein unglückliches Gesicht. »Die *corroborrees* beim Frühjahrsvollmond sind nun mal jedes Jahr der
Höhepunkt der Wanderschaft auf unseren Traumpfaden. Es
trifft ihn schon hart, dass er nicht länger daran teilnehmen
kann, sondern mit uns zurück über die Berge muss.«

Abby konnte Weedanooks Unmut in gewisser Weise verstehen, wollte den Vorwurf, den er ihr indirekt machte,
jedoch nicht einfach so hinnehmen. »Sag ihm, dass ich den
Katajunga für alles dankbar bin, was sie für mich getan
haben. Aber sag ihm bitte auch, dass mich die Wanderschaft
der Katajunga zu weit und zu lange von *meinen* Traumpfaden entfernt hat, als dass ich noch länger so leben könnte.«

Nangala zeigte eine skeptische Miene, als bezweifelte sie,
dass Weedanook dadurch milder zu stimmen wäre. Doch sie
ging zu ihm hinüber und redete mit ihm.

»Und? Was hat er gesagt?«, fragte Abby, als Nangala zu
ihr zurückkehrte.

»Nichts, außer dass wir jetzt aufbrechen.«

Abby war enttäuscht. Doch die Freude, dass nun endlich
der Heimweg begann, überwog schnell alles andere. Sie
marschierten im Dämmerlicht des Morgens los, der aufge-

henden Sonne entgegen. Und damit ihre Schatten nicht mit dem ihres Führers in Berührung kamen, folgten sie Weedanook mit einem Abstand von gut zehn Schritten.

Abbys Wunden waren mittlerweile gut verheilt und die ersten Stunden vermochte sie das Tempo, das Weedanook anschlug, auch gut mitzuhalten. Doch als die Sonne immer höher stieg und die Luft so heiß wurde, als käme sie geradewegs aus einem glühenden Hochofen, da begann die Qual.

»Sag ihm, dass es Wahnsinn ist, in der prallen Mittagshitze zu marschieren«, keuchte Abby, als Weedanook keine Anstalten machte, den Schatten einer Baumgruppe zu suchen und dort zu rasten, bis der sengende Glutball ein wenig von seiner Unbarmherzigkeit verloren hatte.

Weedanook schickte Nangala mit einer herrischen Handbewegung zurück. Er wollte von einer Rast nichts wissen. Abby biss die Zähne zusammen und schaffte es kraft ihres eisernen Willens, weiterzugehen und den Anschluss nicht zu verlieren. Doch als Weedanook dann endlich eine Pause einlegte, hatte er einen Vorsprung von gut einer Meile. Und als Rastplatz wählte er eine einsame Akazie aus, in deren Schatten er sich setzte.

Da es Nangala und Abby jedoch verwehrt war, den Schatten der Akazie mit ihm zu teilen, blieb ihnen nur der kümmerliche Sonnenschutz, den ein niedriges Gebüsch warf. Doch schon nach zehn Minuten sprang ihr Führer wieder auf und befahl den Weitermarsch.

Abby protestierte. »Das kann er doch nicht tun, Nangala!«

Diese zuckte bedauernd mit den Achseln. »Er sagt, wenn wir nicht so getrödelt hätten und dicht hinter ihm geblieben wären, hätten auch wir genügend Zeit zum Ausruhen gehabt.«

»Wie beruhigend zu wissen, dass es auch unter eurem Volk gemeine, herzlose Leute gibt!«, sagte Abby mit bitterem Sarkasmus.

Abby war völlig erledigt, als Weedanook es für den ersten Tag genug sein ließ und einen Lagerplatz für die Nacht bestimmte. Doch an Ausruhen war noch längst nicht zu denken. Beim Errichten der Windschirme rührte Weedanook nicht einen Finger. Er half auch nicht beim Holzsammeln für das Kochfeuer. All das war Frauenarbeit und somit Aufgabe von Abby und Nangala.

Tags darauf, als die geringen Vorräte an Nahrung erschöpft waren, mussten sie nicht nur weiterhin Schritt mit ihm halten, sondern zudem auch noch während des Marsches dafür sorgen, dass sie etwas Essbares fanden. Weedanook dachte nicht daran, ihnen dabei zur Hand zu gehen. Wenn sie Wurzeln aus dem Boden gruben und fette Larven einsammelten, die über dem Feuer geröstet sogar Abby gar nicht mal schlecht schmeckten, setzte er sich in den nächsten Schatten und kehrte ihnen den Rücken zu.

»Warum müssen nur wir uns so abmühen?«, grollte Abby, deren Wut auf Weedanook immer stärker wurde, je mehr sie unter den Strapazen litt, die er ihr zumutete, ohne dass dafür eine Notwendigkeit bestand. »Er könnte doch auch mal auf Jagd gehen und seinen Teil beitragen.«

Daraufhin angesprochen, behauptete Weedanook, dass die Nähe eines Weißgesichtes das Wild fern halte und er nicht die Zeit hätte, auf einen Jagdzug zu gehen, der ihn weit genug von ihnen wegführte, um Aussicht auf Erfolg zu haben.

Abby vermutete jedoch, dass dies nichts weiter als eine billige Ausrede war. Sie nahm vielmehr an, dass es ihm nicht passte, ein Tier, das er erlegte, mit ihnen teilen zu müssen, wie es das Gesetz unter den Aborigines verlangte. Er wollte ihr den Rückmarsch so schwer wie möglich machen, um sie dafür zu strafen, weil er wegen ihr nicht an den *corroborrees* teilnehmen konnte. Und als sie Nangala gegenüber ihren Verdacht äußerte, war deren Schweigen nichts anderes als eine wortlose Bestätigung.

Das Bewusstsein, dass jeder Schritt in glutheißer Hitze sie ihrer Heimat und Andrew näher brachte, stärkte jedoch Abbys Willen und gab ihr die Kraft, durchzuhalten.

Am Morgen des dritten Tages wachte Abby schon ganz früh auf. Ein spitzer Stein hatte sich in ihre Schulter gebohrt und sie aus dem Schlaf geholt. Mit schmerzenden Gliedern richtete sie sich auf. Ihr Mund war trocken und fühlte sich an, als wäre er mit einem alten, staubigen Fell ausgeschlagen. Sie erinnerte sich an die kleine Grube, die Nangala am Abend drüben zwischen den Büschen gegraben hatte und die sich mit Wasser gefüllt hatte.

Sie nahm Nangalas hölzernes Saugrohr und ihren Grabstock an sich, denn vielleicht musste sie noch etwas nachgraben, damit neues Wasser nachlief. Auf dem Weg zur Wasserstelle kam sie an Weedanook vorbei, der eingerollt unter seinem Windschirm lag und schnarchte.

Plötzlich bemerkte sie die Schlange, die keine Armlänge vom linken Fuß des Eingeborenen entfernt über den warmen Boden kroch. Die gezackte, gelblich grüne Zeichnung legte die Vermutung nahe, dass es sich bei dem Reptil um eine giftige Viper handelte.

Abby überlegte nicht lange. Sie ließ das Saugrohr fallen, packte den Grabstock und schlug mit aller Kraft zu. Der Knüppel sauste nieder und zertrümmerte der Viper den Schädel.

Weedanook fuhr, von dem dumpfen Schlag geweckt, jäh

aus dem Schlaf auf. Dabei riss er den Windschirm um. Verstört sprang er hoch.

Abby packte die tote Schlange am Schwanz und warf sie ihm vor die Füße.

Nangala war im nächsten Moment bei ihr. »Eine Königsotter!«, stieß sie erschrocken hervor, als sie die Schlange sah. »Hast du sie erschlagen?«

Abby nickte und wusste, dass dies eine einmalige Chance war, Weedanook zu mehr Rücksichtnahme zu zwingen. »Sag ihm, dass dies ein Geschenk des Weißgesichtes ist!«, forderte sie Nangala grimmig auf. »Und frag ihn, wann er sich endlich auf seine Pflicht als Jäger besinnt. Aber vielleicht ist es ihm ja lieber, wenn ich noch einmal mein Jagdglück versuche. Nur muss er mir dazu seinen Speer überlassen.«

»Ich weiß nicht, ob das so klug ist«, meinte Nangala verunsichert.

Abby verschaffte ihrem angestauten Ärger nun Luft. »Es ist auch nicht klug, uns so schäbig zu behandeln und zu schikanieren. Auch wir Weißgesichter haben so etwas wie Traumpfade und Ahnen, die unsere Wege begleiten. Und ich denke nicht, dass er darauf versessen ist, meine Ahnen zu verärgern und sie dazu zu bringen, auf seinen Traumpfaden böse Geister zurückzulassen, die ihn jedesmal heimsuchen werden, wenn er hier des Weges kommt«, fabulierte sie. »Ich will, dass du ihm das klar und deutlich sagst, Nangala.«

Das tat sie dann auch und Weedanook reagierte mit einem wütenden Wortschwall auf Abbys Drohung. Doch sie zeigte Wirkung. Er begab sich an diesem Morgen auf die Jagd, nachdem er Nangala erklärt hatte, in welche Richtung sie zu gehen hatten. Als er drei Stunden später aus dem Busch auftauchte, brachte er ein Beuteltier mit. Zum ersten Mal, seit sie Tiheri Maamu Kuran verlassen hatten, gab es genug zu essen, um ihren knurrenden Magen zufrieden zu stellen. Er mäßigte sich auch im Marschtempo und gewährte ihnen in der Mittagshitze sogar eine mehrstündige Rast.

Am Vormittag des vierten Tages, als die tief gestaffelten Bergzüge der Blue Mountains merklich näher gerückt waren, bewegten sie sich auf ein kleines Wäldchen Eukalyptusbäume zu.

Plötzlich blieb Weedanook stehen und stieß einen kurzen Warnruf aus.

»Was ist?«, fragte Abby alarmiert.

»Ein Fremder!« Nangala deutete zu den Eukalypten hinüber.

Abbys Herz schlug wie verrückt, als sie nun auch diese merkwürdige Gestalt bemerkte, die dort zwischen den Bäumen stand. Sie strengte ihre Augen an. Es war ein Mann, der über einer kurzen Hose eine Art Seemannsrock trug und auf dem Kopf einen schwarzen Dreispitz. Doch dann erkannte sie zu ihrer maßlosen Enttäuschung, dass die Haut des Mannes das dunkle Braun eines Aborigines hatte.

Vorsichtig ging Weedanook auf den absonderlich gekleideten Eingeborenen zu, seinen Speer kampfbereit in der Hand, gefolgt von Abby und Nangala.

Als die Entfernung keine fünfzig Schritte mehr betrug, gab es eine Bewegung hinter dem graubärtigen Aborigine mit dem Dreispitz und ein zweiter Mann trat aus dem Unterholz hervor. Bei ihm handelte es sich ganz eindeutig um einen Weißen.

Ein Schauer durchlief Abby und auf ihren Armen bildete sich eine Gänsehaut.

»Andrew?«, flüsterte sie.

Im ersten Moment fürchtete sie, ihr Wunschdenken könnte ihr einen bösen Streich spielen. Und sie sagte sich, dass es doch eigentlich unmöglich war, hier westlich der Blue Mountains auf ihren Mann zu stoßen. Doch dann trat der Weiße aus dem Schatten der Bäume und nun gab es keinen Zweifel mehr.

Er war es!

Andrew!

Sie hatten einander gefunden!

»Andrew!« Sie schrie seinen Namen mit aller Kraft und Glückseligkeit hinaus, zu der sie fähig war, und rannte auf ihn zu.

»Abby! . . . Abby!«

Sie flogen einander entgegen. Weinend und lachend zugleich fielen sie sich in die Arme.

»Du lebst! . . . Du lebst! . . . Ich wusste, dass du lebst! . . . Ich habe nie aufgegeben, daran zu glauben! . . . O mein Liebling!« Andrew küsste und umarmte sie, streichelte über ihr Gesicht, drückte sie wieder an sich, und die Tränen ihres Glücks vermischten sich auf ihren Lippen.

Abby war ganz schwindelig vor Glück. Der Alptraum hatte ein Ende gefunden.

Später dann stellte Andrew ihr seinen schwarzen Führer vor und nie sollte sie seine Worte vergessen: »Das ist Baralong, mein Fährtenleser – und mein Freund, der beste, den sich ein Mensch nur wünschen kann. Ihm verdanke ich mehr, als ich dir jetzt sagen kann.«

Baralong lächelte kaum merklich und schaffte es trotz seines komischen Aufzuges, eine Würde auszustrahlen, die von Äußerlichkeiten nicht berührt wurde.

Weedanook dagegen blieb auf Distanz, und als er erfuhr, dass Baralong den Weg über die Berge kannte und die

Weißgesichter in die Kolonie zurückbringen würde, drängte er Nangala zur sofortigen Rückkehr.

Abby fiel der Abschied von Nangala sehr schwer. Er kam ihr zu abrupt und es wäre noch so viel zu sagen gewesen. Doch ihr blieb keine Zeit und sie wusste auch nicht, wo sie anfangen sollte.

»Danke . . . und alles Glück der Welt, Nangala«, sagte sie bewegt. »Ich werde nie vergessen, was ihr für mich getan habt – und was ich bei euch gelernt habe.«

Nangala lächelte. »Auch wir werden dich nicht vergessen, Abby. Du wirst nicht nur in meinen Gedanken weiterleben, sondern auch in den Geschichten unserer Sippe, du weißt ja, dass wir einen guten *song-man* haben.«

Eine letzte Umarmung und dann folgte Nangala Weedanook, der sich schon auf den Rückweg gemacht hatte.

Mit Tränen in den Augen sah Abby ihr nach. Dann spürte sie Andrews Hand auf ihrer Schulter und mit einem Lächeln, das halb Abschiedsschmerz und halb Glück war, sah sie ihn an. »Es kommt mir alles wie ein Traum vor.«

Zärtlich lächelte er sie an. »Vielleicht haben die Aborigines ja Recht und das Leben ist nur eine andere Art von Traumzeit. Und wer weiß, ob nicht eines Tages unsere Traumpfade sich wieder mit den ihren kreuzen«, sagte er und schaute über das weite wellige Land, das sein Farmerherz höher schlagen ließ. »Auch wenn wir über das, was wir hier gesehen haben, werden schweigen müssen . . .«

Unwillkürlich spürte Abby, was Andrew in diesem Moment dachte und fühlte. Dieses endlose Land westlich der Blue Mountains war eine einzige Verlockung, und irgendwann würden auch Weiße passierbare Wege über die Berge finden und hier siedeln. Doch von ihnen, Andrew und ihr, würde keiner erfahren, wo man die Blue Mountains überqueren konnte. Das war das Mindeste, was sie den Katajunga und allen anderen Aborigines schuldig waren.

Andrew nahm ihre Hand. »Komm, lass uns gehen. Wir haben noch einen langen Weg vor uns.«

Abbys Finger schlossen sich fest um seine Hand. »Mit dir ist mir kein Weg zu lang«, sagte sie von Glück und Dankbarkeit erfüllt. Und sie erinnerte sich an eine Bibelstelle im 1. Korinther, an das Hohelied der Liebe, das ihre Mutter ihr schon als Kind ans Herz gelegt und so häufig zitiert hatte:

»Wenn ich in den Sprachen der Menschen und Engel redete, hätte die Liebe aber nicht, wäre ich dröhnendes Erz oder eine lärmende Pauke.

Und wenn ich prophetisch reden könnte und alle Geheimnisse wüsste und alle Erkenntnis hätte; wenn ich alle Glaubenskraft besäße und Berge damit versetzen könnte, hätte aber die Liebe nicht, wäre ich nichts...

Nun aber bleibt
Glaube, Hoffnung, Liebe, diese drei;
aber die Liebe ist die Größte unter ihnen.«

Anstelle eines Nachwortes

Auszug aus einem Brief von Professor Walter Baldwin Spencer, Völkerkundler und Zoologe, der 1903 nach ausgedehnten Studienreisen zu den Aborigines das neu geschaffene Amt des *Chief Protector of Aborigines* übernahm und 22 Jahre ausübte:

»Es war für mich, den Naturwissenschaftler, eine große Überraschung, dass diese Primitiven eine echte Religion haben – nicht bloß ein Bündel von Moralgeboten oder eine Götzen- und Dämonenfurcht, sondern eine Religion, die sich aus der Überzeugung nährt, dass diese Welt nicht nur Materie ist und dass es Geistwesen gibt, die uns Menschen helfen wollen und können.

Je länger ich mit diesen ›Wilden‹ umging, umso mehr festigte sich bei mir die Erkenntnis, dass meine Forschungsreise, die ich anfangs nur als eine Fahrt zu einem Volk primitiver Exoten begriff, sich nur werde rechtfertigen lassen, wenn die Ergebnisse nicht bloß zum Verständnis der Ureinwohner, sondern mehr zur Verständigung zwischen ihnen und den Weißen über die Schranken der Traditionen hinweg auf der einen, die der Zivilisation auf der anderen Seite beitragen . . .

Vom Eingehen auf diese Kinder der Wüste, die noch den ganzen Zauber eines Landes besitzt, das sich dem formenden Zugriff des Menschen entzieht, können wir die Einsicht gewinnen, wie eng Glück und Gefahr der Freiheit immer miteinander verknüpft sein müssen, damit menschliches

Dasein sein volles Maß an Sinn und Richtung behält... Mir haben sie jedenfalls die Augen dafür geöffnet, dass unsere Art zu leben und zu denken für uns gewiss die angemessene, aber nicht für alle Menschen die allein gültige ist.

Die Ureinwohner dieses Kontinents sind mit der Natur ihrer Heimaterde eine viel innigere Verbindung auf Gedeih und Verderben eingegangen, als sich dies meines Wissens bei irgendeinem anderen Volk hat beobachten lassen... Ihre Naturverflechtung, die sich in ihren Totem- und Tabubräuchen ausspricht, hat ihnen nach unserer Ansicht Fesseln angelegt, ihnen aber noch mehr geholfen, im Ringen mit einer übermächtigen, gnadenlos harten Umwelt eine fast übermenschliche Umsicht, Geduld und Leidensfähigkeit zu entwickeln...«

Liebe Leserinnen, liebe Leser,

es gibt ein arabisches Sprichwort, das lautet: »Ein Buch ist wie ein Garten, den man in der Tasche trägt.« Ich hoffe, dass euch (Ihnen) der Roman, der in den Gärten meiner Phantasie entsprungen ist, gefallen hat.

Seit vielen Jahren schreibe ich nun für mein Publikum, und die Arbeit, die Beruf und Berufung zugleich ist, bereitet mir viel Freude. Doch warum tauschen wir zur Abwechslung nicht mal die Rollen? Ich würde mich nämlich über ein paar Zeilen freuen, denn es interessiert mich sehr, was die Leserinnen und Leser von meinem Buch halten.

Also: Wer Lust hat, möge mir seinen Eindruck von meinem Roman schreiben. Und wer möchte, dass ich ihm eine signierte Autogrammkarte zusende – sie enthält auf der Rückseite meinen Lebenslauf sowie Angaben zu und Abbildungen von weiteren Romanen von mir – der soll bitte nicht vergessen das Rückporto für einen Brief in Form einer Briefmarke beizulegen. (Nur die Briefmarke beilegen! Manche kleben sie auf einen Rückumschlag, auf den sie schon ihre Adresse geschrieben haben. Diese kann ich nicht verwenden!) Wichtig: Namen und Adresse in DRUCKBUCHSTABEN angeben! Gelegentlich kann ich auf Zuschriften nicht antworten, weil die Adresse fehlt oder die Schrift beim besten Willen nicht zu entziffern ist – was übrigens auch bei Erwachsenen vorkommt! Und schickt mir bitte keine eigenen schriftstellerischen Arbeiten zu, die ich beurteilen soll. Leider habe ich dafür keine Zeit, denn sonst käme ich gar nicht mehr zum Schreiben.

Da ich viel durch die Welt reise und Informationen für neue Romane sammle, kann es Wochen, manchmal sogar Monate dauern, bis ich die Post *erhalte* – und dann vergehen meist noch einmal Wochen, bis ich Zeit finde, zu antworten. Ich bitte daher um Geduld, doch meine Antwort mit der Autogrammkarte kommt ganz bestimmt.

Meine Adresse:
Rainer M. Schröder • Postfach 1505 • 51679 Wipperfürth

Wer jedoch dringend biographische Daten, etwa für ein Referat, braucht, wende sich bitte direkt an den Verlag, der gern Informationsmaterial zuschickt (C. Bertelsmann Jugendbuch Verlag, Neumarkter Straße 18, 81673 München); oder aber er lädt sich meine ausführliche Biographie, die Umschlagbilder und Inhaltsangaben von meinen Büchern sowie Presseberichte, Rezensionen und Zitate von meiner **Homepage** auf seinen Computer herunter. Dort erfährt er auch, an welchem Roman ich zur Zeit arbeite und ob ich mich gerade im Ausland auf Recherchenreise befinde. Meine Homepage ist im **Internet** unter folgender Adresse zu finden:

http://www.rainermschroeder.com

(Ihr)
euer

Jugendbücher

fesselnd und frech,

spannend und spaßig,

abenteuerlich und aufregend.

OMNIBUS

Joan Aiken • Wolfgang Bittner • Nortrud Boge-Erli • Lutz van Dijk
Werner J. Egli • Klas Ewert Everwyn • Ginny Elliot • Jean Ferris
Paula Fox • Maja Gerber-Hess • Robert Griesbeck • Els de Groen
James Houston • Alfred Hitchcock • Ursula Isbel • Maria Regina Kaiser
Susie Morgenstern • Heiko Neumann • Scott O'Dell • Hans Olsson
Nina Rauprich • Volkmar Röhrig • Carlo Ross • Rainer M. Schröder
Roland Smith • Harald Tondern • Sue Townsend • Elisabeth Zöller

Das OMNIBUS-Gesamtverzeichnis erhalten Sie im Buchhandel oder direkt beim Verlag

OMNIBUS Verlag • Neumarkter Str. 18 • 81673 München

www.omnibus-verlag.de

Bitte senden Sie mir das neue kostenlose Gesamtverzeichnis.

Name: _____

Straße: _____

PLZ/Ort: _____

Abby Lynn –
die Geschichte geht weiter ...
Ab 12

Rainer M. Schröder

Band 3
Abby Lynn –
Verraten und verfolgt
C. Bertelsmann

Abby und Andrews Glück scheint perfekt, als Abby ein Kind erwartet. Da zerstören Soldaten ihre Farm auf der Suche nach Andrews Bruder, dem Oppositionellen Melvin. Während Andrew nach Melvin forscht, hält Abby sich versteckt. Doch sie wird verraten und inhaftiert, um als Lockvogel für Andrew und Melvin zu dienen. Im berüchtigten Kerker von Sidney bringt sie ihr Kind zur Welt ...

Die Vorgängerbände

Band 1
Abby Lynn –
Verbannt ans Ende der Welt
Omnibus 20080

Ein Justizirrtum verdammt die 14-jährige Engländerin Abby Lynn zu sieben Jahren Sträflingsarbeit in der Kolonie Australien. Abby hat Glück im Unglück: Auf der Überfahrt nach Australien lernt sie die warmherzige Farmersfamilie Chandler kennen und findet bei ihr ein neues Zuhause als Kindermädchen.

Band 2
Abby Lynn –
Verschollen in der Wildnis
Omnibus 20346

Jahre später ist Abby glücklich mit Andrew Chandler verheiratet, als sie Opfer eines Überfalls wird. Aborigines finden die Verletzte und pflegen sie im Buschland gesund. Unterdessen sucht Andrew mit Hilfe des einheimischen Fährtenlesers Baralong verzweifelt nach der Vermissten, bis er sie nach Wochen endlich aufspürt.

C. Bertelsmann JUGENDBUCH
www.bertelsmann-jugendbuch.de

Jugendbücher ab 12

Die Falken-Saga
von Rainer M. Schröder

Europa um 1830. Es ist die Zeit der Restauration und der Geheimbünde, von aufregenden Erfindungen und abenteuerlichen Entdeckungsreisen. Tobias Heller, Sohn eines Ägypten-Forschers, besitzt einen Ebenholzstock mit einen Silberknauf, der ein Geheimnis birgt. Dieser Knauf ist der Auslöser turbulenter Ereignisse, die mit einer nächtlichen Flucht im Ballon von Gut Falkenhof ihren Anfang nehmen. Die Jagd nach dem Schatz der Pharaonen beginnt - sie führt Tobias, den arabischen Diener Sadik und die Landfahrerin Jana durch ganz Europa und schließlich in das geheimnisumwitterte Tal des Falken inmitten der Wüste Nubiens.

Band 1
Im Zeichen des Falken

Band 2
Auf der Spur des Falken

Band 3
Im Banne des Falken

Band 4
Im Tal des Falken

Erschienen bei C. Bertelsmann

Als Taschenbuch bei OMNIBUS

Der Taschenbuchverlag für Kinder und Jugendliche
von C. Bertelsmann